神戸北ホテル

小幡欣治戯曲集

早川書房

「**喜劇の殿さん**」劇団民藝
2006年12月　三越劇場
ミヤコ蝶々（奈良岡朋子）
古川ロッパ（大滝秀治）
［撮影：石川純］

「**喜劇の殿さん**」劇団民藝　2006年12月　三越劇場
遠野まよ（樫山文枝）　古川ロッパ（大滝秀治）　松江（塩屋洋子）　［撮影：石川純］

「**坐漁荘の人びと**」劇団民藝　2007年12月　三越劇場
片品つる（奈良岡朋子）　西園寺公望（大滝秀治）　［撮影：石川純］

「**坐漁荘の人びと**」劇団民藝　2007年12月　三越劇場
矢祭ぎん（樫山文枝）　しげ乃（水原英子）　片品つる（奈良岡朋子）　海堂あぐり（加藤絹子）
西園寺公望（大滝秀治）　谷村弥十郎（鈴木智）　［撮影：石川純］

「**神戸北ホテル**」劇団民藝　2009年12月　三越劇場
　大関うらら（奈良岡朋子）　仁野六助（西川明）　［撮影：稲谷善太］

「**神戸北ホテル**」劇団民藝　2009年12月　三越劇場
　丸目勘十（杉本孝次）　丹沢晴美（大越弥生）　大関うらら（奈良岡朋子）　仁野六助（西川明）
　片桐夕子（細川ひさよ）　［撮影：稲谷善太］

「どろんどろん」劇団民藝　2010年10月　紀伊國屋サザンシアター
尾上菊五郎（稲垣隆史）　長谷川勘兵衛（鈴木智）　鶴屋南北（大滝秀治）　［撮影：稲谷善太］

「どろんどろん」劇団民藝　2010年10月　紀伊國屋サザンシアター
手前左から尾上松助（天津民生）　尾上菊五郎（稲垣隆史）　鶴屋南北（大滝秀治）
長谷川勘兵衛（鈴木智）　［撮影：稲谷善太］

目次

装幀　多田　進

喜劇の殿さん

二幕

登場人物

古川ロッパ（喜劇俳優）
　道子（その妻）
　松江（ロッパの母）

遠野まよ（女優）
田川　徹（俳優）
笹　弥生（女優）
菊田一夫（作者）

浦（マネージャー）
杉田司郎（俳優）
角倉　茂（俳優）
大路三四郎（俳優）
矢島　元（俳優）
月野弘子（女優）
山路あけみ（女優）

白根（陸軍中佐）
小山（陸軍中尉）
憲兵
魁　継周（中国人俳優）
中沢（プロデューサー）
ミヤコ蝶々（漫才師）
悦子（弟子）
邦江（弟子）

その他

第一幕

（一）

一九三六年（昭和十一年）秋。

夕暮れの日比谷公園である。遊歩道に常夜灯とベンチが置いてある。人影はなく、遠く市電の通過する音。

ロッパ一座のマネージャーの浦が遠野まよと現れる。辺りを見回す。

浦　居ないなあ。受付の女の子はなんて言ってたの？
まよ　劇場をお出になったあと、日比谷公園の方へ向われたって。
浦　一人じゃないんだよ。御婦人ばかり四人だよ。
まよ　あの、お帰りになったんじゃないでしょうか。
浦　帝国ホテルに食事の用意がしてあるんだよ。今日は夜の部がないからいい按配だと思って予約しといたのに。これだから華族様は困っちまう。音楽堂の方へ行ってみるか。

まよ　(気付いて) 座長!

濃紺のスーツに真っ赤なネクタイ、紺のソフトを幾分ななめに被った古川ロッパ(三十二歳)が現れる。ステッキを持っている。

ロッパ　婆さん、居たかね?

浦　さっきからお探ししているんですが、どこにも見当りません。お席は分っていたんですから、私がお待ちしていればよかったんです。

ロッパ　芝居は見たのかね?

浦　ごらんになりました。

まよ　私、もう一度公園の中を見てきます。

ロッパ　いやいや、それには及ばんよ。

まよ　でも。

ロッパ　口やかましい婆さんが四人も揃って来たというんだろう、顔を合わしたらどんなことになると思う?

浦　お喜びになるに決まっているじゃありませんか。

ロッパ　だから君はノー天気だというんだ。いい子ぶっちゃって、婆さんなんかに電話を掛けるから私の血圧が上がっちゃうんだ。

浦　妙なことをおっしゃいますね。今日の芝居はロッパ一座にとっては旗揚げ興行みたいなもんですよ。しかも劇場は天下の有楽座です。婆さん婆さんとおっしゃいますけど、座長のお母様でしょう。お招きするのはマネージャーとして当然のことじゃありませんか。

まよ　今日は補助席までが満員で一杯のお客様でした。

ロッパ　一杯入ればいいってもんじゃないの。

浦　場内は笑いの渦でした。

ロッパ　笑えばそれでいいってもんじゃないの。問題は中身です。

浦　主役は座長です。

ロッパ　だから会いたくないと言ってるんです。

まよ　それが座長の悪いくせですわ。今日はお母様がごらんになるというので、みんなは目を吊り上げて一生懸命やっていたんです。たとえ中身はどうであろうと、お客さんには受けていたんですから、座長はもっと素直に喜んだらいいと思うんです。お母様だか婆さんだか知りませんが、どうせ只のお客でしょう。びくびくなさることはないと思うんです。

松江　その通りよ。

上手よりロッパの母親の松江が現れる。

ロッパ　母上！
松江　あなたね、他人《ひと》様の前で、その母上と言うのはおやめなさい。
ロッパ　はい。
松江　この人は役者のくせに、私がお芝居を見るのを厭がるのよ。びくびくするの。
まよ　申し訳ございません。
浦　本日はわざわざ御観劇下さいまして有難う存じます。随分お探しをしたんですが、あの、お連れのお客様方は？
松江　さっきまで御一緒に菊を見ていたんですが、御用があるとおっしゃって、先にお帰りになったんです。いいえ、本当は御気分がお悪くなったのよ。
ロッパ　どうしてです。
松江　お芝居を見たからよ。
浦　人いきれで、頭が痛くなったからでしょうか？
松江　あなたはいいお方ね。つまらなかったからよ。
まよ　お言葉をお返しするようですが、お客様はよくお笑いになってました。
松江　でも、演し物は河内山宗俊でしょう。河内山なら、私は吉右衛門も見ているし、左団次の舞台も見ています。ましてあなたがおやりになるというから楽しみにしていたんですが、番付を見てびっくりしました。河内山は河内山でも、ギャング河内山宗俊とあるじゃございませんの。ギャングとは一体なんですか？

ロッパ　そ、それはあの、うちの文芸部の菊田一夫という男が書いたもので……

松江　どなたがお書きになろうと、おやりになるのはあなたでしょう。せめて触りの科白《せりふ》ぐらいは、たとえば、悪に強きは善にもととか、飛んだ所へ北村大膳とか、そういう科白ぐらい聞かせてもらえるのかと思ったら、あなたの河内山は、始めから終りまで歌ばかり歌っていたじゃございませんの。それも今流行《はや》りの、あなたと呼べばあなたと答えるだとか、とんがらかっちゃいやよだとか、どうしてそんな馬鹿々々しい歌を河内山が歌うの？　江戸時代に、とんがらかっちゃいやよだなんてお歌があったの？

ロッパ　まあ、ないでしょうねえ。

松江　郁郎さん。

ロッパ　はい。

松江　浅草じゃないのよ。丸の内よ。お濠の向うには天子様がいらっしゃるのよ。京極の大伯母様は、世が世であればばって嘆いておいででした。

ロッパ　またですか。

松江　またですかはないでしょう。子供のときに古川の家へ養子にきたけど、御実家の加藤家は男爵ですよ。その男爵家の息子が、なにが面白くてあんなお芝居をやっているのかしらって、私はチクチク言われっぱなし。辛かったわ。

ロッパ　ははははは、あの婆さんは事大主義なんですよ。頭が古いんです。そりゃ僕だって、今やっている芝居がいいなんて思ってやしません。恥ずかしいと思うときだってあります。しかし、物ごとには段階というものがあるんです。基礎をしっかり固めておかないと、次へ移ることは出来ないんです。僕にだって大きな夢がありますよ。

まよ　そうですわ。ロッパ一座は誕生したばかりなんです。旗揚げしてまだ三月《みつき》なんです。あんなお芝居などとおっしゃらずに、どうか長い目で見て頂きたいと思います。

松江　変るとおっしゃるの？

まよ　変ります。何時までも、あちゃらかのお芝居ばかりやっている訳ではございません。ロッパ先生は、今に日本のチャップリンになるとおっしゃっているんです。

松江　チャップリン？

浦　エノケンじゃないんですか？

ロッパ　馬鹿なことを言いなさんな。喜劇役者を志す以上は、だれしもチャップリンを目差すのは当然でしょう。

まよ　先生はチャップリンの為に本を書くとおっしゃったんです。

ロッパ　そりゃまあ、出来れば映画に出さしてもらって、喜劇の真髄を彼から学ぶのが一番だが、今の僕なんかでは到底相手にしてもらえない。それなら一層のこと、作者として、天下のチャップリンを縦横に動かしてみたらどんなものだろう、そう考えて、映画の脚本を書き始めたんだ。

浦　お書きになったんですか？

ロッパ　八分通りはね。

まよ　出来上がったら、英語に翻訳して、アメリカのチャップリンさんの所へお送りするんだそうです。

浦　それは凄いや。御隠居様、うちの座長は一座のために脚本もお書きになっていますからね、その点は玄人なんです。もし実現したら、世界のロッパになりますよ。

松江　郁郎さん。

ロッパ　はい。

松江　世間様はあなたのことを、溢れるほどの才能の持主と褒めて下さっているようですが、人間というものは、一つのことに打ち込んだら、一つのことしか出来ません。役者が本当にお好きなら、なりふり構わず役者のお仕事だけをなさることです。それだけをあなたに申し上げておきます。

浦　お帰りでございますか？

松江　おそくなるといけませんので。

浦　しかし、ホテルの方へお仕度が……

松江　（まよに）あなたは女優さん？

まよ　遠野まよと申します。今は先生の付き人をさせて頂いております。

松江　世間知らずの我儘者ですが、よろしくね。（と去る）

浦　ちょっとお待ち下さい。座長、よろしいのですか？　お待ち下さい！　今円タクを拾いますから。（と去る）

まよ　私もお見送りいたします。（と去る）

見送ったロッパは、帽子のてっぺんをぐんと伸ばすと、ステッキをくるくる回しつつ、チャップリンのスタイルでゆっくりと歩き出す。

暗転

(二)

一九三八年(昭和十三年)夏。

有楽座の舞台では、ロッパ一座による弥次喜多「お化け大会」の稽古が行なわれている。

古寺の境内で、上手に後架(上半身が見える)下手は荒れ果てた墓場。その前に座棺が置いてある。

前場が終ると、暗い中から姑娘《クーニャン》に扮した一座の女優山路あけみが、「何日君再来」を歌いながら現れる。山路が去って舞台明るくなると、袖で鋭く呼子。

盗人の半次(角倉茂)が走って出てくる。

角倉 (頰被りを取る)畜生、いい加減しつこい野郎だ。まさか墓場まで追っかけてくるとは思わなかったが、へん、俺も韋駄天の半次といわれた悪党だ。二両や三両のはした金で縄くらってたまるもんけえ。こうなったら行きがけの駄賃だ。寺へ押し入って……（見て）おっ、いけねえ、きやがった！（と駆け去る）

女目明し丁字屋お銀（まよ）が、乾分の又七（杉田司郎）と辰平（田川徹）を連れて現れる。

まよ　逃げられちまったじゃないか。
杉田　どこへ行きやがったんだろう。
まよ　おまえたちがぐずぐずしているからだよ。又七。
杉田　へい。
まよ　おまえはあっち。辰平は私と一緒にこっちだ。
田川　へい。
まよ　ちょっとお待ち。なんだい、これは？
杉田　棺桶じゃないんですか。
まよ　なんだってこんなところに置いてあるんだろう。
杉田　この寺はお化けが出るって噂ですからね、運んではきたものの、気味が悪くなって置き去りにしていったんじゃないんですか。

まよ　開けてごらん。
杉田　へっ！
まよ　半次の野郎がこの中に逃げこんだかもしれないんだ、開けてごらんよ。
杉田　結構です。
まよ　女だてらにこんな格好してるのは、病気のお父《とっ》つあんの代りなんだ。手柄を立ててお父《とっ》つあんを喜ばしてやりたいんだよ。
杉田　分ってます。
まよ　分ってたら開けてごらん。開けろって言ってんだよ！
二人　へい！
杉田　（十手でコンコンと桶を叩く）
田川　入ってます。
杉田　（張り倒す）ふざけるんじゃねえ！　いいか、二人で一緒に蓋を取るんだ。いいな。……一、二の三。

と取ろうとしたとき、袖から猛烈な勢いで猪が飛び出してきて、走り去る。
まよも二人も「わあーっ」と叫んで引っくり返る。
客席から丸めた台本を手に持った菊田一夫が駆け上がってくる。

菊田　（吃る）な、なにやってんだ！　ばかばかばか！　猪が、な、なんで立って走るのよ！　猪は馬や牛と同じように四つ足だよ。こう、こうやって走るんだ、こうやって！　君は途中からマラソンの選手みたいにこうやって走ってたろう！　カンガルーじゃねえんだから、あたま使え、あたま！

大路　（猪）でも菊田さんの台本には、猪疾風の如く走り去る。

菊田　立って走れとは書いてねえよ。四つ足で疾風の如く。

大路　そう簡単に言いますけどね、ぬいぐるみを着てるんですよ。息が上がって、苦しくって苦しくって。

菊田　馬鹿野郎。（と台本で殴る）いくらあちゃらかの芝居でも、真面目に一所懸命やらなかったら客は笑ってくれねえんだ。いいか、袖にいる連中もよく聞いてくれ！　明日は有楽座の初日なんだ。うまく行かなかったら何遍でも稽古をやるからね。いいか、みんな！（返事なし）な、なんで返事しねえんだ。分ったら返事ぐらいしろ！

一同　（返事をする）

菊田　そ、それから効果さん、効果！　この場面、鳥の声が入るでしょう、物淋しい鳥の声って台本に指定してあるだろう。忘れないで入れるんだ。はい、ちょっとやってみて。

突如鶏の声。

菊田　違うでしょう！　夜の墓場ですよ、な、なんで鶏が鳴いちゃうの。物淋しい鳥の声、物淋しい……

今度は鶯の声。

菊田　ばか、ばか！（台本を叩きつけ、眼鏡を放り投げる）おめえたち、俺をおちょくってんのか！お化けが出てくるっていうのに、ホーホケキョとはなんだ。ふくろうでしょう。ほうほうほうのふくろうが鳴くの。ほうほうほうほうけきょう、じゃない、ふくろうだよ、ふくろう。ほうほうほう……（梟の声が入る）そうそう、それがふくろうですよ。

少し前に浦が出てきて、あけみと小声で話をしている。

あけみ　菊田先生、私、楽屋へ戻ってもいいですか。浦さんが話があるっていうんです。

浦　お稽古中済みません、あけみちゃんはこの場歌だけでしょう、ちょっと話があるものだから。

菊田　困るねえ、営業がなんの用ですか？

浦　いえ、その、ちょっと。

菊田　歌はもう返さないからいいけど、そ、その衣裳ね、やっぱりまずいよ、僕の決めた通り町娘にして下さい。

あけみ　厭ですよ、あんな地味な格好。
菊田　だ、だけど、チョン髷の芝居に君ひとりだけ姑娘の格好で出てきたら可笑しいだろう。目立てばいいってもんじゃないんだ。
あけみ　じゃ、まよちゃんどうなの？　私の姑娘が可笑しいっていうんなら、まよちゃんの女目明しだって可笑しいじゃない。よっぽど目立つじゃない。
菊田　だ、台本に書いてあるの！
あけみ　（真似て）せ、先生が書いたんでしょう！
浦　まあま、菊田さん、ここはあけみちゃんの言う通りにしてやって下さい。お客さんも喜ぶんだから。ささ、行きましょう、お稽古の邪魔をして済みません。（と連れて去る）
菊田　まったくもう、女優なんてのは衣裳と髪型ばっかりごちゃごちゃ言いやがって……（一同に）えーと、それじゃ、猪の出からもういっぺん返します。まよちゃん、倒れて驚くところね、もっと派手にキャーッ！　キャーッ！（とやってみせる）
まよ　キャーッ！
菊田　そうそう、それで行きましょう。よかったら、この場終りまで通すからね。それから、そろそろ弥次さん喜多さんの出だから、座長にお願いしますって言ってきて。じゃ、いいね、みんな。あ、あの、猪ね、今度出てくるとき花を咥えて出てきて。
大路　花？
菊田　カ、カルメンみたいに、横にこう咥えて出てくるんだ。だれか、花を用意してやって。

大路　猪がどうしてそんなもんを咥えるんですか？
菊田　みんなが驚くじゃないか。
大路　しかし必然性が。
菊田　必然性なんかどうだっていいんだよ。こ、これは新劇じゃないの、リアリズムなんて関係ないの。じゃ、よかったら始めるよ。はい、行こう！（と去る）
まよ　（二人に）……分ってたら開けてごらん。開けろって言ってんだよ！
二人　へい！
杉田　（十手でコンコンと桶を叩く）
田川　入ってます。
杉田　（張り倒す）ふざけるんじゃねえ！　いいか、二人で一緒に蓋を取るんだ。いいな。……一、二の三。

花を咥えた猪が飛び出してくる。まよたちは派手な声をあげて引っくり返る。
すると舞台の奥で半次の悲鳴。

角倉　（声）うわーっ！　助けてくれ！　猪だ、助けてくれ！
杉田　お銀ちゃん、半次だ！
まよ　おいで！

三人は駆け去る。呼子。「御用だ、御用だ」の声。やがて十手を構えた又七が、「御用だ、御用だ」と言いながら後ずさりして出てくる。

杉田 冗談じゃねえや。こんな真っ暗な墓場で人の顔なんか分る訳はねえ。おまけに霧まで下りてきやがって……（嚔《くしゃみ》をする）すっかり冷えちまったな。おお、いい塩梅にはばかりがあらあ。お銀ちゃんには悪いけど一足さきに山を下りちまおう。（と後架に入る）

半次が小走りに出てくる。

角倉 へん、ざまあみやがれ。てめえのような尼っ子に捕まるようなお兄いさんじゃねえや。このまま闇にまぎれて姿を消すから悪く思うなよ。（嚔をする）なんだか急に冷えてきやがったな。おっ、いい塩梅にはばかりがあらあ。さっきから重たくて重たくて我慢してたんだ。おお、いけねえいけねえ。ふるえがきた。（と後架に入る）

又七とは気付かずに、ならんで用を足す。

角倉 失礼します。

杉田　ああ、どうぞどうぞ。年のせいか、この頃は近くなりましてね。ものの一丁も行かないうちに、もう我慢できなくなっちゃうんです。

角倉　いけませんねえ。袖振り合うも他生の縁といいますから、私が良いお医者さんを（気が付く）あっ！

杉田　あっ！　てめえは半次！

角倉　ちょ、ちょっと待ってくれ。いきなりそう言われても俺は動けねえんだ。たんま、たんま！

杉田　なにがたんまだ。おとなしくお縄を頂戴しろ！　御用御用！

角倉　御用御用っていうけど、あんただって動けねえんだろ？

杉田　動けねえけど、御用御用！

角倉　ばか。牛のよだれみてえに、だらだら際限なく垂れ流しやがって、今につららになったらどうするんだ。よっぴてそうやってろ。ばかかばちんどんや、おまえの母ちゃんでべそ！（と逃げ出る）

杉田　野郎、もう勘弁ならねえ。御用御用！

二人は棺桶のまわりで立回りとなる。
そのとき、桶の中から、ろくろっ首のお化けがニューッと出る。二人は「わあーっ」と叫んで尻餅をつく。

菊田　（出てくる）はーい、そこまで。動きは大体そんなもんでいいでしょう。このあとは弥次喜多の出になるからね、座長きてるかい？　とりあえず位置ぎめだけでもしておきたいから、すぐに呼んできてくれ。呼んでこいって言っただろう、さっき！　なにぼやぼやしてんだよ！

ロッパ　きてますよ。

弥次さんの扮装をしたロッパが反対の袖から現れる。左右の袖からまよやほかの出演者たちが出てくる。あけみの姿はない。

菊田　ではお願いします。きっかけはですね、二人が尻餅をついたところへ、先生の弥次さんが道に迷って通りかかる。そのあと少しおくれて喜多さんが……

ロッパ　菊田君。

菊田　は？

ロッパ　これは一体なんの芝居だい？

菊田　な、なんのって、弥次喜多納涼お化け大会。

ロッパ　題名は分ってます。僕が言いたいのはね、よくもこんな馬鹿々々しいことを考えたなってことですよ。君の神経、どうかしてるんじゃないの。

菊田　……

ロッパ　お化け大会だから、猪や轆轤っ首が出るのはいいでしょう。だが、目明しと泥棒がどうして並んで小便しなきゃいけないの。おまけに、ばかかばちんどんや、おまえの母ちゃんでべそ。これは江戸時代でしょう、江戸時代にちんどんやがあったの？

菊田　ないと思います。

ロッパ　浅草じゃないんだよ。見にくるのは丸の内のホワイト・カラーのお客さんですよ。こんな出鱈目な芝居をやって、嗤《わら》われるのはロッパ一座ですよ。

菊田　笑わせようと思ってやっているんです。

ロッパ　度が過ぎると言ってるんですよ。そりゃね、うちは喜劇の一座です。古川ロッパは喜劇の役者です。しかしお笑いにもタブーがあるんです。品位というものがあるんです。

菊田　でも、僕が台本を書き上げたのは五日前でした。そのとき先生は、ごらんになったけどなにもおっしゃいませんでした。

ロッパ　じゃ聞くけど、そのときの台本には便所の芝居は書いてあったかね、今日の稽古で急に入れたんでしょう。一事が万事、君はその場の思いつきでどんどん変えて行っちゃう。台本通りにやるんなら僕はなにも言いませんよ。

杉田　座長のおっしゃる通りです。私は二十年ちかく役者やってるけど、客席に向って小便する役なんて初めてですよ。

大路　僕も初めは猪じゃなかったんです。初めは、寺の住職に手紙を届けに行く飛脚の役だったんです。ところが、走り方がのろいからって猪にされちゃったんです。

菊田　……

ロッパ　君も言いたいことはあるだろうけど、劇団の方針として、この便所のくだりだけはカットしてもらいます。

菊田　……

ロッパ　みんなも知ってるように、今度の興行ではお化け大会のあとに、菊池寛先生の「父帰る」をやることになっている。二年前の昭和十一年に旗揚げして以来、初めて上演する文芸作品だ。ロッパ一座は、レビューやナンセンスや、こういったあちゃらかしかやれないんだと言われるのが、私は悔しくてね、何時か、まともなきちんとした芝居をやりたいと思っていたんだ。エノケン劇団とは違うんだってとこを世間の人に見せてやりたかったんだ。

一同　……

ロッパ　私も、兄の賢一郎の役を買って出た以上は、科白が多いなんて泣言は言わない。そりゃね、少ないに越したことはありませんよ、科白なんてのは。しかし、幸い母親のおたかには、気の合った三益愛子君がやってくれるし、妹役のおたねには若手の遠野まよ君に決まったので、あとはこれからの稽古次第、私は徹夜も辞さないつもりです。

まよ　おたねの役はあけみさんじゃないんですか？

ロッパ　君に決めたんだ。

まよ　菊田先生は御存知だったんですか？

菊田　いや。すると女目明しの役はおろすんですか？

まよ　おりませんよ、私！　厭ですよ。

ロッパ　両方やるんだ。
菊田　山路君は納得したんですか？
浦　私が説明しましょう。（と出てくる）座長（と名刺を示し）お客様です。
ロッパ　またですか。今稽古中だからと言って。
浦　そういう訳にはいきません、相手が相手です。（一同に）おたねの役は、山路あけみ君に決めたんですが、その山路君が、先程私のところへやってきて喉をやられた、声が出ないと言って泣きついてきたんです。
杉田　美しい声で歌ってましたよ。
浦　（無視して）そこで座長とも相談をして遠野まよ君に決めた訳なんです。稽古時間がなくて大変だとは思いますが、新しいスターを誕生させたいと願う座長の英断です。その点どうか肝に銘じて頑張って頂きたいと思います。
一同　（まよに拍手）

女優の笹弥生が現れる。

弥生　座長、先程から陸軍省報道部のお客様がお待ちかねです。
浦　すぐ行くから。粗相のないようにね。
弥生　はい。（と去る）

浦　（一同に）……あとで準幹部以上の人に残ってもらうけど、この間から協力の要請があったんです。

一同　……

浦　とくにロッパ一座を見込んでということでしたが、どういうお話なのかはまだ伺っておりません。しかし時局柄、軍のお手伝いをするのは大変名誉なことだと思っております。（ロッパを促して）では。

杉田　巡業ですか？

浦　分りません。

角倉　戦地への慰問じゃないんですか？

浦　分りません。（ロッパと共に去る）

菊田　仕様がねえなあ、じゃ、ちょっと休憩。

一同は去る。

菊田　遠野君、チャンスだよ。

まよ　……

菊田　「父帰る」の演出は、多分座長がやると思うけど、しっかりね。

と去る。
まよも行きかけて足をとめる。あけみが現れる。

あけみ　おめでとう、うまくやったわね。
まよ　……
あけみ　私も随分いろんな役者と付き合ってきたけど、まさか後輩のちょんちょこぴいなんかに足をすくわれるとは思わなかったわ。
まよ　どういう意味です。
あけみ　役者ならだれでも良い役をやりたいわ、でもそのために、寝物語でおねだりするのはやめなさいって言ってるの。
まよ　失礼でしょう。私がいつそんなことをしました？　役のことだって、ついさっき聞いたばかりなんです。嘘だと思ったらみなさんに聞いてみて下さい。
あけみ　それじゃことわったら？　私には出来ませんとことわったら？　そうしたら信用してやってもいいわ。
まよ　厭ですね。
あけみ　何故？
まよ　私だって女優の端くれですから、良い役をやりたいですわ。お客の喝采が欲しいですわ。有名になりたいですわ。ましてあなたのように、そんな厭らしい勘ぐりをなさるのなら、余計ことわったりなんかしませんわ。ええ、あなたよりきっと上手に、おたねの役をやってみせます。

あけみ （いきなり平手打ち）……教えといてあげるけど、この一座、今にきっと座長と菊田一夫の二つに別れるわ。よく考えることね。

まよ 考えることなんかありません。私はロッパ先生に付いて行きます。どこまでも一緒です。

あけみ 捨てられないようにね。（と去る）

まよは黙って去った方を見ている。

暗転

（三）

前場と同じ舞台。

後架の前面に、日章旗と支那（中国）山西省を中心にした大地図が掛けてある。囲むようにして、菊田や杉田、角倉、大路、田川、女優のまよ、あけみ、弥生のほかに矢島元や月野弘子たちが椅子に坐っている。少し離れた椅子に浦、腕時計を見ている。

下手袖からロッパに案内されて軍服の白根中佐と小山中尉が現れる。

浦　起立！　礼！（一同は礼をする）
白根　（答礼して）いや、そのままそのまま。お稽古中お邪魔をして申し訳ありません。私は陸軍報道部の白根です。
小山　同じく報道部の小山中尉。
白根　どうぞお楽になさって下さい。みなさん方の御意見を伺ったらすぐにも失礼しますから。どうぞお楽に。
ロッパ　（浦に）話はしてくれたんだろうね。
浦　一応説明だけはしましたが、なにぶん突然のお話なので、その、なんと言いますか、半信半疑とでも申しましょうか、どこまでが本当なのか……
小山　本当です、軍は嘘などは申しません。
浦　いえ、それはよく分っておりますが、つまりその、合同公演と言いましても、相手が相手ですから、実際にはどのようにしたらよろしいものか……
杉田　はい！（と手を挙げて）私は大賛成でございます。たとえ相手がだれであろうと、軍の御指導でございますから、反対などと口が裂けても言うべきではありません。
浦　私はなにも反対などと言ってる訳じゃないよ。劇団の計理を預かっている人間として、具体的にどう進めて行くべきか……
白根　まあま、合同公演といっても、まだまだ先の話ですから、ゆっくり検討して下さればよろしいのですが、ただね、相手の興亜新劇団の所在地が山西省の太原《たいげん》なんです。彼らを連れてくるためには準備も必要だし、時間もかかる。しかも日本人ではありませんから輸送にも神経を使わにゃならんのです。（小山に目で促す）

小山　（地図を示し）ここが北京です。北京から西へ約四百キロの地点に山西省の太原があります。興亜新劇団というのは、この辺りを中心にして活動をしている劇団で、むろん全員が支那人です。いや、正しくは、日本軍の捕虜になった八路軍の兵士達です。

白根　大陸の戦況というのはなかなか複雑でしてね、みなさんも御存知のように、当面最大の敵は蔣介石軍ですが、この山西省付近には、以前から共産軍、つまり八路軍が出没して小癪な抵抗を試みていたのですが、興亜新劇団というのは、それらの中でも比較的良質な、まあ、前非を悔いて我が軍に投降した捕虜の集まりなんです。

大路　芝居が出来るんですか？

白根　現地には、民心安定のために宣撫活動をしている日本軍の宣撫官というのがおりましてね、その宣撫官達が指導に当っているんです。もともと向うの人間には美男美女が多い上に、表現が巧みなんだそうです。今では太原付近では大変な評判で、ロッパ一座と同じように人気劇団なんだそうです。

矢島　おもしろそうじゃないですか。

杉田　やりましょうよ！

角倉　傷痍軍人の慰問だとばかり思っていたけど、こっちの方がやり甲斐があるね。

田川　でも捕虜と一緒というのはどうなんですかねえ。
月野　話題にはなるでしょう。
浦　あの、軍の後援というお墨付は頂けるんでしょうか？
白根　勿論です。
浦　それなら私は賛成です。企画としても新鮮だし、世間はあっというに違いありません。まして軍の御後援となれば切符は即座に売り切れです。座長、やりましょう！
杉田　異議なし！
角倉　座長、やりましょう！（一同は手を叩く）
ロッパ　あの……人気劇団とおっしゃいましたけど、東京には、私どものほかに、榎本健一君のエノケン劇団というのがございます。そのエノケン劇団の方にはお話をなさったのでしょうか？
白根　しません。
ロッパ　彼は芸風も明るくて、庶民的で、私などと違って軽妙洒脱です。しかも劇団としてもよく纏まっております。このお話、あるいはエノケン劇団の方が……
白根　お厭なんですか？
ロッパ　いえいえ、決してそういう訳ではございません。御命令とあれば謹んでお受けいたしますが、ただその、どういう理由で私どもの一座に御下命になったのか、出来ればお伺いしたいと思いまして……
白根　ロッパさん。

ロッパ　……

白根　合同公演というのは、あくまでも表向きのことであって、我々の真の狙いは、彼らに、日本の国力を見せることなんです。如何に豊かで平和であるか、戦時下にも拘わらず、日本の国民が如何に恵まれた暮しをしているか、如何に明るく生き生きと生活しているか、その姿を彼らに見せてやることなんです。東洋平和を唱える日本の真の姿というものを、彼らの脳裏に刻みつける、それが一番の目的なんです。

ロッパ　……

白根　エノケン君の話が出ましたが、成程彼は人気者でしょう。しかし、あの小柄で猿みたいな顔をした男に軍服を着せたらどういうことになります。漫画です、皇軍将兵への侮辱です。お客ならずとも、きっと彼らも嗤うでしょう。とんでもないことです。

ロッパ　……

白根　では何故、ロッパ一座にお願いしたか、ということに就いてですが、たしか去年の十一月でしたか「ロッパ若し戦はば」という芝居をやりましたね、それから……

小山　今年一月の「海軍のロッパ」です。

白根　感心しました。時局を反映した軍事劇、とでもいうのでしょうか、逸早く採り上げたロッパさんの炯眼《けいがん》に、正直頭を下げました。今回の合同公演は、国民の戦意昂揚は勿論ですが、我が皇軍将兵の日夜にわたる労苦を舞台上に再現して頂くのが主眼でもあります。それにはロッパ一座を措いてほかにない。というのが、私ども報道部の結論でした。

浦　光栄でございます。
一同　（拍手する）
白根　さらにですね、さらにもう一点、その合同公演の新作脚本は「ロッパ若し戦はば」をお書きになった作者に、是非執筆して頂きたい。えーと、なんとおっしゃったかな？
小山　菊田一夫です。
白根　そうそう、菊田さんでした。ええ、ここにいらっしゃいますか？
菊田　（立ち上がる）ぼ、僕です。
白根　あなたですか。いや、さっき舞台の袖から「お化け大会」の稽古を見せて頂きましたが、いろんな物をお書きになるんですなあ。
菊田　仕事でございますから。
白根　仕事はよかったな。（と笑う）如何です、書いて頂けますか？
菊田　御命令とあれば……
白根　命令じゃありません、お願いです。
菊田　（ロッパを見る）
ロッパ　お受けしなさい。
菊田　書かせて頂きます。
一同　（拍手）
白根　いや、よかったよかった。いずれ具体的になりましたら、取材のために太原にも行って頂きますが、菊田さんは飛行機は大丈夫ですか？

菊田　飛行機で行くんですか!?

白根　なんで行くつもりです？

菊田　船と汽車で……

白根　片道だけで一週間はかかりますよ。ま、軍の方で万端お世話をいたしますが、ただね、山西省のあたりは気流が悪くて飛行機がよく落ちるんです。

菊田　えッ。

白根　いやいや、大丈夫。軍を信用して下さい。それより、両国の友好親善のために是非とも傑作を書いて下さい。今から期待してます。

あけみ　はい！（手を上げて立ち上がる）菊田先生がお書きになるのでしたら、私は是非出させて頂きたいと思います。どんな役でも結構です、お願いいたします。

杉田　抜け駆けはいけないよ。

角倉　本も出来ないうちから、なんだよ。

あけみ　出来てからじゃ遅いのよ。（菊田にぴったり体を寄せて）ねえ先生、忘れないでね。

矢島　いい加減にしろ。高杉君に怒られるぞ。

あけみ　妙子さんは関係ないでしょう。私は役者として純粋にお願いしているのよ。

杉田　純粋かねえ。（一同笑う）

あけみ　なんですって。

浦　やめなさい、お客様の前で失礼じゃないか。
白根　まあま、みなさん方の意気軒昂たる御様子を伺って、私も安心しました。申すまでもなく、軍としては初めての企画であり、国家的な事業でもありますから、劇団挙げて協力して頂きたいと思います。お忙しい中を長時間ありがとうございました。では。（立とうとする）
まよ　あの……お訊ねしてもよろしいでしょうか。
白根　なんだ？
まよ　いえ、座長にです。お国のためとあれば、なにはさて措いてもお手伝いをしなければいけないとは思いますが、舞台に立つのは私達役者です。今ここでお決めにならなくても、みんなの意見を聞いてからでもいいんじゃないでしょうか。
白根　なにが言いたいのだ。
まよ　合同公演とおっしゃっても、日本の言葉も分らない人達とどうやって一緒に芝居をするんですか？　私達が向うの言葉が分らないのと同じように、向うの人達だって日本の言葉は分りません。
小山　そのために通訳がおる！　また日本へ来るまでに、徹底的に日本語を教えこむ。
まよ　人間には感情というものがあります。いくら日本語を教えても、感情が伴わなければ科白にはなりません。芝居にはなりません。一番大事なことを有耶無耶にしたら、あとできっと問題が起きます。問題が起きたときに一番苦しむのは私達です。
小山　貴様！　役者のくせに生意気なことを言うな！
まよ　役者だから本当のことを言っているんです。

小山　黙れ！
白根　（制して）出来ないというのか？
まよ　……
杉田　遠野君！
白根　（制して）ほかには？　この者だけか？
弥生　私もむりだと思います。
あけみ　弥生ちゃん！
田川　ぼ、僕も、どちらかというと……
浦　馬鹿なことを言うんじゃない！　お前達は座長に恥を掻かせるつもりか。許さん！　断じて許さん！　座長、なんとかおっしゃって下さい。
ロッパ　突然のお話だから、みんなの動転する気持はよく分るが、しかし、ほかのことじゃない。軍の御命令なんだ。
白根　お願いです。
ロッパ　は？　はあ！　みんなもよく聞いて下さい。お受けする以上は、全員が一丸となって合同公演に参加することなんだ。個人的にはいろいろと理由があるかもしれないが、私は座長として、一人の脱落者も出したくない。いや、認めない。（白根に）お見苦しいところをお目にかけましたが、この者達には、のちほどよく言い聞かせますので、今日のところは、どうか御寛恕下さい。
白根　厭だという人間を、むりに参加させるほど軍は野暮じゃない。しかし、あなた方は思い上がっちゃいけません。今や銃後も、大陸と同じように戦場なんだ。国民の一人一人が、それぞれの分野で職域奉公の誠を尽しているのに、芸能に携わっている人間だけが安閑と過すことは許されない。嘗ては、河原乞食とまでさげすまれたあなた達にとって、今回の仕事は、長年の汚名を濯ぐにはもっともよい機会だと思っております。（まよに）君も日本人なら、それぐらいの道理は分るだろう。

まよ　では、戦死者の家族の気持はお分りになりますか？

白根　なに？

まよ　個人的なことですから、言わないつもりでおりましたけど……今度のこと、私は反対です。

浦　遠野君！

まよ　去年の十一月に、私の主人は、上海で戦死しました。捕虜達にはなんの関係もないことかもしれませんが、でも、敵は敵です。憎い敵です。一緒の舞台に立つことには躊躇があります。いえ、厭です。でも、それはあくまでも私の個人的な感情ですから、耐えなければいけないと思います。思いますけど、やはりむりです。座長、お許し下さい。（眼頭をおさえると足早に去る）

弥生　まよさん！（追って去る）

一同は沈黙。

暗　転

（四）

日比谷公園のベンチに坐った松江が千人針を縫っている。
「国防婦人会」の襷を掛けた女が二人、かたわらに立っている。
前場より三年後の四月下旬で、野外音楽堂の方から「愛国行進曲」を奏する楽隊の音が聞こえてくる。

松江 これでよろしいかしら。
女⑴ 有難うございます。

女達は去りながら大声で「千人針をお願いします」と言いつつ去る。
下手より浦が「憲兵」の腕章を巻いた下士官と一緒に現れる。

憲兵 事故が起きてからではおそいんです。移動する際には、必ず員数をお知らせ下さい。
浦 員数？
憲兵 人間の頭数です。日本人とは違うんです。
浦 よく分っております。

憲兵　では、のちほど御報告をお待ちしております。（と去る）

浦　申し訳ございませんでした。（見送ると松江に近付き）お待たせして済みませんでした。なにか、私にお話があるとか？

松江　今の兵隊さん、なあに？

浦　いやあ、いろいろとうるさいことを言いまして。（慌てて去った方を見る）じつは、夕方から目黒の雅叙園で、出演者全員の慰労会があるもんですから神経を尖らしているんです。まさか憲兵隊までが出てくるとは思いませんでした。

松江　お芝居は今日で終りなんでしょう。

浦　正直いって、どうなることかと思って心配していたのですが、おかげさまでお客の入りもまずまずでしたし、新聞の劇評もそろって誉めてくれたものですから、座長もホッと胸を撫でおろしているんです。明日の朝は、連中が東京駅から帰国の途につきますのでね、今夜一晩なにごともなければ、いや、あったら大変ですが、とにかく今夜一晩、無事に終りさえすれば、あとはもう万々歳なんです。

松江　でも、お芝居を見ててびっくりしちゃった。客席のあちらこちらに、サーベルを下げたお巡りさんが目を光らしているし、外へ出れば出たで兵隊さんが見張っているし、とてもお芝居見物なんてものじゃなかったわ。

浦　警察には何度もお願いをしたんですが、取り合って頂けないんです。でも座長の役はよかったでしょう。現地人をやさしく診察する座長のお医者さんは、「髭のある天使」の題名にぴったりの演技だったって、みんな誉めてました。

松江　あの人なりに一生懸命やっているんでしょうけど、なんだか、だんだんチャップリンから遠去って行くみたい。

浦　御時世とはいえ、やり難くなりました。あまりお客を笑わせると、この非常時に不謹慎だといって、とたんにお小言です。御隠居様には叱られましたが、まだしも「ギャング河内山」のころはよかったです。

松江　そういえば、あのとき、あなたと一緒にきた、なんとかいう女優さん……

浦　遠野まよですか？

松江　そうそう、はっきりして良い娘《こ》だと思いましたが、今度のお芝居には出ていませんでしたね。

浦　ちょっと訳がありましてね、「髭のある天使」はお休みしたんですが、そのあとの演し物には踊り子の一人として出ていたんです。まあ、その他大勢でしたから、お分りにならなかったのかもしれません。

下手より田川が現れる。

田川　浦さん、車が待っているんですけど。

浦　む？

田川　スタッフを残して、みんなは雅叙園へ出発しました。

浦　分った。すぐ行く。
田川　（去る）
浦　お話の途中で申し訳ございません、なにか、座長にお言付けでもございましたら。
松江　べつにありません。そうそう、うっかりしてました。これをね、あなたにお渡ししようと思って……
浦　……？
松江　（紙片を出す）ごらんになっているかもしれませんけど、新聞にね、こんなことが書いてあったから。
浦　（読む）……奇怪な混淆　山田肇。
松江　混淆というのは、混ぜ合わせるということでしょう？
浦　（声を出して読む）……有楽座のロッパ一座の出し物に「髭のある天使」というのがある。それには中国人が出演している。その人々は、「元抗日第八路軍将兵」であって、劇中で八路軍将兵をやらされているのである。これを見て、私は慄然とした。むかし、ローマ帝国ドミティアヌスが捕えた囚人に、盗族の首魁を演ぜしめ、一日の歓楽をつくしたという話がある。厳粛なる人生の事実を、一場の慰みと混淆せしめるとは、まことに奇怪なる振舞いではないか。道義の退廃と趣味の堕落とのほどがしのばれる。（憮然として）学者先生や評論家というのは、なんでもひねくれた見方をするんです。こっちの苦労も知らないで、いい気なもんです。
松江　でも、私には、なんとなく分るような気がするわ。

浦　失礼します。（と去る）

楽隊の音（軍歌）がまた聞こえてくる。

暗転

（五）

まよのアパート。二階。

出窓のある六畳の部屋。下手の戸を開けると廊下になり、階段はその先にある。部屋の電気は点いているが、人は居ない。

前場の夜。

鍋を持ったまよが部屋に戻ってくる。

入ろうとしたとき、弥生が小走りに近付く。

弥生　まよさん！

まよ　どうしたの、今時分？

弥生　助けて下さい、門限に間に合わないんです。
まよ　門限？
弥生　気が付いたら十時を過ぎていたんです。私がいけなかったんです。
まよ　ちょっと待って。あんたは自分の家から通っているんでしょう。門限だなんて……（気が付く）だれかと一緒なの？
弥生　（頷く）
まよ　あんた、まさか？
弥生　アパートの玄関に待たしているんです。連れてきます！
まよ　待って！（部屋へ引きずりこむ）円タクのお金なら貸してあげるから、一人で帰しなさい。
弥生　そんなことをしたら警察です。さっきからだれかに跟《つ》けられているんです。

まよは窓に近付き、細目に開けて階下を見る。

まよ　私にどうしろっていうの。冷たいことを言うようだけど、向うの人間がどうなろうと私の知ったことじゃないわ。
弥生　そんなことを言わないで下さい。もし警察に捕まったら国へ帰れなくなります。明日の朝、東京駅十時なんです。
まよ　そんな男とどうして付き合ったりしたのよ。噂ぐらいは聞いていたけど、冗談だと思っていたわ。

弥生ちゃんにかぎってそんな馬鹿なことをするとは思わなかったわ。あんたはその男に騙されているのよ。

弥生　そんな人じゃありません。お願いですからお部屋へ入れて下さい。もう行くところがないんです。お願いです。

まよ　……口利かないわよ。

弥生　（急いで廊下へ）

まよ　静かに！

まよはもう一度窓外を見る。カーテンを閉める。弥生が中国人の魁継周と現れる。魁は貸与された国民服、国民帽である。

弥生　失礼します。魁継周さんです。（魁に）遠野まよさん。

魁　今晩は。魁継周です。

まよ　……

弥生　少しぐらいなら日本語が出来るんです。（中国語）お礼を言いなさい。

魁　御迷惑をかけて済みません。

弥生　まよさんはおみえにならなかったけど、夕方から目黒の雅叙園でお別れの慰労会があったんです。

まよ　聞いてはいたけど、私は招ばれてなかったから。
弥生　最後の晩だというので、お客さんも大勢おいでになって賑やかな会になりました。でも、会が跳ねたら、この人達はそのまま真っすぐ芝の宿舎へ連れて行かれて、外へは出られなくなります。二度と会えなくなります。そう思ったら、私は気が気ではなくて、この人を誘ったんです。丁度余興が始まって、みんなはお酒を飲みながら楽しそうに笑っていました。逃げるんなら今のうちだ。やっとの思いで廊下へ出たら、憲兵の腕章を巻いた兵隊さんがぶらぶら巡回していたんですが、隙を見て、なんとか表へ出ることが出来たんです。
まよ　……
弥生　ところが、出ることは出たものの、どこへ行くという宛がないんです。そんなことを考えてもいなかったんです。そうしたらこの人が、多摩川遊園地へ行きたいと言うんです。
まよ　多摩川遊園地？
弥生　一回公演のときに、菊田さんがみんなを遊園地へ連れて行って、帰りに御自分の家で御馳走してくれたんだそうです。（中国語）遊園地へ行きたいと言ったわね？
魁　（中国語）言いました。
弥生　二人きりになれるんならどこでもよかったんですが、遊園地ときまったので、目蒲線を乗り継いで多摩川へ行きました。夜の遊園地は闇に包まれていて、私達のほかにはだれもいませんでした。園丁さんの姿も見えないので、二人は壊れた柵を乗りこえて中へ入りました。鯉のぼりの季節だというのに、見上げると一杯の星空が、つめたく張り付いているようでした。私達はベンチに坐ると夢中で話をしました。芝居の話、家族の話、戦争の話、言葉がうまく通じ合わないので、話はなかなか進みません。そのうち彼が、日本は本当に戦争をしているのだろうか、と言うんです。なにを言うの、現にあなたの国と戦争をしているじゃない、毎日のように出征する兵隊さんが戦地に送られているのよって、そう言ったんですが、この人は信じられないって言うんです。ね、そう言ったでしょう。

魁　（中国語）言いました。（中国語）日本は戦争をしているのかって。言ったでしょう？

まよ　平和？

弥生　園内にある夢のお城や孔雀の家や子供広場のぶらんこが、月の光を浴びて静まり返っているんですが、それを見て、この人はそう言うんです。子供達がいないから静かなのよ。平和とは違うって言いかけて、私、はっと気が付いたんです。時間です。あわてて時計を見たら九時二十分なんです。雅叙園にはもう帰る訳にはいかないから、芝の宿舎までこの人を送ろう。夢中で電車へ乗ったまではよかったんですが、乗り換えに手間どってしまって、もう間に合わない。どうしようどうしようと思ったとき、まよさんのアパートを思い出したんです。

まよ　だれかに跟けられてると言ったわね。

弥生　戸越の駅から跟けてきたらしいんです。

まよ　思い過しでしょう。

弥生　疾うに十時を過ぎているんです。今頃は劇団も宿舎も大騒ぎをしていると思うんです。私はともかく、捕まればこの人は只では済みません。一人だけ切り離されて太原には帰れなくなります。

まよさん、お願いです。この人を助けてやって下さい。

まよ　私になにをしろって言うの？

弥生　一緒に、宿舎へ行って頂きたいんです。

まよ　なんですって？

弥生　三人で行けば向うの受け止め方は違います。最後の夜なので、つい話が長引いてしまった。この人は時間を気にして帰りたいと言っているのに、まよさんが、まだいいじゃないか、まだいいじゃないかと引き止めるので――

まよ　ちょっと待ちなさい！　あんたは自分がなにを言っているか分っているの。この人は日本人じゃないのよ。向うの人間よ。劇団で顔寄せがあったとき、あの威張り腐った軍人がなんて言ったか覚えてる？　仕事以外では絶対に口を利いてはならん。まして男女間の醜関係は犯罪と見なす。あんた醜関係って分る？　醜って分る？　そうやって二人でこそこそ会っているのが醜なのよ。

弥生　醜じゃありません。

まよ　ぴったりくっついているのが醜なの！

弥生　（あわてて離れる）

まよ　役者ですからね、一緒の舞台に出ているうちに、なんとなく仲良くなるってことはよくあることよ。でも、あんたは厭だったんでしょう。田川君と一緒に合同公演は反対だって言ったんでしょう。ロッパ一座の中で、たったの三人きりだったのよ。そのあんたが、選りにも選って向うの人間を好きになるなんて一体どういうことなの。しかも私を引っぱり出してなにを言わせるつもり？

まだいいじゃないか？　冗談じゃないわよ。私はね、早く帰れ、早く帰れって言ってるのよ。

弥生　まよさんに見放されたら、この人はお国へは帰れません。牢屋です。

まよ　変なことを言うわね。国へ帰れないのはまるで私の責任みたいじゃない。見放すとか見放さないとか言うけど、私は助けるなんてことは一言も言ってないわ。

弥生　でも、お部屋へ入れてくれました。

まよ　勝手に入ってきたんじゃないの！　かりによしんば、私が口を利いたとしても取り上げてくれる訳はないでしょう。却ってお前も同罪だといって、牢屋へぶち込まれるのが関の山よ。あんたら二人は好き合っているんだから、それでもいいでしょう。でも私はどうなの、とんだ三枚目じゃない。

弥生　まよさんは以前から、三枚目をやってみたいっておっしゃってました。

まよ　それは舞台の話でしょう！　あんたね、ふざけてると私ほんとに怒るわよ。大体ね、一番いけないのはこの人よ。（魁を指す）日本の女と付き合えば、どういうことになるかぐらいのことは、あんただって承知していたんでしょう。覚悟の上なんでしょう。それを今になってなによ！　弥生ちゃんのうしろに隠れて、こそこそ逃げ回って、助けて下さいだなんて男らしくないわよ。卑怯よ！　弥生ちゃん、通訳通訳！

弥生　そんなに一遍にはむりです。

まよ　要点だけでいいから通訳しなさい。

弥生　（魁に小声で話を始める）

まよ　（委細構わず続ける）あんたが本当に弥生ちゃんのことを好きなら、逃げるのはやめなさい。あんたを助けようと思って、弥生ちゃんは必死になっているのよ。可哀相だと思わない。男なら男らしく、あんたが責任をとるべきよ。責任をとるってことはね、芝の宿舎とやらに一人で出向いて、今夜のことは、すべて自分の責任だ、自分の意志でやったことだって、はっきり言うことよ。それが弥生ちゃんへ対する愛の証でもあるのよ。分る、私の言っている意味？　通訳通訳！

弥生　いえ、そのことでしたら、魁さんはここへくる途中、何度も何度も一人で芝へ帰るからって言ったんです。私が止めたんです。

まよ　あんたは、今頭に血が上っているから、なにを言っても無駄かもしれないけど、この人達はね、半分は物見遊山なのよ。

弥生　違います！

まよ　劇団の人達はみんなそう言ってるわ。

弥生　違います。

まよ　たまたま白羽の矢が立って、日本へ連れてこられたけど、東京で芝居が出来るなんてだれ一人考えなかった筈よ。しかも有楽座という檜舞台よ。新聞で誉められ、お客さんから拍手を貰えば有頂天になるのは当りまえ、気がゆるんで、女の子に手を出すのは、どこの国の人間だって同じよ。その相手に選ばれたのがあんただったのよ。

弥生　ひどいことをおっしゃるわね。この人達は好きで日本へ来た訳じゃありません、厭だと言って始めは断ったんです。

まよ　じゃ何故来たの？

弥生　それをお聞きになるの？　軍から命令されたとき、うちの劇団はどうでした。断れましたか？　まして魁さん達は捕虜です。晒し者にされるのは厭だとは、怖くて言えなかったんだそうです。

まよ　晒し者？

弥生　まよさんは、お芝居がお休みの日に、この人達が立川の工場へ見学に行ったことは御存知でしょう。

まよ　飛行機工場だとは聞いていたわ。

弥生　魁さん達は、みんなの前でこう紹介されたそうです。（中国語）立川の工場で、なんといって紹介されたの？　言ってごらんなさい。

魁　（うつむいたまま答えない）

弥生　なんで黙っているの？　（中国語）はっきり言ってもいいのよ。言いなさい。

魁　（中国語）この人達は、日本軍に降伏した中国の捕虜です。

弥生　（日本語で）この人達は、日本軍に降伏した中国の捕虜です。

魁　（中国語）国への土産に、日本が如何に偉大であるか、如何に偉大な工場を持っているかを、この目で見たいというので、とくに見学を許した。

弥生　（日本語）国への土産に、日本が如何に偉大であるか、如何に偉大な工場を持っているかを、この目で見たいというので、とくに見学を許した。そう紹介されたそうです。

まよ　……

弥生　騒ぎが起きたのはそのあとだったそうです。工場の中を次々に案内されて、やっと表の明るい所へ出てきたら、入口の水呑み場の前で待ち構えていた工員さん達が、突然大声で怒鳴り始めたというんです。そのうち一人の男が、自分の兄は、お前達に殺された。お前達は憎い敵だと言いながら殴りかかってきたそうです。さすがに周りの人達が、その男をおさえつけたそうですが、それでも利かずに、目の前にいたこの人の顔めがけて唾を吐いたそうです。唾を吐きかけられるのは、中国では最大の侮辱なので、この人、思わずカッとなって、自分の母親も妹も殺されたと、日本語を交えて叫んだそうです。叫んだあとで、引率の軍人から、その場で殴り倒されたそうです。

まよ　……だれに殺されたの？

魁　（日本語）日本の兵隊さんです。

廊下に管理人のくらが現れる。

くら　遠野さん、電話よ。

まよ　だれからです？

くら　劇団の田川さんという男の人。

まよ　ちょ、ちょっと待って下さい。（戸をぴたりと閉めて廊下に出てくる）……済みませんけど、居ないって言ってくれません。

くら　居るじゃないの。

まよ　まだ帰ってないって。済みません。

くら　困るわねえ。私、嘘をつくの厭なのよ。（と言って去る）

まよは部屋に戻る。その間に、魁と弥生は小声で話し合っていた。

魁　（日本語）僕、帰ります。

弥生　魁さん！

魁　（日本語）ご迷惑をかけました。僕、一人で帰ります。どうか、弥生さんをお願いします。

まよ　ちょっと待ちなさい。人の生き死にのことだから、まして肉親のことだから信じない訳ではないけれど、日本の軍隊は、規律のきびしいことでは世界でも一番だと言われているのよ。私達はそう教えられてきたわ。兵隊同士が殺し合いをするのは、戦争だから止むを得ないとしても、罪もない女子供までがどうして殺されなきゃいけないの。それも日本の兵隊さんだっていうの？　あんたは腹立ちまぎれに口から出まかせを言ったんでしょう。私の主人は、戦死してしまったけれど、その兵隊の一人だったのよ。

弥生　（日本語）まよさんは、燼滅《じんめつ》という言葉を知っていますか？

まよ　燼滅？

弥生　火で焼くということです。日本の軍隊がよく使う言葉だそうです。この人が生まれたのは、太原の近くの武郷という村だけど、その村が燼滅に遭ったのは三年前の秋で、そのころこの人は戦場にいて、焼かれたのは知らなかったそうです。（中国語）あなたの村は焼かれてしまったんでしょ。

魁　（中国語）噂は聞いていましたから、心配になって、ある日の夜、気付かれないようにして村へ入りました。

弥生　ある日の夜、気付かれないようにして村へ入りました。

魁　（日本語）燼滅でした。どこまでもどこまでも焼けてました。（中国語）まるで死んだ村です。猫の仔一匹いません。どぶ川に死体が浮いてました。

弥生　村は焼かれてしまって、だれもいません。どぶ川に死体が浮いていました。

魁　（日本語）そのとき、一人の老人《ラオレン》、年寄です、ラオレンに会いました。彼は言いました。（中国語）討伐にきた日本軍が、村人を殺して、そのあと火を点けた。お前の母親も妹も殺されて焼かれた。みんなそうやって殺された。没法子《メーファーズ》だ。

弥生　お前の母親も妹も殺された。死んでしまった。没法子だ。仕方がないって。

魁　（日本語）あなたの、旦那さんも戦争で死んだと聞きました。大変お気の毒です。どうか許して下さい。

まよ　……

魁　でも、これだけは分って下さい。僕の国はどこも戦場です。毎日毎日、どこかでだれかが、血を流しています。それだけは日本と違います。

まよ　……

魁　お世話になりました。僕、行きます。

弥生　魁さん！

魁　あなたはいけない、来てはいけない。

弥生　なにを言うの、あなたを一人にする訳にはいかないわ！

魁　駄目です！

まよ　待ちなさい。私も一緒に行くわ。

弥生　まよさん！

まよ　あなたの話を全部信じた訳じゃないけれど、あなたの国が、戦場だということだけは、私にも分るわ。日本だって平和という訳ではないけれど、火を点けられたり殺されたりはしてないわ。それならば、同罪ぐらいは我慢しないとね、没法子だわ。

弥生　本当に行ってくれるんですか？

まよ　私なんかが出て行ったって、この人の罪が軽くなるとは思えない。ただね、こうみえても、私は名誉ある出征軍人の妻ですからね、お国のために戦死した帝国軍人の未亡人ですからね、こんなボロアパートの、こんな部屋でも、ここは誉れの家なのよ。その私が二人を引き止めたのだと言えば、向うの扱いだって多少は違うでしょう。

弥生　まよさん、有難うございます。

まよ　そうと決まったら早い方がいいわ。（支度をしながら）憲兵に見つかって連れて行かれるよりは、恐れながらと自首して出た方が罪は軽くなるわ。とにかく当って砕けろよ。よかったら行きましょう！

魁　（両手を突き）まよさん、謝々《シエシエ》、謝々。

まよ　……短い御縁だったわね。あなたも辛いでしょうけど、弥生ちゃんも辛いのよ、みんな辛いのよ。いつか戦争が終って、平和になって、あなた達が、また会える日がくるのを、祈ってるわ。お大事にね。

魁　謝々。（弥生も泣いている）

まよ　さ、行きましょう。

田川が廊下に現れる。

田川　（戸を叩く）まよさん！　田川です。まよさん、お留守ですか？　まよさん！

まよ　うるさいわね、もう寝ちゃっているのよ、帰って頂戴！

田川　座長がおみえになったんです。（廊下奥に向って）座長ッ、まよさんは居ます。

ロッパが現れる。座長と聞いて、まよは魁の頭にコートを掛ける。

ロッパ　遠野君、済まんが戸を開けるよ。（と開けようとするが、まよがおさえている）おい、なんだ、鍵が掛かっているのか？　急用なんだ、ちょっと開けてくれ！　私だよ、ロッパだよ、なぜ開けないんだ！

田川が加勢して戸を開ける。

ロッパ 夜おそく済まんと思ったけどね、じつは魁君が……（隅で小さくなっている弥生に気がつく）弥生じゃないか！（コートを取る）やっぱりここへ来てたのか。随分探したぞ。

弥生 済みません。

魁 済みません。

ロッパ 君達が、二人で会場を抜け出したというのは、田川君から聞いたんだ。ところがこの男、へンに男気なんか出しやがって、会が終るまで黙っていたんだ。脱走だとか分って大騒ぎになってな、みんなで手分けして探したんだがどこにも見当らない。ことによると二人は、世を儚《はかな》んで電車に飛び込んだか、松の木にでもぶら下がったか、私はそこまで考えた。そうしたらこの男が、行くとすればまよさんのアパートです、僕が案内しますからって……お前、どうしてまよのアパートを知っていたんだ？

田川 え？　そ、それは……

ロッパ ま、いい。とにかく生きててよかった。本当によかった。

まよ 御心配をおかけして済みませんでした。今から私も一緒に芝の宿舎へ行くつもりだったんです。

ロッパ 私が連れて行くから、お前さんはいい。（田川に）それより君は宿舎へ電話をかけてくれ。二人は、ロッパが無事に保護をした。多少おそくなるかもしれないが、古川が責任をもって連れて行くから、どうか安心して下さいと、こう言うんだ。
田川　はい。
ロッパ　ああそれから、私の車の中にウィスキーが二本ある、サントリーの十二年と七年だ。十二年の方はうちへ帰ってから飲むから、七年の方を持ってきてくれ。
田川　つまみはどうしましょう？
ロッパ　そんなものはありゃせんよ。
まよ　じゃが芋の煮たのがありますけど。
ロッパ　じゃが芋でウイスキーか。ま、いいだろう。
田川　（去る）
弥生　先生、御心配をおかけして申し訳ございませんでした。じつは私達は……
ロッパ　そんなことはもういいよ。それより明日のことだがね、見送りは駄目になってしまったんだ。
弥生　えッ、いけないんですか？
ロッパ　魁君には君から説明してくれ。明日の見送りは、女優はすべて罷りならんということになってしまった。強《きつ》いことを言うようだが、これも君達二人が蒔いた種だ。そう思って諦めるんだな。
弥生　……
ロッパ　その代り、私の車に乗って、宿舎まで一緒に行きなさい。それがお別れだ。
弥生　有難うございます。
ロッパ　魁君、まさか、こんな形で君とさようならをしようとは思わなかったが、ことの成り行きで止むを得ない。ただ、はっきり言えることは、合同公演を断ればよかったということです。おそらく君達だって、そう思っていたでしょう。しかし、それは出来なかった。おたがいに、そんな不協和音を抱えながら稽古に入ったんだが、一つだけ、君達から教えられることがあった。それはね……

田川がウイスキーを持って戻ってくる。

田川 失礼します。先生、警備担当者がカンカンになって怒っています。すぐに連れてこい、連れてこなかったらロッパも同罪だって。

ロッパ ウイスキー。

田川 （渡して）警備担当者が……

ロッパ 分っているよ。まよ、コップないか？

まよ 私も飲みたい。

ロッパ みんなで飲むんだよ。

まよ は、はい。お茶碗でもいいですよね。お水の欲しい人は薬缶に入ってますから。

弥生 私がやります。

田川 先生ッ。

ロッパ うるさいんだよ、お前は。

田川　僕も一口。

ロッパ　勝手にしろ。（まよと弥生が仕度をする）……ウイスキーも近頃は、なかなか手に入らなくてね、これは雅叙園から掠めてきたんだ。

まよ　まあ、ひどい。（一同笑う）

ロッパ　それじゃ、ま、一応乾杯。

一同は口々に（乾杯）（頂きます）（美味しい）など言う。

田川　乾杯なんかしている場合じゃないですよ、先生！

ロッパ　うるさい、向うへ行ってろ。

一同　（笑う）

まよ　先生、さっき教えられたっておっしゃったけど、なにを教えられたんですか？

ロッパ　む？　ああ。あれはね、菊田君が言っていた言葉でもあるんだ。あの男、今回は特に熱を入れて書いたから、稽古に入ると、例によって怒鳴りまくっていた。ところが一座の人間にくらべると、どうもこの連中の動きが鈍い。言葉の問題もあるけれど、それだけじゃない。いくら教えてもノロノロしている、そのくせ、執拗に聞きにくる。だが、出来ない。さすがに菊田も呆れちゃってね、あの連中は駄目ですね、やる気がないんですって匙投げちゃった。ところが、幕が開いて、三日経ち五日経ちするうちに様子が変ってきた。演技に実《み》が入ってきたっていうのか、一人一人がどっしりしてきた。人物に成りきって、舞台で生きているんだよね。絶対に崩さない。その点、一座の人間は覚えるのも早いけど、途中で息切れがしてバタバタになっちゃう。今日の千秋楽の舞台を見ながら、菊田は泣いていた。私も芝居をしながら泣いた。そしてね、考えたんだ、この人達は辛抱強い。鈍重だけど、一度覚えたら崩さない。日本人は、なにをやらしても早くうまくやるが、長続きがしない。国民性といってしまえばそれまでだが、中国の連中は、息が長くて、したたかで、ま、図々しい。それが今回の教訓だった。

一同　……

ロッパ　魁君、君達が来日してから今日までの三十七日間、いろいろと厭なことがあったでしょうが、よくやってくれました。一座を代表してお礼を言います。有難う。

魁　（日本語）僕の方こそ、お世話になりました。感謝してます。

ロッパ　（腕時計を見て）それじゃ最後に、君達が「髭のある天使」の中で歌った「月亮在那裏《ユエリアンツアイナーリ》」を、みんなで歌ってお別れとしようじゃないか。

一同　（拍手）

月亮在那裏《ユエリアンツアイナーリ》

月亮在那裏　月亮在那裏

他照進我的房　他照上我的林

照着那破砕的戦場
照着我甜蜜的家郷
幾時能入我的懐抱
他好　訴一訴　我的哀傷

魁がまず歌い出す。やがて一同も歌う。
一同、歌い終って拍手。その間に管理人のくらやアパートの住人が廊下に出てくる。

ロッパ　じゃ、行こうかね。
弥生　まよさん、お世話になりました。
まよ　気をつけてね。
一同　（廊下に出る）
くら　（大声で）やっぱりロッパだわ！　ねえ、あんた古川ロッパでしょう。
ロッパ　ロッパならなんだって言うんだい。
まよ　先生、そんなことおっしゃっちゃいけません。人気に障ります。（くらに）済みません、あとで色紙を頂いておきますから。
田川　ささ、車が待ってますから、先生も魁さん達もどうぞ。
魁　（立ち止まる）まよさん、さようなら。

まよ　（無言で手を差し出す）
魁　（しっかりとその手を握る）
まよ　ご無事で……お帰りを……
弥生　（中国語で）ご無事で、お帰りを。
魁　謝々、謝々。

一同は去る。
まよは部屋に戻ると、カーテンを開けて外を見る。

幕

第二幕

(一)

一九四九年(昭和二十四年)春。

まよの店。

新橋近辺の焼跡にある屋台。前の空地に縁台や坊主椅子が置いてある。

陽は傾いているが、焼跡はまだ明るい。

縁台に杉田と角倉、女優の月野が坐っている。店のかたわらで、田川が煉炭火鉢を起している。

下手より浦が、派手な身形のあけみと一緒に現れる。

浦 お待たせして悪かったね。あけみちゃんが快く承知してくれたよ。

杉田 そうですか、どうも済みません。

角倉　よろしくお願いします。
あけみ　よしてよ、そんな他人行儀みたいな言い方をして。
杉田　でも、今じゃ手の届かないスターさんだからね。
あけみ　またそんなことを言う。あら、あんた田川君じゃない？
田川　しばらくです。
あけみ　へえ！　お店を出したっていうから、花環ぐらい贈らなきゃいけないかしらと思っていたんだけど、これじゃあねえ。
角倉　花環が泣きますよ。
一同　（笑う）
あけみ　まよちゃんは？
田川　今、買出しに行ってます。
あけみ　大変ねえ。
浦　ところで、稽古場では人目につくのでここへ来てもらったんだが、君達三人だけかい？
杉田　大路君がまだ来てないんです。
月野　私、探してきましょうか？
浦　いや、あまり派手に動いて座長のお耳にでも入ったらことだからね、三人でいいでしょう。
あけみ　浦さんたら、今日は朝から逃げ回っているんだって。
浦　なにしろ坊っちゃん育ちだから聞きわけがないんだよ。ま、そんなことより、あけみちゃんの話を聞いてもらおうか。

あけみ　こういうお役目は、私は苦手なんだけどさ、浦さんに頼まれたから、とりあえず菊田さんにお願いしてみたのよ。そうしたら、いつでも会うから、放送局へ連れといでって。

角倉　えッ、本当？

杉田　俺達のことを覚えててくれたの？

あけみ　忘れる訳はないでしょう、散々怒鳴っていたんだから。ただしね、昔の菊田一夫じゃないのよ。今や売れっ子の大先生だから、言葉遣いだけは気をつけてね。

杉田　分ってますよ。

角倉　うまく行ったら、「鐘の鳴る丘」に出してもらえるかもしれないね。

あけみ　それが図々しいっていうの。今日は御挨拶だけ。よろしくお願いしますって、それだけ。もし駄目なら映画の仕事もあるから、私が口を利いてあげてもいいわ。

杉田　なにからなにまで、済みません。

角倉　恩に着ます。

浦　本来なら、みんなの仕事の割りふりは私の役目なんだが、近頃はロッパ一座と言っただけでそっぽを向かれちゃうもんだから、先の見通しが全く立たないんだ。いずれは……ま、考えたくはないけど、いずれは、一座の解散ということも覚悟しなければ、とは思っているんだが、当分の間は座長には内証にしてて下さい。

月野　私達だって、なにも劇団を潰そうとは思ってないけどさ、仕事がないんですもの。

角倉　箍《たが》がゆるんじゃったからね、座長という箍がゆるんじゃったから、こういうことになっちゃったんですよ。
浦　それじゃボチボチ出掛けようか。
杉田　田川君、お邪魔をして済みませんでしたね。
角倉　そうそう、お勘定。一杯三十円だから六十円ね。
田川　有難うございます。
月野　お邪魔しました。

一同が行こうとしたとき、下手より赤ン坊を背負い、買出しの包を持ったまよが現れる。

あけみ　まよちゃん！
まよ　まあ、みなさんおそろいで。いらっしゃいまし。（あけみに）しばらくね。
あけみ　結婚したとは聞いていたけど、赤ちゃんのことは知らなかったわ。
まよ　去年の秋に生まれたの。あけみさんは近頃はおいそがしそうね、映画のポスターでよくお名前を拝見するわ。
あけみ　あなたはどうして辞めちゃったの。せっかく良いところまで行ったのに勿体ないじゃない。
田川　済みません。

あけみ　そうよ、あんたが悪いのよ。
まよ　私はこの人が好きだから一緒になったの。お芝居より好きだから結婚したの。
あけみ　そう。じゃ、なにも言うことはないけど、喧嘩なんかして馬鹿みたいだったわ。
まよ　喧嘩？
あけみ　むかし「父帰る」のときに、役のことで私と争ったことがあったでしょう。まさかそのあんたが、屋台の女将さんになるとは夢にも思わなかったわ。
田川　済みません。
あけみ　行きましょう。

大路が血相変えて駆けてくる。

大路　浦さん！　まずいよ、まずい！　おやじに捕まっちゃった！
杉田　なんだと。
大路　稽古場でばったり会っちゃったんだ。浦君を知らないか、知っているんなら案内しろって。あ、来た！

ロッパが現れる。

ロッパ　やっぱりこんなところへ来ていたんだね。浦君、稽古場で会おうって約束したのに、何故来なかった？

浦　急に用事が入ったものですから。

ロッパ　電話ぐらいくれてもいいじゃないか。この男に会わなかったら、私は待ちぼうけ……みんな、どうしてここへ集まっているの？

浦　いえ、その、あけみ君がみんなを食事に招待してくれたんです。

ロッパ　食事？　どこで、なに食うんだ？

あけみ　すぐ近くの新橋の第一楼が再開したって聞いたものですから。ねえ浦さん、そうよね。

浦　そうです、そうです。第一楼です。

ロッパ　君は、私よりも中華料理の方が大事だっていうのか。

浦　とんでもない。このあとすぐに稽古場へ戻るつもりだったんです。（一同に）ささ、おそくなるといけないから、君達は行きなさい。あけみ君、よろしくお願いしますね。

あけみ　座長、いずれまた。さ、行きましょう。

杉田　失礼します。（一同は去る）

浦　座長、こんなところではなんですから、有楽町の稽古場へ戻りましょう。

ロッパ　私は君に用事があって来たんだ、わざわざ戻ることはない。

浦　しかし、正月映画の話もありますので、やはり稽古場の方が……

ロッパ　私がここへ来ていることは、電話番の女の子に言ってある。そんなことより、君に聞きたいのは、これなんだよ、これ！（配役表を出す）「婦系図」の出演者の連名。君はこれを知っているんでしょう？

浦　……

ロッパ　戦時中の映画だから、私は忘れていた。ところが昨日会社へ顔を出したら、写真はそのままで再上映するというんだ。配役表を見せられて俺はびっくりした。名前がないんだ、名前が！　ロッパのロの字もないんだ。君は知っていたんだろう？

浦　あとで聞いたんです、向うのミスなんです。

ロッパ　嘘言っちゃいかん。

浦　嘘じゃありません。

ロッパ　君までが俺を騙すのか！　宣伝部長のなんとかいう若僧が飛んできやがって、俺に向って、なんと言ったと思う？　ロッパさんの名前を入れると、客が入らないって抜かしやがったんだ。ミスじゃないんだ。初めから外すつもりだったんだ。君は知っててなにも言わなかったんだ。それでもマネージャーといえるのか！

浦　映画会社の決めたことですからね、いくら私が抗議をしてもどうにもなりません。そんなことより座長、さしあたり大事なのは正月映画のことです。

ロッパ　断る、絶対断る！

浦　下手に断ると、この先仕事はなくなります、それでもいいんですか？

ロッパ　なんて映画だ？

浦　「憧れのハワイ航路」です。主演は岡晴夫のほかに、美空ひばりという子供の歌い手だそうです。
ロッパ　もう少しまともな仕事はないのか。いくら落ち目になったとはいえ、私はロッパ一座の座長だよ。芝居一筋にやってきた人間だよ。その私に、歌い手の引き立て役をやれと、君は言うのか。私にもね、プライドってものがあるんだ。
浦　では、お断りになるんですね？
ロッパ　きまっているでしょう！
浦　では、奥様にどう御返事をしたらいいですか。
ロッパ　ど、どうとは？
浦　奥様から再々にわたって、滞納している税金と、長原のお宅の借入金、それと生活費を、一日も早く届けて欲しいと言われているんです。もし座長が、この仕事を受けて下されば、私は必ず前渡金を貰ってきます。如何でしょう。
ロッパ　……
浦　厭だとおっしゃれば、あとは、十日で利息一割の烏金を借りることになります。しかしそれをしたら、すべてお仕舞いです。
ロッパ　……出るよ。
浦　では早速、会社の方へ連絡してみます。（歩みかける）
ロッパ　その代り、ポスターに特別出演と書くように、そう言ってくれ。
浦　そのぶん、ギャラを下げられますよ。

ロッパ　……言わなくてもいい。

浦は去る。

焼跡の空に僅かに夕焼を残して、周囲は暗くなる。近くの家から、「鐘の鳴る丘」の歌声が聞こえてくる。

赤ン坊を田川に渡したまよがお茶を運んでくる。

まよ　夕方になると、どこの家でもこの放送を聞いていますね。お茶をどうぞ。

ロッパ　焼酎。

まよ　大丈夫ですか？

田川　先生、ビールがありますよ。

ロッパ　焼酎。

まよ　この前おみえになったときは、飲みながら咳をしてらしたでしょう。

ロッパ　風邪は治った。

まよ　なにか召上がりますか、と言っても煮込みぐらいしかないんですけど。

ロッパ　この前食べたときは、新聞の切れっぱしが出てきたぞ。

まよ　うちじゃありませんよ、まあひどい。

田川　どうぞ。（コップを運んでくる）

ロッパ　（飲もうとして顔を顰める）
田川　メチールじゃありません、芋です。
ロッパ　（鼻をつまんで飲む）
まよ　なにも鼻をつまんで飲むことはないでしょう。
ロッパ　ウイスキーとはえらい違いだ。
田川　ウイスキーといえば、むかしまよのアパートで、例のあの中国の青年をまじえて飲んだことがありましたね。あれから、もう八年ですよ。
ロッパ　どうしている、あの子は？
まよ　魁さんですか？
ロッパ　いや、あの青年は中国へ帰ったきりで消息は分らんが、ほら、あの女の子。
まよ　弥生ちゃんですか。弥生ちゃんは信州へ疎開をして、今では安曇《あずみ》村というところでお百姓さんをしているそうです、世帯を持って。
ロッパ　戦争がみんなの人生を狂わせてしまったが、この間、ある新聞を読んでいたら、チャップリンがむかしを思い出してこんなことを言っていたそうだ。僕が全盛だったのは、昭和の初めに日本へ来たころだ、あのころが、なんといっても、一番全盛の時代だったって。
まよ　……
ロッパ　私なんか足元にも及ばないが、全盛と言われてみて、一体私には全盛と言われた時代があったんだろうかって、ま、チャップリンと比較するのは不遜だけど、同じ役者だからね、そんなことを考えた。ところがすぐに気がついたよ。全盛というのは、遺した仕事があるから全盛なんだ。私みたいに、カスみたいな仕事をやってきた人間に、全盛と胸張って言える時代なんかある訳がない。その証拠に、今では、ロッパと言っても、知っている人間はあまりいない。それも映画や舞台じゃない。私がね、即興で歌った、例の、お殿様でも家来でも、お風呂に入るときは、みなはだか、あんな愚にもつかない歌が、今のロッパの代表作になっちまったんだ。悲しいねえ。われながら全く哀れだと思うよ。

まよ　（注ぎながら）ねえ先生、怒らないで聞いてくれますか？

ロッパ　（黙って飲む）

まよ　この際、劇団を手放してしまったらどうですか。

ロッパ　な、なんだと？

まよ　そうすれば先生は身軽になります。お一人で、ご自分の好きな仕事を選べるじゃありませんか？

ロッパ　馬鹿なことを言うんじゃない。苦労を共にした仲間を、自分の都合で切り捨てるなんて、そんな理不尽なことを出来る訳はないでしょう。第一、私は大将だよ。大将が敵前逃亡したら世間のいい笑いものになるよ。

まよ　でも、共倒れになるよりは増しでしょう。

ロッパ　共倒れ？

まよ　生意気なことを言ってごめんなさい。でも、舞台のお仕事だってなくなってしまったんですから、これからは御自分のことだけをお考えになった方がいいと思います。エノケン先生だって、ついこの間、劇団を解散したじゃありませんか。

田川　そうですよ。一座の連中だって、案外それを望んでいるかもしれませんよ。

ロッパ　（焼酎を飲む）……妙なもんだね。

まよ　……

ロッパ　戦争が終って、焼野原になっちまったが、おかげで、おかげでという言い方も変だが、でもおかげで、夜空がこんなにも奇麗になった。いや、空だけじゃなくて、隅田川も川底が見えるくらいに奇麗になって、鯔《ぼら》や沙魚《はぜ》が泳いでいるっていうもんだからね、この間浜町河岸までわざわざ見に行った。

まよ　……

ロッパ　なるほど、川は奇麗になったが、魚は見つからなかった。川っぷちに立って、しばらく薄曇りの本所の空を眺めていたんだが、そのうち、目の前をね、ひらひらひらと紋白蝶が翔んできやがった。春になれば出てくるんだから、べつに珍しくはないが、この蝶々、どうも生まれたばかりとみえて、翔び方がおそろしく不器用なんだ。木の枝へ止まろうとするんだけど、風が吹くたんびにやり直し、やっと止まったと思ったら、今度は風に煽られて、でんぐり返しをして、またやり直し。そのうち、奴さん、とうとう諦めたとみえて、川の向うへひらひら翔んで行った。どこで生まれたのか、どこから来たのか、どこへ行くつもりなのか、戦争でなにもかも焼けちまったというのに、よくまあ、種が残っていたものだと、小さくなった紋白蝶を目で追いながら、そんなことを考えていた。そのうち、なんだか急に涙が出てきやがってね、ああ、生きるというのは、こんなことなのか、風に吹かれてよたよたしながらも、やっぱり生きている方がいいんだな。そんなふうなことを考えていたよ。

まよ　……（目頭をおさえる）

ロッパ　すっかり暗くなったな。じゃ、ここへ置くから。（金を出す）

田川　いいですよ、先生。

ロッパ　貧すると雖《いえど》も、焼酎の代金ぐらい持っているよ。

田川　済みません。

まよ　有難うございます。

ロッパ　邪魔をしたね。仲良くおやり。

まよ　先生もお元気で。

下手より中沢が現れる。

中沢　失礼ですが、古川ロッパさんですね。

ロッパ　……

中沢　いやあ、随分お探ししました。長原のお宅や撮影所を回ったあと、稽古場へ伺って、やっとここにいらっしゃるとお聞きしたんです。ところが、焼跡の屋台と言われても、同じようなお店が何軒もあるものですから、あっちへ行ったりこっちへ行ったり、いや、参りました、ははは。

まよ　どういう御用件ですの？

中沢　え？　ああ、いやいや、これは失礼しました。私はセントラルという映画代理店のプロデューサーで中沢と申します。（と名刺を出す）ロッパさんの舞台は何度も拝見しております。

ロッパ　御用は？

中沢　じつは、突然ですが……（と言いかけてまよ達を見る）

ロッパ　構わんよ、身内同様の人間だから。

中沢　では申し上げます。ロッパさん、突然ですが、アメリカの映画にお出になる気はありませんか？

ロッパ　なんだって？

中沢　くわしいお話は事務所で申し上げますが、アメリカの二十世紀フォックスという映画会社が、御存知かとは思いますが、その二十世紀フォックスから、是非ロッパさんに出演して頂けないかという連絡が私どもにあったんです。

ロッパ　アメリカの映画会社が、どうして私なんかに……？

中沢　私どもが推薦したんです。

ロッパ　……

中沢　要点だけ申し上げます。映画の題名は、Three Came Home 三人の帰宅とでも訳すんでしょうか、監督はジーン・ネグレスコ、主演の女優は、かの有名なクローデット・コルベールです。じつはこの映画に日本人が重要な役で出るんです。先方では、年齢は四十四、五歳、演技力は勿論ですが、知名度のある俳優、つまり日本でも名前の売れた俳優が望ましいと言ってきておるんです。それを聞いて、私どもは躊躇なくロッパさんを推薦したんです。如何です、お受けになりませんか。

ロッパ　ちょ、ちょっと待ってくれ。藪から棒にそんなことを言われても、本当に本当なのか……

中沢　本当です。ちょっとこれを御覧下さい。（と書類を出す）これは、GHQの民間情報局のジョージ・山中という将校からの添書です。この通り英文でタイプされていますが、内容はですね、日米両国の友好親善のために、是非御協力を要請する。ミスターロッパ・古川。分るでしょう、これ。アメちゃんのお墨付なんですよ。

まよ　先生！　すごいじゃないの。絶対に出るべきですよ！

ロッパ　本物かな。

まよ　まだ疑っているんですか。先生を騙しても、この方は一銭の得にもなりませんよ。

中沢　そうですよ。

ロッパ　しかしだね、重要な役というけど、どういう役なの？

中沢　捕虜の監督です。

ロッパ　えッ、捕虜！

中沢　陸軍の将校で、人情味溢れる捕虜収容所の所長さんの役です。

ロッパ　……私はよくよく捕虜に縁があるんだなあ。

中沢　えッ？

ロッパ　いや、そういう役なら、私は戦時中にやりましたからね、お手のものです。
中沢　決まった！（と握手をする）では契約については、あらためてお話し合いをしますけれど、正式に決まるまでは、どなたにもおっしゃらないで下さい。
ロッパ　分ってるよ。それより、撮影はアメリカでやるんだろうね。
中沢　ハリウッドです。
ロッパ　ハリウッド！　おい、焼酎々々！　いや、ビールビール！
まよ　はいはい。（田川に）なにぐずぐずしているの。ビールをじゃんじゃん出しなさい！
ロッパ　前祝と言ったら、なんですけどね、お近付きの印にひとつ。
中沢　折角ですが、事務所へ戻って、先方へ電報を入れなきゃなりませんので……
ロッパ　まあま、一杯ぐらいいいじゃありませんか。（とビールを注ぐ）お世話になると思いますが、どうかよろしくお願いいたします。
中沢　いえ、こちらこそ。（一口飲んで）先方もさぞ喜ぶでしょう。では、私はこれで。
ロッパ　わざわざ有難うございました。
まよ　有難うございました。
中沢　（去る）
まよ　先生、よかったですねえ！
田川　おめでとうございます。
まよ　日本の役者で、戦後アメリカへ行くのは、先生が最初ですよ。

ロッパ　まるで夢でも見ているような気分だ。今夜ねむれるかなあ。
まよ　そんな子供みたいなことをおっしゃってどうするんです。お仕事がうまく行ったら、先生は世界のロッパですよ。
ロッパ　世界のロッパ！
まよ　先生、乾杯しましょう、乾杯。
ロッパ　畜生ッ、チャップリンの奴め、今にみてやがれ！　乾杯！
二人　乾杯！

三人はビールを飲む。

暗転

(二)

ロッパの家。
前場より十日程経った古川家の応接間である。応接セットのほかに、壁際に本棚や、洋酒類をならべたサイドボードが置いてある。快晴の昼下がり。

妻の道子が、トランクに洋服を詰めている。上手のドアから松江が、大きなボストンバッグを持って現れる。

松江 お借りしてきましたよ。
道子 済みません。
松江 焼け出されなければ、もっと良い鞄があったんですけどね、借り物だから贅沢は言えないわ。
道子 おとなりの奥さん、なんかおっしゃってました？
松江 今度はどこへ巡業ですかって？
道子 えッ？
松江 言いませんよ、あの子から口止めされているんですから。多分関西から九州でしょうって、いい加減なことを言っといたわ。
道子 でも、本当にアメリカへ行けるんでしょうか？
松江 あの子はそのつもりですよ。もし駄目だなんてことになったら気が狂っちゃうんじゃないかしら。

ロッパがダイアローグを見ながら、大声で喋りながら入ってくる。

ロッパ ミセス・キース、ワット　アー　ユァー　スインプトムズ？　（女声を真似て）アイ　ハァ

ヴァ　スタマックエイク。ウェン　デイッド　イット　スタート　ハーテング？　（以上繰り返す）

道子　お父さん。

ロッパ　おお、ハー　ワー　ユー。

道子　鞄はこの二つでいいですか？

ロッパ　オーケー　オーケー。

松江　お客様はどうしていらっしゃるの？

ロッパ　廊下で今電話をかけているんです。フライトの時間を問い合わせてみると言ってましたから。ま、プリーズ　スイット・ダウン、スイット・ダウン。

松江　日本語でおっしゃいよ。

ロッパ　坐って下さいってことです。

松江　分ってますよ、それぐらいのことは。

道子　お薬も入れようと思うんですけど、その前に一度、駅前の岡本医院で診て頂いたらどうですか？

松江　そうそう。あなたは糖尿の気があるし、それに咳が出るでしょう、よく。この際だから、先生にしっかりと診て頂くといいわ。

ロッパ　行きましたよ、昨日。

松江　え、いらっしゃったの。

ロッパ　例によって、酒は慎め、油っこいものは避けろ。あの藪医者は同じことばかり言っているんですよ。そんなことより、ちょっとこれを見て下さい、今サインをしましたけど、仮契約書です。

松江　仮契約書？

ロッパ　これを先方に送ると、折返し二十世紀フォックスから正式の契約書が届くんです。中身はですね、撮影期間は四週間、つまり一カ月です、ギャランティーは、日本を出発して、撮影に入るまでは、一日二十ドル、撮影に入ったら週給八百ドル、八百ドルですよ。

道子　日本のお金にして、いくらぐらいです。

ロッパ　（ポケットから小型算盤を出す）一ドルが今、三百六十円だから、八百を掛けて二十八万八千円、四週間だから百十五万二千円。日本で貰う私のギャラのざっと五本分です。

松江　ある所にはあるもんだねえ。

道子　そのお金ですけどね、いくらか前借り出来ないでしょうか？

ロッパ　前借り？

道子　たとえ五百ドルでも、いえ、三百ドルでもいいんですけど……

ロッパ　君ね、アメリカの映画に出られるだけでも幸運なのに、前借りだなんて……

道子　よく分っておりますが、何分税金もあるし、借金もあるし、今手元には千円のお金もないんです。

ロッパ　この間も言ったように、正月映画の前渡金が貰える筈だから、当座はなんとかその金でやりくりしてもらいたいんだ。一月か二月辛抱してくれれば、どっとお金が入ってくるんだから。

松江　古川ロッパの家に、千円のお金もないなんて……世間様は信用しないでしょうねえ。

下手のドアより中沢が現れる。

中沢　ロッパさん、出発の日取りが決まりました！
ロッパ　何時《いつ》ですか？
中沢　五月十日までにハリウッドへ来てくれと言っているんです。
ロッパ　ということは、あと半月！
中沢　向うでは、ロッパさんの出演場面はあと回しにして、どんどん撮影が進んでいるそうです。僕はこれからマッカーサー総司令部へ行って、スキヤップの特別許可が貰えるように申請書を出してきます。
ロッパ　間に合うのかね？
中沢　間に合わなくてどうします、僕も一緒に行くんですから。それよりさっきも言いましたように、外務省へ行って渡航の許可願、パスポート用の写真を十枚、そして復員局へ行って、戦時中、兵役には一切服さなかったという証明書、これを貰ってきて下さい。
道子　荷物はどうしましょう？
中沢　いつでも発《た》てるように、仕度をしておいて下さい。それから何度も言うようですが、新聞発表は、うちのセントラル社が決定と同時に行ないますから、くれぐれも外へは洩らさないようにお願いします。

ロッパ　自慢じゃないけど、私は口の堅いのだけが取柄なんだ。その点は大丈夫。

中沢　では、あとでまた連絡しますから。

ロッパ　御苦労さん。

道子　よろしくお願いいたします。（と中沢を送って去る）

ロッパ　（ボードからウイスキーを取り出し）考えてみると、戦争が終ってからこっち、やることなすこと裏目続きでしたが、映画が封切りされれば、私は一躍時の人です。ロッパの名前は、日本の全国津々浦々にまで流れます。そうなれば、映画も舞台も放送も、ロッパさんロッパさんで注文が殺到します。一座の連中だって仕事が増えて、暮しが楽になります。

道子　あなた、今からそんなにお飲みになったら……

ロッパ　酒というのは、こういうときのためにあるんです。それからね、母上も君も聞きなさい。私はハリウッドの仕事が終ったら、清も一緒に、家族四人でアメリカへ旅行しようと思っているんです。

松江　アメリカへ？

道子　そんなことが出来るんですか？

ロッパ　お金が入るんですよッ、週給八百ドルですよ。私はね、ニューヨークへ行ったら、まず摩天楼、エンパイヤー・ステートビルへ行って、マンハッタンを一望します。それからブロードウェイ。日本の役者で本場のミュージカルを見るのは、私が一番です。長年の夢が叶うんです。世界のロッパになるんですからね。

玄関の方でチャイムが鳴る。道子が「はーい」と答えて去る。

ロッパ ただね、母上。私は心配なことが一つだけあるんです。

松江 なあに？

ロッパ （ドアの方を気にして）道子には言えませんけど、相手役の女優なんです。

松江 お嫌いなの？

ロッパ とんでもない。クローデット・コルベールといったら、今やアメリカを代表する美人女優ですからね、私は今からドキドキしているんです。しかも私が扮する捕虜収容所の所長というのは、彼女に大変やさしいんです。大変紳士的なんです。日本の軍人なんか野蛮人だと思い込んでいた彼女も、少しずつ、少しずつ私に心をひらくようになりましてね、いつしか恋心を抱くようになるんです。

松江 まあ、そういう筋書なの？

ロッパ いいえ、全然違うんですけどね、なにしろ向うの女性というのは情熱的ですから、ミスター・ロッパ、アイラブユウー、なんとかして、なんてことになったらどうしようって、それを考えると、夜も寝られなくなるんです。

松江 馬鹿々々しい。

道子が一升瓶を抱えて戻ってくる。

道子　お父さん、これ、三河屋さんからお祝ですって。

ロッパ　なんのお祝？

道子　アメリカへいらっしゃるお祝ですよ。

松江　あなた、お酒屋さんに喋ったの？

ロッパ　喋りませんよ！

道子　三河屋さんは、岡本医院の先生からお聞きしたんですって。

ロッパ　え！　あの藪医者はお喋りだねえ！　ここだけの話、ここだけの話って、何度も釘を刺したんだ。

松江　じゃ、あなたが喋ったんじゃないの。（廊下で電話のベルが鳴る）いいわ、私が出ますから。

（と去る）

道子　このお酒、どうしましょう？

ロッパ　勝手に持ってきたんだから貰っておきなさい。

道子　三河屋さんは、御町内の放送局ですからね、今日中には噂がパーッとひろまりますよ。

ロッパ　あの藪医者め、どれくらい貰えるんですかって言うから、ざっと五百万ぐらいでしょうと言ったら、それじゃ、溜っている薬代を払って下さいって。

道子　そんなことまでお喋りしたんですか！
松江　（戻ってくる）郁郎さん、高峰三枝子さんからお電話があったの。ハリウッドへは何時いらっしゃるのかって。
ロッパ　えッ！
松江　お見送りは出来ないけれど、明日にでもお餞別をお届けしますって。
ロッパ　ちょ、ちょっと待って下さい。私は三枝子君には会っていませんよ。
松江　高峰さんは、一昨日《おととい》エノケンさんからお聞きしたんですって。
ロッパ　エノケンの野郎、なんてお喋りなんだ。私はね、ここだけの話、ここだけの話って、何度も釘を刺したんですよ。
松江　結局はあなたでしょう。口の堅いのが取柄だなんて、よく言えたものね。

玄関のチャイムが鳴る。

道子　私、もう厭ですよ。
松江　私だって厭よ。あなたがお出なさい。
ロッパ　仕様がないなあ。もし新聞記者だったら、一切知らん顔ですよ、いいですね。

ロッパが立ち上がって行こうとしたとき、ドアが開いて浦が入ってくる。

浦　失礼します。
ロッパ　なんだ、君か。
浦　どなたもお出にならないものですから、突然で済みません。
松江　いらっしゃい。
道子　何時もお世話になっております。ささ、どうぞ。今お茶を淹れますから。
浦　いいえ、御用が済んだら、すぐに失礼します。座長、喜んで下さい、例の正月映画の前渡金を貰ってきました。
ロッパ　えッ、出たの？
浦　はい！　この通り十万円です。
ロッパ　いやあ、有難いねえ。母上、どうです、物事というのは、弾みがつくと、とんとんとんとうまく行くんですよ。いや、御苦労さま。では。（と手を出す）
浦　いいえ、その前にですね、座長も随分水臭いじゃありませんか。アメリカへいらっしゃるならいらっしゃるで、どうして一言おっしゃって下さらなかったんです。
ロッパ　え？
浦　えじゃありませんよ。私は昨日放送局で、徳川夢声さんから聞いたんです。夢声さんにはお話になれても、マネージャーの私にはなにも言えないと、こうおっしゃる訳ですか？
ロッパ　いやいや、うっかりしていたんだよ、うっかり。しかし夢声の奴もお喋りだねえ。ここだけの話、ここだけの話って、何度も釘を刺したんだけどねえ。

浦　とにかく、おめでたいお話ですから、そのことはもう結構ですが、劇団の幹部連中がですね、出発前に是非集まって、座長の壮途をお祝いしたいと言っているんです。みんなの強《た》っての希望ですから、これだけは受けてやって下さい。

ロッパ　済まないねえ、なにからなにまで……

道子　御面倒をおかけして済みません。

浦　では前渡金ですが、ここに五万円ありますから、どうぞお納め下さい。

ロッパ　あとの五万は？

浦　なにをおっしゃるんです。向うへ行けば、ギャラが五百万でしょう。

ロッパ　えッ、五百万？

浦　夢声さんは、座長からそう聞いたって言ってましたよ、五百万もお貰いになるのに、たかが五万円ぐらいなんですか。残りの五万円だって、劇団の運営資金に回すんですから。

ロッパ　そういうこと。

浦　そういうことです。奥様、百円札ばかりで申し訳ありませんけど、千円札は、来年の正月にならないと出ないんだそうです。どうぞおたしかめ下さい。

道子　有難うございます。

浦　では私は、これからみんなに連絡をしなければなりませんので、これで失礼します。

ロッパ　わざわざ済まなかったねえ。

浦　座長、どうぞそのままそのまま。（と言いながら、ロッパに送られて去る）
松江　なんだか、騙されたみたいだねえ。
道子　おだてられると、すぐに乗っちゃうんですから。（札を数える）まあ、汚ない百円札ばかり。
大変だわ、これ。

ロッパが、〽お殿様でも　家来でも〽
と歌いながら戻ってくる。

ロッパ　道子、踊ろう！
道子　冗談じゃありませんよ。
ロッパ　銭勘定はあと回しだ。さあ、踊ろう。
道子　厭ですよ、厭ですったら！

ロッパは、強引に道子を引っぱり出すと、〽日本人でも　アメちゃんでも　お風呂に入るときは　みな裸……〽と、歌いながら踊り出す。

暗転

(三)

ロッパの家。

前場より一週間後の夜。劇団員によるロッパの歓送宴が催されている。

ロッパを中心にして、松江、道子。そして劇団員の浦を始めとして杉田、角倉、大路、矢島、あけみ、月野のほかに田川とまよが席に着いている。

浦　ごらんの通り、今夜はごく内輪だけの集まりですから、まずみんなで、座長のために乾杯しようじゃありませんか。

田川　賛成！

矢島　異議なし！（一同は手を叩く）

一同　（ビールなどを注ぐ）

浦　正直なところ、今回のアメリカ映画御出演の話は、私たち座員にとっては、全く寝耳に水の出来事でした。

ロッパ　私だって、寝耳に水の出来事だった。

一同　（笑う）

浦　しかし御出演がきまった以上は、われわれロッパ一座の座長として、いや、日本の俳優の代表として、ハリウッドに旋風を巻き起すような、素晴らしい演技を御披露なすって下さい。撮影に入ると、約二カ月間、現地でお暮しになるそうですが、どうかくれぐれもお体にはお気をつけになって、そして、金髪の色香に惑わされることなく、元気に御帰国されますことを、座員一同心よりお祈り申し上げます。では、座長の壮途を祝して、乾杯！

一同　乾杯！（そして拍手）

ロッパ　有難う、有難う。私はね、元来が大言壮語は苦手な人間だが、今度ばかりは敢えて言います。かの、水泳の古橋広之進君が世界新記録を出して、敗戦後の日本人に夢と希望を与えてくれたように、この古川ロッパも、ハリウッドの撮影現場で、日本の俳優ここに在り、と称賛されるような演技を、連中に見せてやろうと思っていますよ。

一同　（拍手）

ロッパ　また、そうすることがね、この素晴らしいチャンスを与えてくれたアメリカさんへの、なによりもの恩返しだと思うんだ。だってそうでしょう、ひょっとすると、これまでの私の役者人生を、根底から覆すかもしれないような最大のチャンスだからね。つくづく連中のふところの広さに感心しているんだ。いや、冗談でなしに、足を向けては寝られないっていうのが、いつわりのない心境だね。（と笑う）

松江　演説はもうその辺でいいでしょう。

あけみ　先生、どうぞ。（ビールを勧める）

杉田　少し言い過ぎじゃないんですか。

ロッパ　む？
杉田　お気持は分りますけど、そこまで卑屈になることはないでしょう。
ロッパ　卑屈？　私がいつ卑屈になった？
角倉　役者ですからね、仕事が貰えれば、そりゃ嬉しいでしょう、でも、アメリカさんへの恩返しは、ちょっと聞き苦しいですね。
浦　角倉君、やめなさい。
角倉　しかし。
松江　あら、どなたかいらっしゃったみたいね。
まよ　私、出ます。（と去る）
ロッパ　君たちは知らんだろうが、私は青年の時代からアメリカ映画が好きだったんだ。アメリカが好きだったんだ。卑屈でそんなことを言っている訳じゃない。
角倉　では、節操の問題ですかね。
ロッパ　節操？　私に節操がないとでも言うのかね。
あけみ　先生、やめましょう。倉さんも言い過ぎよ。
角倉　お前は黙ってろ。
あけみ　お前とはなによ！
まよ　（戻ってくる）先生ッ、珍しいお客様。だれだと思います？
ロッパ　だれでもいいよ。

まよ　そんなおっしゃり方はないでしょう。（振りむいて）お入りなさい。

弥生が現れる。

弥生　失礼します。
あけみ　弥生ちゃん！
田川　弥生君！
弥生　先生、みなさま、暫くでございます。今日のことはまよさんからお手紙を頂いていたんですが、畑の仕事もあるし、子供もまだ小さいものですから、とても無理だと思っていたんです。でも、どうしてもお会いしたくて出て参りました。先生、その節はなにかとお世話になりまして、有難うございました。
ロッパ　いやあ、よく来てくれたねえ、お礼を言いますよ。
まよ　奥様、信州のお土産ですって。
弥生　こんなものでお恥ずかしいのですが、信州の山芋です。
道子　まあまあ、なによりのお土産。有難うございます。
浦　それじゃ弥生君も来たことだから、気分を変えて、もう一度乾杯しようじゃないか。
杉田　待って下さい。
浦　いい加減にしなさいよ。

角倉　浦さんは卑怯だよ。
浦　なにが卑怯だ。
角倉　みんなで座長に話をしようと言ったのは、浦さんでしょう。
浦　だから、あとでゆっくりと……
杉田　座長、アメリカ行を中止する訳にはいかないんですか？
ロッパ　なんだと？
杉田　さっき奥さんに伺ったら、出発の日時はまだはっきり決まってないとおっしゃいました。どんな契約をなさったのか知りませんけど、ロッパ一座の名誉のためにも、映画出演は中止して頂きたいんです。
ロッパ　妙なことを言うじゃないか。私のアメリカ行が、どうして一座の名誉に係わるんだ。第一、中止した場合は、私の名誉はどういうことになるんだ。
大路　では、お決まりになったんですか？
ロッパ　行くに決まっているでしょう。
大路　いいえ、出発の日時です。
道子　予定では、明後日《あさって》の午後一時に羽田の飛行場を出発することになっているんですが、手続きの関係もあって、二、三日おくれるかもしれないと言われているんです。
杉田　座長、僕たちは軽演劇の役者ですから、難しいことは言いませんが、しかし座長は、一座の看板です。いや、喜劇の世界の大看板です。その座長が、戦争が終ったとたんにアメリカの映画に飛びつくなんて、僕たちには納得がいかないんです。

ロッパ　飛びついた訳じゃない、向うから頼みにきたんだ。

大路　でも、お受けになったんでしょう。

ロッパ　気に入ったから受けたんだ。第一、そんなことまで君たちにとやかく言われることはない。

角倉　そんなことはないでしょう。ロッパ一座は戦時中のことを忘れたのかって言われているんですよ。ねえ浦さん、そうでしょう。演劇人懇話会の席で、そう言われて吊し上げられたんでしょう。

杉田　浦さん、これが最後の集まりになるかもしれないんだから、言うべきことは、はっきり言ったらいいんじゃないの。僕たちだって厭だよ。ロッパ一座は戦犯だなんて言われたら寝覚めが悪いよ。

ロッパ　戦犯？

大路　原因はですね、原因は、怒らないで下さいね、原因は座長のアメリカ行なんです。映画出演が公になったために、戦時中のことが蒸し返されて問題になっているんです。そのとばっちりを受けて、僕たちまでが戦犯役者だなんて言われているんです。

月野　座長、アメリカ行はやめて下さい。

矢島　お体の具合があまり良くないって、奥さんから聞きましたけど、それを理由にして。

ロッパ　ちょっと待ちなさい！　君たちは一体今日はなにしに来たんだ。壮行会だなんてお体裁を言っているけど、じつは示し合わせて私のアメリカ行を潰しにきたんじゃないか。卑怯ですよ！　陰険だよ！

道子　あなた。

ロッパ　君たちは向うへ行っとれ。行きなさい！（道子は松江と去る。まよも弥生と一緒に去る）いいかね、私のアメリカ行は仕事なんだ。あくまでも個人的な仕事なんだ。そりゃね、そりゃ、戦時中は鬼畜米英を叫んで軍事劇を沢山やりました。しかし、あれだって仕事であることに変りはない。好きでやった訳じゃない。

杉田　しかし、「髭のある天使」だけは、それでは通らないでしょう。

ロッパ　なに？

杉田　中国の捕虜を舞台に出したのは、ロッパ一座だけなんですよ。

浦　演劇人懇話会というのは、新劇や大衆演劇の関係者の集まりなんですが、二、三日前にその席で、座長のアメリカ行が話題になったんです。そのときある人間から、古川ロッパは、常に権力者の方にばかり顔を向けている、むかし陸軍、今アメリカだって言われたんです。

ロッパ　そ、そりゃ違うよ！　結果論としてはそうであっても、意識的にやった訳じゃない。違う違う、それは違う！

角倉　では全く反省がない訳ですか？

ロッパ　なんの反省？

大路　あんな芝居を上演した反省ですよ。

杉田　座長は仕事とおっしゃいましたけど、あのとき日本は戦勝国でした。戦勝国だから、罪のない中国の人たちを無理矢理連れてきて、晒し者にしたんです。ところが戦争に負けたとたんに、今度は戦勝国のアメちゃんに胡麻を擂《す》って仕事を貰う。芝居屋として、心に痛みはお感じにならないんですか。

ロッパ　感じていますよ、君たち以上に感じている！　今でも、あの人たちには済まないことをしたと思っています。しかし何度も言うように、あれは仕事だったんだ。避けて通る訳にはいかなかったんだ。

角倉　そんなことはないでしょう。座長がはっきりノーとおっしゃれば、なんの問題もなかったんです、僕たちまでが戦犯役者だなんて言われずに済んだんです。

ロッパ　しかしだね、あのとき断ったら、ロッパ一座は解散です。潰されたんです。どう逆立ちしたって軍の力には勝てなかったんだ。

大路　そんなことを伺っているんじゃありません。僕たちは座長の責任問題を問うているんです。

ロッパ　今さらそんなことを言っても……

杉田　今さらとはなんですか。そんないい加減なお気持だから、なんの反省もなしに、アメリカ行をお決めになったんでしょう、しかも今度の役も、捕虜収容所の所長だというじゃありませんか。僕が心に痛みを感じないかとお聞きしたのはそのことなんです。一人の役者として、いえ、一人の人間として恥ずかしいとお思いになりませんか。

浦　座長はさっき、潰されるとおっしゃいました。なるほど、戦時中の軍の力は強大でした。しかし如何に強大であっても、当時の人気劇団を抹殺するほどの力はありません、もしそんな暴挙に出た場合には、日本の国民は黙ってはいなかった筈です。

ロッパ　そ、それは君、暴論だよ。今だからそんなことを言えるけど……

杉田　座長は必要以上に軍を惧れていたんです。よしんば潰されたとしてもですね、それは名誉ある解散ですから、なんら恥じることはなかったと思うんです、僕たちは初めからその覚悟でいました。

浦　過ぎてしまったことですから、不毛の議論はこの辺で辞めにしますけど、ただ、参考までに申し上げたいのは菊田さんのことですから、不毛の議論はこの辺で辞めにしますけど、ただ、参考までに申し上げたいのは菊田さんのことです。あの脚本を書いた菊田さんには、座長と同じくらいの責任があります。しかしあの人は、敗戦直後、一人でGHQに出頭して、自分は戦時中に、沢山の軍事劇を書いた戦犯作家だと名乗りをあげたんです。この先、どうしたらよいのかと訊ねたそうです。むろん不問に付されて、無事でした。演劇関係者の中には、彼のこの行動を、変り身の速さだと非難する人間もいたそうですが、しかしそのあと彼は、戦災孤児をテーマにしたラジオ・ドラマを書いて、戦時中の反省を形にして表わしたんだと思うんです。私はべつに、それが偉いと言っているんじゃないんです。ただ座長に、多少なりともその反省があれば、アメリカ映画という選択はなかったんじゃないかと、それが残念でならないんです。

ロッパ　……今だから言うけど、敗戦直後は、いつMPが捕まえにくるかと思って、内心びくびくしていたんだ。だが戦犯と言っても、軍人や政治家と違って、私なんか吹けば飛ぶような役者だから、まさか巣鴨へ送られるようなことはあるまいと、そう自分に言い聞かせて忘れようとしていたんだ。そんなときに菊田の噂を聞いた。正直、私は恨んだね、意気がって、なにを馬鹿なことをしやがるんだ。寝た子を起すような真似をしやがって、俺の立場はどうなるんだ、そう思って、奴を恨んだ。

一同　……

ロッパ　だからね、そんな菊田にくらべて、お前の態度はなんだと言われたら……私は一言もないんだが、ただ、戦犯と言われるほどの悪いことを俺はしたんだろうか、いやいや、反省しているよ、責任も感じている、ひどい舞台を作ったもんだと、思い出すと額のあたりが冷たくなることがある。しかし、心のどこかでそう思っていることも事実なんだ。が、いずれにしても、君たちには大変迷惑をかけてしまって、本当に申し訳ない。この通り謝ります。

あけみ 座長もこうおっしゃっているんだから、この話はもうやめましょう。

月野 悪いけど、私失礼するわ。お酒なんか飲む気分じゃないもの。

杉田 座長、いろいろと失礼なことを申し上げて、さぞお気を悪くなさったことと思いますが、どうかお許し下さい。僕たちもこれですっきりした気分でお別れすることが出来ます。

ロッパ お別れ？

あけみ 杉田さん、あとにしなさいよ、あとに。

杉田 （鞄の中から封書の束を出す）突然ですが、これを受け取って頂きたいんです。

ロッパ （封書の表を見て）退座届？　なんだね、これは？

角倉 最近は殆ど劇団活動をしていませんが、それでも区切りは区切りです。ここにいる全員の退座届です。

浦 私も事務の整理が済み次第、辞めさせて頂きます。長い間お世話になりまして有難うございました。

杉田 お世話になりました。

ロッパ ちょ、ちょっと待ってくれ！　いきなりそんなことを言われても、受け取る訳にはいかないよ。君たち幹部に辞められたら一座はどうなっちゃうんだ。

大路　これからは、みんなが自由に生きて行けばいいと思うんです。

ロッパ　そんなことを聞いているんじゃない、理由ですよ、理由！　いくら君たちが古参の役者でも、劇団を潰してもいいという権利はない筈だ。

角倉　理由でしたら、さっきから何度もお話をしました。

杉田　座長とは所詮考え方が違うんです。

ロッパ　誤解だよ、君たちは誤解しているんだ。私はアメリカから帰ってきたら、みんなの暮しが立つように仕事を探します、舞台公演も再開します、約束します！　ねえ君たち、もう一度やり直そうじゃないか！

杉田　せっかくですが、僕たちはもう決めたんです。

浦　本来でしたら、壮行会のあとに、ゆっくりお話をすべきでしたが、私の不手際からこんなことになってしまいました。その点は深くお詫びします。また別れると言っても、同じ演劇人ですから、どこかできっとお目にかかることがあると思うんです。座長もどうかお体にはくれぐれもお気をつけになって、ますます良いお仕事をなさって下さい。長い間本当に有難うございました。

ロッパ　結成以来十三年だよ、十三年間同じ釜のめしを食ってきた仲間たちと、こんな別れ方をしようとは、私は夢にも思わなかった。君たち、どうしても辞めるつもりかね。至らぬ点があったら、私は直す、謝る。この通り頭を下げる。もう一度考え直してくれ。頼む！

杉田　では、アメリカ行は中止してくれますか？

ロッパ　……

杉田　行かないとおっしゃれば戦犯の問題も立ち消えになります。退座届も撤回します。

ロッパ　それとこれとは話は別でしょう。私は戦犯なんかじゃないよ！

杉田　あなたって人は、戦時中の反省はひとかけらもないんだ。（一同に）失礼しよう。

角倉　帰ろう！

ロッパ　待ってくれ！　待て！

まよ　先生！　おやめなさい！

少し前に、まよと弥生が現れる。

まよ　謝る必要なんかありませんよ！

ロッパ　君は黙っておれ！

まよ　もっともらしい理由をつけてますけど、みなさん方は、以前から辞める相談をしていたんです。先生のアメリカ行は関係ないんです。

角倉　余計なことを言うな！

まよ　本当のことを言っているんですよ。うちの店で焼酎を飲みながら、その話をしていたんでしょう。主人がちゃんと聞いているのよッ。（田川に）あなたもまたあなたよ。肝心のときに何故黙っているの。張り子の虎だって、こういうときには首ぐらい動かすわよ、言っておやんなさい、一部始終ちゃんと聞いたって！

田川　もういいよ。

まよ　いいことないでしょう！　田川も私も、今では劇団から離れていますから言う資格はありません。でも、さっきから伺っていると、まるでロッパ先生おひとりだけが、あの芝居に賛成したようにおっしゃっていますけど、本当にそうなんですか？　みなさん方は、そろって反対なさったんですか？　そんなことはないでしょう、あの威張り腐った軍人に嚇かされて、全員手を挙げたじゃありませんか！　杉田さんはさっき、座長は必要以上に軍を惧れていたとおっしゃったけど、あのとき、一番初めに賛成と言ったのは、杉田さん、あなたよ。軍の指導だから、反対などと口が裂けても言うべきじゃない！　あなたはそう言ったのよ！　浦さんだってそうだわ。軍のお墨付が貰えるんなら切符は即座に売り切れだ。大賛成だってそうおっしゃったのよ。それがなあに？　軍の力がいくら強くてもロッパ一座を潰したら国民が黙ってないですって？　そんな国民が一体どこにいたのよ！

杉田　関係のない奴が偉そうに言うな！

まよ　私はね、あのとき参加しなかったから、一人だけ良い子になって、こんなことを言っている訳じゃないのよ。私だって一座の人間だったから、責任を云々するんなら、私だって同罪よ。偉そうに言っている訳じゃないわ。でも先生のアメリカ行が、どうして戦犯の問題にまで発展しちゃうの？　節操がないと言うのなら話は分るわ。でも戦犯とはなによ！　もし先生が戦犯なら、ロッパ一座の人間はみんな戦犯よ。同じ仲間の人間が、どうして先生だけ責めるの！　戦争が終って平和になったからといって、あまり奇麗ごとばかり言うものじゃないわ！
田川　まよ、もうやめろ！
まよ　あなたまでがなによ！
浦　みんな、失礼しよう。
ロッパ　話はまだ終っとらんよ！　私は戦犯の問題なんかどうだっていいんだ。これは受け取れない。返す！（封筒を出す）
まよ　先生、放っときなさい！
ロッパ　余計なことを言うな！　これは返す！

杉田たちが帰ろうとして開けたドアから、中沢が入ってくる。

ロッパ　中沢君！
中沢　（来客を見て、一瞬たじろぐ）
ロッパ　待っていたんだよッ。いや、よく来てくれた。（奥に向って）道子、中沢君が来てくれたよ！
中沢　あの、お取り込みのご様子なので……
ロッパ　いや、いいんだいいんだ。劇団の連中なんだ。それより出発はどうなりました、いつでも発てるように仕度は出来ているんだ。道子！

中沢　ロッパさん、申し訳ありません。
ロッパ　……
中沢　間に合わないんです。代役が決まったんです。
ロッパ　そ、そんな馬鹿なことって。
中沢　この間から何度も電報のやりとりをしていたんですが、撮影の都合でこれ以上は待てない、来ても無駄だ、そう言うんです。残念ですが、僕の力ではもうどうにもなりません。
ロッパ　そんな無責任な言い方があるか。今日までずるずると引っぱってきたのは君じゃないか。今になって駄目だなんて……
中沢　事務所挙げて出来るだけのことはしました。八分通りはＯＫだと思っていました。ところが土壇場へきて、ＧＨＱがビザの発給を取りやめたんです。
ロッパ　理由は？　理由はなんだね？
中沢　ロッパさん、ロッパさんは、何故戦時中の芝居のことを僕に隠していらっしゃったんです。
ロッパ　……
中沢　許可がなかなか下りないものですからたまりかねて例のジョージ・山中の所へ談判に行ったんです。ロッパさん、お宅の劇団では、中国人の捕虜たちを日本へ連れてきて一緒に芝居をしたそうですね、たしか、「髭のある天使」とかいう芝居です。ミスタージョージがどこで調べたのか、だれに聞いたのか知りませんが、もしこの問題が公になった場合には、戦時国際法による捕虜虐待の条項に抵触する――

ロッパ　虐待！

中沢　理由はどうあろうと、強制的に日本へ連れてきて、強制的に舞台へ出した行為は、演劇という名にかくれた捕虜虐待であり、捕虜の待遇に関する国際条約に違反している、そう言って訴えられる可能性があるというんです。

ロッパ　馬鹿なことを言っちゃいかん。私が頼んで彼らに来てもらった訳じゃない。軍に命令されて已むなく受け入れたんだ。そんなことは調べればすぐに分ることだ。

中沢　ジョージが気にしているのは、ロッパさんのアメリカ行が報道されれば、中国へ帰った捕虜たちが、あらためてロッパさんを起訴することも考えられるというんです。その場合、総司令部としては阻止できないと言うんです。

まよ　それ、ちょっと可笑しいんじゃないんですか。

中沢　……

まよ　だって、訴えるというのは、ロッパ先生を戦犯として訴えるということなんでしょう。でも東京裁判は、去年の暮に終ったんですよ。今さら訴えるもないじゃありませんか。

中沢　終ったのは、東条たち七名のA級戦犯でしょう。処刑されてたしかに終りました。でも、BC級戦犯の裁判はまだ終っていないんです。

まよ　BC級！

中沢　その問題の決着が付くまでは、ビザを発給する訳にはいかないと言うんです。そこまで言われたら僕としても……

ロッパ　分った！　今からＧＨＱへ行こう。

中沢　なんですって。

ロッパ　そりゃね、そりゃ日本へ来たのは彼らの意志じゃなかった。しかし虐待と言われては私は黙っている訳にはいかない。公演中は、みんな同じ楽屋のめしを食い、同じ役者として芸を競い合い、千秋楽の舞台では、だれもかれもが涙を流して成功を喜んだんだ。日本も中国もありはしない、同じ演劇人として滾《たぎ》るような熱い心で舞台を作ったんだ、虐待だなんてとんでもない。（一同に）なあ、君たちだってそう思うだろう。一度だって差別をしたことはない。それだけは君たちも認めるだろう。（中沢に）そうなんだよ、話せばきっと分ってもらえると思うんだ。

中沢　そんなことは僕が伺っても仕方ありません。とにかく、この問題はすべて白紙になりました。残念ですが……

ロッパ　残念ですがって、それじゃ私の立場はどうなるんだ。かりにも契約書を取り交わしているんだよ。お払い箱になった役者は、紙屑と一緒に消え失せろと言うのか。

中沢　困っているのは映画会社も同じです。先方では已むなく早川雪洲に代えたそうです。

ロッパ　雪洲ッ。

中沢　アメリカに住んでいるから、それで決めたんでしょう。私も乗りかかった舟ですから、せめていくらかでもキャンセル料が貰えるように、話だけはしてみます。

ロッパ　ゼニ金の問題じゃない。私の名誉だよ！　世間の笑いものにされるんだ。そこまで考えたことがあるのか！

中沢　じゃ、どうしろとおっしゃるんです、相手はＧＨＱですよ。話の通るような相手じゃないんです。

ロッパ　だから一緒に行こうと言っているんだ、おい君！　中沢君！

ロッパは、二、三歩、中沢を追おうとするが、取りかこむようにして見詰めている浦たちに気がつく。

間——

ロッパ　……見ての通りだ。アメリカ行は断念したから、これは撤回してくれるだろうね。

浦　座長、おたがいに演劇人ですから、言葉を弄ぶことはやめましょう。断念ではなくて、断られたんでしょう。

ロッパ　……

浦　このまま御一緒に仕事を続けても、きっと痼《しこ》りは残ります。失礼します。（一同は去る）

ロッパ　ちょっと待ちなさい！　それじゃ、私はどうしたらいいんだ。浦君！　杉田君！　待ちなさい。おい待て！

玄関へ去った一同を追って、ロッパは去るが、同時に帽子掛けの倒れる音や人の倒れる音。道子もまよも急いで玄関へ行く。「お父さん！」「先生！」の声があり、やがて田川やまよに抱えられて、ロッパが戻ってくる。血を吐いている。

ロッパ　奴らを帰すな、帰すな！

まよ　喋らないで！　奥様、お医者様！

道子　（去る）

まよ　弥生ちゃん、手拭、水に濡らして。

弥生　はい。（と去る）

まよ　今お医者さんが来ますからね。大丈夫ですか、苦しいですか？

ロッパ　……血を吐いたこと、だれにも言うな。仕事がなくなる。

まよ　喋らないで！

弥生が手拭を持ってくる。

まよは口元のあたりを拭いてやる。

暗転

（四）

一九六〇年（昭和三十五年）暮。

大阪・梅田コマ劇場の楽屋。

入口に「ミヤコ蝶々さん江」の暖簾が下がっている。楽屋では、弟子の邦江がマイクから流れてくる（ジングルベル）の音楽に合わせて、歌を歌いながら化粧前の整理をしている。

悦子が鬘《おかる》を持って現れる。

悦子　なにしとるのや、座長が戻らはるえ。
邦江　鬘は直ったんですか？
悦子　直らんでどないするのや。初日やで今日は。休憩はなんぼや？
邦江　三十分です。
悦子　三十分？
邦江　クリスマスのショーが延びているんだそうです。
悦子　マイク消し。
邦江　へい。（マイクを消す）

羽二重をつけた蝶々が現れる。

邦江 お戻りやす。

悦子 座長、休憩は三十分やそうです。

蝶々 聞いた。今のまに、ちょっと挨拶に行ってくるけど、先生の楽屋はどこや？

悦子 おとなりです。

蝶々 そら南都雄二さんの楽屋やろ。

悦子 そうです。

蝶々 阿呆。雄二さんとはこの間別れたばかりや。別れた男のところへ、なんで挨拶に行かなならんのや。古川先生の楽屋や。

悦子 古川？

蝶々 ロッパ先生や。

悦子 ああ、あのよいよいのお爺ちゃん。

蝶々 よいよいとはなんや。お年は召してはるけど、むかしは喜劇の大先生やったんや。

邦江 あのお方でしたら、二階の小部屋ですけど、行かはるんですか？

蝶々 あたりまえや。

悦子 座長、生意気いうて済んまへんけど、ものごとの筋がちょっと違いまへんか。

蝶々　なにが違う？

悦子　今度の梅コマのお芝居は、ミヤコ蝶々が座長だっせ。挨拶やったら先方がくるのが筋やおまへんか。

邦江　みんなはおなさけで出してもろたと言うてます。

蝶々　なにがおなさけや。あてが頼んで出てもろたのや。

悦子　そやけど、あんな病人では芝居になりまへんで。昨日の舞台稽古かて、動きはとろくさいし、科白は入っとらんし、あれでは座長の沽券にかかわります。

蝶々　やかましい。漫才師に沽券なんぞあらへん。あんたらが厭ならあてひとりで行くえ。

悦子　行きます、行きますがな！

邦江　座長ッ、来はりました！

大石内蔵助の扮装をしたロッパが、だらしなく着物を着て、よろよろしながら現れる。

蝶々　先生ッ、どないしはりました？

ロッパ　初日の御挨拶に……

蝶々　てんごう言わんときなはれ。なにが御挨拶や。ささ、入っとくなはれ。（弟子に）座布団、座布団！　先生にお座布団を出さんかい。大丈夫ですか？（と思わず腕を摑む）

ロッパ　大丈夫。

蝶々　わざわざ来やはらんでもよろしいのに。ちょ、ちょっと、坐れますか、大丈夫ですか？　あての肩に摑まって。そうそう、ゆっくりと、ゆっくりと……そうそう。
ロッパ　坐れた。
蝶々　坐れたいうて喜んでたら、どもならんな。これから舞台でっせ。
ロッパ　御迷惑をおかけして済みません。座長、初日おめでとうございます。
蝶々　座長はやめておくれやす、なんや知らん、嬲《なぶ》られてるような気がしますがな。へい、初日おめでとうさん。
ロッパ　昨日も申し上げましたが、科白がなかなか入りませんので、閊《つか》えたときには、よろしくお願いいたします。
蝶々　忠臣蔵いうても、年忘れのお笑い忠臣蔵ですよって、科白ぐらいどないにでもなりますがな。それより先生、袖口から見えてはるのはメリヤスのシャツと違うか。
ロッパ　寒いから。
蝶々　なんぼ寒い言うたかて、大石内蔵助がメリヤスのシャツ着てはったら可笑しいわ。そういえば、股引も穿いてはるわ。
ロッパ　ラクダです。
蝶々　そんなこと聞いてへん。なんや、顔もそのままやな。メークどないしはります？
ロッパ　私がメークをしたら、二枚目の内蔵助になってしまうから。
蝶々　なるわけおへん。ま、よろし、あとで見てあげます。それより、さっきからどうも怪っ体な着物を着てはると思うてたんやけど、それ、うしろ前と違いますか？

ロッパ　そうかな。

蝶々　おかるのあてと道行せんならんのに、これやったらどもならん。よっしゃ、先生、もういっぺん立っとくなはれ。あてが直してあげます。立てますか？（悦子に）こら、ぼんやり見とらんと、手貸さんかいな。

悦子　ほれ。（乱暴に立たせようとする）

蝶々　ほれとはなんや。人を品物みたいに言いくさって。うしろから支えるのや、おまえが突っかえ棒になるのや。そうそう。よろしいか、帯を解きますよってな、両手をちょっと上げて。

ロッパ　恥ずかしい。

蝶々　あての方がよっぽど恥ずかしいわ。（解いたとたんに品物がバラバラと落ちる）なにが落ちたんや。マイクに、白金懐炉に御守。どこの御守や？

ロッパ　豊川稲荷。

蝶々　大石内蔵助がなんでお稲荷さんの御守をつけななりまへんのや。ほな、帯締めますよって、ぐるぐると回っとくなはれ。その場でぐるぐるっと、腰回してどないしますのや、体です、体！　ぐるぐるっと、（ロッパ、へたへたと坐りそうになる）坐ったらあかん、難儀やな、これは。ほんまに大丈夫かいな。（と帯を締める）ま、これでよろしやろ。坐らしたらんかい！

悦子　ほれ。

蝶々　またほれ言う。お茶でも出さんかい。

邦江　（お茶を出す）

悦子　座長、悪いことは言いまへん、吉良上野介に役替えてもろたらどないだす。

蝶々　なんでや。

悦子　上野介やったら、炭小屋で坐ったままでよろしいがな。

蝶々　阿呆ッ。時間を見てきなはれ。

悦子　へい。（と去る）

蝶々　先生、寒いことおへんか。

ロッパ　このたびは、なにからなにまでお世話になって済みません。私のような耄碌役者にお声をかけて頂いて本当に有難いと思っています。

蝶々　なに言わはりますのや。あてらは見ての通りの漫才芸人の一座ですよってな、かえって済まんこっちゃ思うてますのや。先生、楽にしとくなはれ、楽に。そないにきちんと坐られたら、あて話ができへん。あぐら掻いとくなはれ、楽にしとくなはれ。

ロッパ　では、失礼して。（あぐらを掻こうとした弾みに、うしろへ引っくり返りそうになる）

蝶々　おっとと、倒れたらあかん！　邦江、座布団や、座布団を二つ折りにして先生のお尻に当てるのや。ついでに持ち上げて！

邦江　先生、ちょっと腰上げとくなはれ、そうだす。（座布団を当てる）へい、よろしま。

蝶々　難儀やな。大丈夫かいな。

ロッパ　大丈夫です、舞台に出たらきちんとやります。

蝶々　なあ先生、お体がようないと聞いてましたさかい、小屋主さんや周りの人たちは、口そろえて、やめとけ言わはったんです。この世界は、人助けが通るような甘いもんと違う、そうも言わはりました。けどあてはな、なにも人助けのつもりで先生にお願いした訳やない。むかし、喜劇の殿さんとまで言われた先生に、ひとつでもええさかい教えて頂こう思うて、それでお頼みしたんだす。なあ先生、楽日までの二十日間、投げずにやってくれはりますな。

ロッパ　やります、約束します。

蝶々　あてみたいな漫才師が、えらそうなこと言うて済まん思うてますのやけど、あてもこの世界で、長年芸人の浮き沈みをみてきましたさかい、先生のお気持はよう分ります。つろうおすやろな。

ロッパ　自業自得です。

蝶々　……

ロッパ　体を壊したのは、不摂生の祟り。人気が落ちたは、不勉強の結果。斯くなる果つるも身のさだめって奴です。

蝶々　なんで人ごとみたいに言わはるんです。あてがつろうおすやろというのは、人間のプライドのことです。古川ロッパいう大きな看板を負うてきはった先生が、ひどいことを言われながらも、今日まで耐えてきはった性根いうか、芸人の生き方いうか、あてらかて人ごととは思えまへんさかい

ロッパ　――蝶々さん、食うためですよ、プライドだ、看板だなんて言っていたのは、十年ぐらい前までのことで、今はとにかく、食うために一生懸命なんだ。

蝶々　そんなもん、だれかて一生懸命や。あてかて食うために働いとるのや。先生、話をはぐらかしたらあかん。あてはむかしから先生のファンやったんや、厭味のない、洒落た芸が好きやったんや。そやさかい、もう一遍、花咲かしてもらいたい思うさかい、生意気を承知で言うてますのや。

邦江　（恐る恐る）座長、そろそろ時間が……

蝶々　分ってる。

邦江　……

蝶々　前々から、先生に会うたら、一遍お訊《たん》ねしよう思うてたことがおましたんや。先生は、なんで役者はんにならはったんです。

ロッパ　……

蝶々　あてら漫才師は、芸人の中でも、一段も二段も低う見られてます。けど、そんなあてらでも、河原乞食言われたら腹立ちます。なにが乞食や、あほんだら。芸人のどこがあかんのや、どこが卑しいんや。切れば赤い血の出る同じ人間や！　人を虚仮にするのもええ加減にさらせ！　と、まあ、そないことを心の中で言いながら、舞台に立ってきました。ところが先生は、華族さんの出や。えぇとこのぼんぼんや。その先生がなにが悲して役者になんぞならはったのか。あてらやったら、上目ざして、這い上がろうとするのに、先生は初めから下へおりてきはった、いえ、おりてきはったおつもりやろけど、あてらから見ると、先生は、ずーっと宙ぶらりんのままや。お気を悪うしはったら堪忍やけど、あてはそないに思うてましたんや。

ロッパ　……私は好きで役者になった訳じゃないんだ。

蝶々　……

ロッパ　若い頃、雑誌の編集をやっていましてね、そのとき、ほんのたわむれに、人の物真似をしたら、これが受けた。歌を歌ったら、これも受けた。小咄作って披露したら、これまた受けた。聞いていた菊池寛先生が、お前、役者になれ。芸もなにもない素人が、運という追風にのって、あっというまに古川ロッパになり、座長になった。舞台の真ん中でライトを浴びて、客の拍手を貰って、私は有頂天になった。役者だというコンプレックスなんか微塵もない。ないどころか、私は周りの役者とは人種が違うと思っていた。貴族であることを誇りに思っていた。生涯を通じて尊敬していたのは、谷崎潤一郎先生、菊池寛先生、久保田万太郎先生。落ちぶれて、みんなから見捨てられても、この先生方にだけは必死に縋りついていた。縋りつくことによって、私のプライドを満足させていた。だから当然のように、菊田一夫は軽蔑していた。私のために良い脚本を書き、仕事の世話までしてくれた菊田を、大衆演劇の作者だというだけで軽蔑していた。全く私って奴は、自分のことを何様だと思っていたんだろう。

蝶々　……

ロッパ　だが、戦時中に吹き荒れた嵐のような風で、私の高慢の鼻はぺしゃんこに潰された。逆らうすべはなかったと、自分で慰めてはみたものの、以後、私の心の中に、消すことの出来ない疵として残っちまった。それがまた戦後まで続いて、ロッパ一座の息の根が止まった。それからはもう一瀉千里、落ちる落ちる、落ちる落ちる、気がついたら、私の周りには、一人も居なくなっていた。

蝶々　その嵐のような風いうのは、戦時中のお芝居のことですか？

ロッパ　（頷きつつ）これはもう、話をしても分ってもらえないと思うのでね、このお荷物は、地獄の底まで背負って行こうと思っていますよ。それより蝶々さんは、お前は宙ぶらりんだと言ったね。

蝶々　へい。

ロッパ　笑うかもしれないけど、私はどん底に落ちてきて、今やっと役者の苦しさや悲しさが分ってきた。役者のくせに、どこかでそんな連中を馬鹿にしていた私が、今やっと愛しいな、と思うようになった。だからこれからは、心を入れ替えて、上を目ざして這い上がって行こう、そして役者の仲間に入れてもらおう――そう言ったら、古川ロッパは立派かもしれないけれど……

蝶々　あきまへんか？

ロッパ　宙ぶらりんと言われようと、見得坊と言われようと、私はこのままで死のうと思っています。

蝶々　出口見えまへんな。

ロッパ　見えません。それでいいんです。

悦子が走って現れる。

悦子　座長、開演十五分前です、お願いします！（廊下へ走りながら）開演十五分前です！　開演十五分前です！（と去る）

ロッパ　……くだくだとつまらぬことを申し上げて済みません、今度の芝居が、私にとっては最後の舞台になると思うので、よろしくお願いいたします。

蝶々　縁起でもないことを言わはるな。あては来年のお芝居もお願いしようと……

ロッパ　お気持は有難いけど、体がもういうことを利きません。その代り楽の日まで、大石内蔵助を精一杯務めさせて頂きます。

蝶々　そうだすか。ほな、あても芸人ですよって、おべんちゃらは言いまへん。先生の最後の舞台、見届けさしてもらいます。

マイクを通してベルの音が鳴り続ける。

暗　転

(五)

同　舞台。

「元禄花見踊」の音楽に合わせて、蝶々に手を引かれたロッパが現れる。

短い踊りがあるが、ロッパはよろよろして合わない。蝶々はそのたびに、「違うがな、違うがな」と言いながら引き戻す。

そのうち、襟首を摑んで、ぐいと引っぱったりする。

蝶々　なんや、これやったら猿回しやな。（科白になり）太夫、一力茶屋どっせ。奇麗な女子衆が待ってはりますえ。

ロッパ　おお、不細工な女ども。

蝶々　そないこと言うたらあきまへんがな。太夫、見なはれ、ええ月や。

ロッパ　今月今夜のこの月を、僕の涙で曇らして……

蝶々　そら金色夜叉や。気分出えへんな。ささ太夫、行きまひょう。股引がまた見えてはりますがな。ええ加減にさらせ、このおっちゃん！（と直してやりながら客席に向い）お見苦しところをお見せして、ほんまに済んまへん。なんせ舞台が寒いもんですよって、冷える冷える言わはって……大丈夫ですか。ちょっと二枚目の顔をしなはれ、二枚目の顔。それが二枚目の顔ですか。ま、よろしゃろ。ほなもういっぺんやりますさかいな。よろしいか。……太夫、見なはれ、ええ月や。

ロッパ　赤城の山も今夜をかぎり、生れ故郷の……

蝶々　そら国定忠治やがな。どうにもならんな。ささ、よろしおすか？　ここからは太夫おひとりで、めんない千鳥どすえ。（と目かくしの鉢巻を締めてやる）ほな太夫、気張りなはれや。

　　肩をとんと叩いて、蝶々は去る。

　　舞台暗くなり、左右両袖より手拍子と、女たちの声。

声　めんない千鳥、手のなる方へ。

声　ウキ様、鬼よ。

声　手のなる方へ。

ロッパ　どこだ、どこだ。つかまえて酒にしよう。

声　めんない千鳥、手のなる方へ。

ロッパ　どこだ、どこだ、出口はどこだ。

声　ウキ様、鬼よ。手のなる方へ。

声　めんない千鳥、手のなる方へ。

ロッパ　（途方にくれたように、舞台の左右へ歩きつつ）……道はどこだ、道が分らぬ。どこだどこだ、道はどこだ。俺の行く道はどこだ。（突然大声で）だれか、連れて行ってくれーっ！

ロッパは舞台中央で手をひろげ、仁王立ちとなる。

柝が入る。

幕

坐漁荘の人びと

二幕

登場人物

片品つる（坐漁荘の女中頭）
矢祭ぎん（同女中）
海堂あぐり（同女中）
新免《しんめん》糸（同女中）
大高ふじ（同女中）
倉田そめ（同女中）
沖中礼子（同女中）
間島たつ（同女中）
しげ乃（菊廼《きくの》家の女将）

西園寺公望（坐漁荘の主人　公爵）
谷村弥十郎（執事）
木暮《こぐれ》香（警備主任）
外折《そとおり》進次（巡査部長）
広畑東一郎（静岡県庁職員）
坂東洋介（静岡県庁職員）
仙石正夫（学生）

川島義之（陸軍大臣）
氏家匡（副官）
海堂治平（あぐりの父親）
　豊子（あぐりの母親）
是草庄吉（坐漁荘の料理人）
　初枝（庄吉の妻）
幸助（坐漁荘の庭番）
他に巡査たち

第一幕

（一）

昭和十年（一九三五）夏。

坐漁荘の台所。

正面奥に引戸のある台所。上手は渋色の暖簾がかかっていて内玄関へ通じている。下手は土間。間仕切りは障子、表は庭である。引戸の奥は女中部屋から奥座敷へ行けるようになっている。流し台、水屋のほかに円座が重ねて置いてある。

正面の鴨居に「坐漁荘」の扁額。

（坐漁荘は、静岡県興津にある公爵西園寺公望の別邸である）

午後。

戸障子の開け放された台所のまん中で、擂り鉢を前にした海堂あぐりが、慣れない手付きでゴシゴシ胡麻を擂っている。

癇癪をおこして擂り粉木で鉢を叩く。戸外で蟬の声。
庭から洗濯物を抱えた新免糸が入ってくる。

糸　大丈夫ですか。
あぐり　いやになっちゃった、もう。
糸　私が代りますから洗濯物をたたんで下さい。
あぐり　見つかったら叱られるわ。
糸　叱られたっていいじゃありませんか。
あぐり　あの女は私のことを目の敵にしているの。
糸　そんなことはありません。
あぐり　ゆうべだって御飯を食べるのがおそいからって文句ばかり言ってさ、針女《しんみょう》さんならともかく、たかが網元の娘じゃないの。
糸　お口は悪いけど、気性のさっぱりしたいいお方です。
あぐり　ああ、厭だ厭だ、こんなお屋敷にいると息が詰まりそうだわ。お糸ちゃん、逃げようか。
糸　なんですって。
あぐり　一緒に浜松へ帰ろう、そうしよう。

矢祭ぎんが、老公愛用の竹杖を持って上手より出てくる。

ぎん　網元の娘で悪かったわね。御前様のお杖でなかったら、あんたのお尻を思いきりぶっ叩いてやるとこだったわ。
糸　私がいけないんです、お仕事の邪魔をしたんです。
ぎん　どこへ逃げようとあんたの勝手だけどさ、擂り粉木ひとつ満足に扱えないような人間がえらそうに言うもんじゃないよ。なにも出来てないじゃない。
糸　あぐりさんは初めてなんです、私が代ります。
ぎん　そうやって甘やかすから、この人は仕事をおぼえないのよ、ご奉公に上がった以上は、みんなと同じ女中なの。

正面から水枕を捧げ持った大高ふじ、水差しを持った倉田そめ、花を持った沖中礼子が現れる。

ふじ　おぎんさん、水枕はどうしましょう。
ぎん　お熱は下がったの。
そめ　五度八分でございます。
ぎん　よかった。水枕は干しときなさい。
礼子　お夕飯のときには、おかべに添えてあかぞろをお出しするようにとの仰せでございます。

ぎん　あんたの言うことは時々判らなくなるの。おかべというのはお豆腐のことでしょう、あかぞろってなによ。
礼子　甘い小豆のことでございます。
ぎん　お豆腐に甘い小豆？　御前様が？
礼子　京都の私の家でもそのようにして頂きます。
ぎん　ここは京都じゃないの。静岡県興津なの。
礼子　でも御前様も、私の家と同じ公卿様であらしゃります。
ぎん　ああ、そうであらしゃりますか、あんたと話をしていると日が昏れちゃうわ。（あぐりに）なにしてるの、仕事をしなさい。
あぐり　出来ません。
ぎん　あんたね、ふつうの胡麻じゃないのよ。御前様に差し上げるために、胡麻と梅干を擂り合わせた一種のお薬なの。一口でも召上がって頂けるように真心こめて……梅干の種が入っているじゃない、種は食べられないの。ほんとにまあ、ちょっとどきなさい。こうして擂り粉木を持ったら、いいこと、みんなも見てなさい、両膝でぎゅっと擂り鉢を押さえて、かるくかるく……こうしてぐるぐる回して行けば……たまには外へ飛び出すこともあるけど、一心不乱に南無阿弥陀仏、こうしてこうして……（うまくない）

庭から片品つる（38）が入ってくる。色無地の紬に黒の中羽織。銀杏返しに結い、手には小さなボストン・バッグを提げている。だれも気が付かない。

つる　ごめん下さい、ごめん下さい。

ぎん　だれか出て。あら、おつるさん。

つる　おぎんさんね、あんたまだいたの。

ぎん　いやなこと言わないで下さいよ、まあ、しばらくですね。

つる　お久しぶり。

間島たつが奥からバタバタと出てくる。

たつ　あら、まあ、おつるさん。

つる　おたつさん、あんたもまだいたの。

たつ　二人とも売れ残っちゃったんです。

つる　だろうと思ったわ。

ぎん　どうぞお上がり下さい。

たつ　それじゃ、わざわざ東京から。

つる　御前様のお見舞。

ぎん　ご苦労さまです。（一同に）あんた方は初めてだろうけど、以前こちらさまに御奉公していたおつるさん。

たつ　大先輩。（と去る）

礼子　おつるさまって、以前こちらの板前さんと駆け落ちをなさったあのおつるさまですか。

つる　だれが教えたの。

ぎん　へへ……ま、どうぞお坐り下さい。だれか麦茶を持ってきて。

つる　おかまいなく。なつかしいなあ、台所の匂いまでが二年前とちっとも変らない。あら、お杖ッ。

ぎん　近頃はあまりお使いにならないのですが、それでも朝晩乾布巾《からぶきん》でやわらかく磨いてます。

つる　やわらかくって言えば、あんた相変らず胡麻擂りが下手ねえ。

ぎん　そうですか。

つる　力の入れすぎよ、なにもあんなに力を入れなくても、やわらかくやわらかく、いいこと。（胡麻を擂る）こうやってね、手首だけ動かすの、ほら、簡単でしょう、あんたのは肩に力を入れてごしごしやるから胡麻が怒って外へとび出しちゃうのよ。やわらかくやわらかく、手首を回すだけなの。判った。

あぐり　お上手ですねえ、だれかさんと大ちがい、ほほほ。（と去る）

ぎん　（睨む）

執事の谷村弥十郎がたつと共に現れる。

谷村　やあ、来てくれたのか。

つる　突然お伺いいたしまして申し訳ございません、御前様御病気と伺いましたので僭越ながらお見舞に参上いたしました。御様子は如何でございますか。

谷村　おかげさまでお熱も下がって、やっと峠を越した。

つる　それはようございました。じつは御門のところで、庭番の幸助さんにお目にかかったんですがね、幸助さんはもうお元気になられたよって。

谷村　私らの苦労も知らないで、うなぎが食べたいとか肉が食べたいとか、勝手なことをおっしゃっているよ、ははは。（たつに）済まないが、そこの水田屋へ行ってきてくれ。私からと言えば判るようになっているから。

たつ　畏《かしこ》まりました。（去る。その間に女中たちも去る）

谷村　それにしてもよく来てくれた。東京の新聞には大きく出たらしいな。

つる　菊乃家のおかあさんなんか真蒼になりましてね、おつるちゃん、興津の御前様が危篤だよって。

谷村　まさか。

つる　だって、天皇様のお使いがお見舞に向われたっておかあさんは言うんですよ、天皇様のお見舞がいらっしゃるようでは、もう長くない。

谷村　おいおい。

つる　むかしからそう言うじゃありませんか。ですから私も万一のときを考えて、こうやって数珠を持ってきたんです。

谷村　縁起でもないことを言いなさんな。そりゃたしかに宮内省からお問い合わせはあったが、お見舞の話までは出なかったんだ。

礼子が現れる。

礼子　執事様、ただ今お玄関に、静岡県議会のお方が三名様、お越しになりました。
谷村　ご用件は？
礼子　お見舞でございます。
谷村　名刺だけ受けとって帰ってもらいなさい。
礼子　県議会の代表として、ご病床に伺候して是非とも御前様にご挨拶を。
谷村　とんでもないことだ。いつも言うように、公爵様がお直《じき》にお会いになるのは、総理大臣の岡田啓介閣下、内大臣の斎藤実閣下のほかに、近衛文麿公爵、木戸幸一侯爵をはじめとするご昵懇のご重臣方だけです。県会議員あたりの有象無象がなにがご挨拶だ。身のほどをわきまえろと言いなさい。
礼子　はい。
谷村　おい、有象無象なんて言っちゃいかんよ。（つるに）女中といっても苦労知らずの娘ばかりだから、気が利かなくて困るんだ。その点、あんたは違っていた。
つる　歳《とし》が行ってましたからね、私が御奉公に上がったときにはもう三十を過ぎてましたもの。

谷村　すると、まだ四十前か。
つる　いいじゃありませんか、そんなことはどうだって。
谷村　いやいや、女子というのは変れば変るものだと言ってるんだ。だれが見たって、二年前まで女中をやっていたとは思えない。
つる　もともと芸者ですもの。
谷村　賞めているんだよ。水が合うのか、だれかがそうさせるのか、磨きがかかって一段と艶やかになった。殺風景な台所に奇麗な花が咲いたみたいだ。
つる　いい加減にして下さいよ、今日の執事様はなんだか可笑しいですよ。ま、御前様もお元気になられたそうで、私もほっとしました、おついでのときで結構ですから、つるがお見舞に伺ったと申し上げて下さい。それじゃ、私はこれで。
谷村　ちょっと待ちなさい。
つる　お座敷がありますのでね、夕方までには新橋へ帰りたいんです。
谷村　話があるんだ。ま、ちょっと坐っておくれ。大事なことなんだ。
つる　……。
谷村　じつは、もう一度戻ってきてもらいたいんだ。
つる　なんですって。
谷村　あんたも知っているように、私たち男の職員は庭のはずれに住居を貰っているので、夜になると、お屋敷の中は公爵様と女中たちだけになる。男子禁制はむかしからのしきたりだから、これはまあ已むを得ないとしても、問題は女中たちだ。身元はどの子もたしかだが、行儀見習が目的だからおぼこばかりで機転が利かない。しかも困ったことに上に立って、みなを取締る針女さんがいないんだ。

つる　漆葉の綾子さんがいらっしゃるじゃありませんか。

谷村　あの人はよく出来た針女さんで申しぶんはなかったんだが、体を悪くしてね、ついこの間、京都西洞院の実家に帰ってしまったんだ。とまあ、これだけ言えば察しのいいあんたも判ってくれるだろう。このたびは女中頭として、針女さんとして、再度のご奉公をあんたにお願いしたいんだ。

つる　ご冗談おっしゃっちゃいけません。そんなお役目が私に勤まるわけがないじゃありませんか、針女さんであろうと平の女中であろうと、私はもうお屋敷奉公はまっぴらです。

谷村　公爵様のお頼みでもか？

つる　……。

谷村　そうなんだ、公爵様はもう一度つるに来てもらえとおっしゃっているんだ。

つる　そんなでまかせを。

谷村　でまかせじゃない、公爵様と菊廼家とはむかしから古い御縁がある。あんたの姉さん芸者で、一代の名妓と言われたお花さんは、公爵様のご寵愛を頂いた上に、最後はこちらに移って女中頭までなさった。その妹芸者のあんたに、晩年のお身の回りを頼もうという公爵様のお気持を少しは察してあげたらどんなものだ。

つる　それじゃ私も申し上げますけど、私はね、今日は来たくて来たわけじゃないんです。いえいえ、

御前様のお体のことは前から心配していました。でも私は、二年前に間違いをおこしましたからね、
正直いって敷居が高かったんです。
谷村　庄吉のことか。
つる　お屋敷の料理人でしたから、二人そろってお暇を出されましたけど、いえ、過ぎてしまったこ
とですからそれはいいんです、それはいいんですが、私が申し上げたいのは、独りじゃないってこ
となんです。是草庄吉というれっきとした亭主がいるんです、亭主を放り出して、こちらさまにく
るわけにはいかないということを申し上げているんです。
谷村　一緒にいるのか。
つる　いますよッ。
谷村　なにしてるんだ。
つる　な、なにって、庄さんは今、帝国ホテルに勤めてます。
谷村　帝国ホテル！
つる　御前様の御威光というのはたいしたものですねえ。あの人が西園寺公望様の料理人と判ったと
たんに、帝国ホテルの偉いさんが、へへーッとひれ伏しちゃって、即座に就職がきまったんです。
そればかりじゃありません、もともと腕のよい人ですからね、二、三年もすれば料理長だろうって
言われているんです。
谷村　あの男が料理長！
つる　ま、そういうわけでございますから、今のお話はなかったということにして頂いて。では、私

はこれで。

谷村　待ちなさい。

庭から菊廼家の女将のしげ乃が、たつと一緒に入ってくる。

つる　おかあさん。

しげ乃　やっぱり来てくれたんだね、よかった、よかった。

つる　どうしてこちらへ。

しげ乃　ゆうべから水田屋さんに泊まっていたんだよ、執事様、ご面倒をおかけして申し訳ございません。

谷村　どうしても厭だと言うんだ。

しげ乃　厭？　なにが厭なんだい、滅多にないお話ですよ、断ったりなんかしたら、おまえさん罰が当るよ。

つる　ちょっと待って、お見舞に伺えとおっしゃったのはおかあさんですよ。でも、ご自分が興津へ行くとは一言もおっしゃらなかったじゃありませんか。

谷村　私が電話で頼んだんだ。

つる　するとなんですか、お二人があらかじめ仕組んだ、これは筋書ですか。

しげ乃　ああ、なんとでも言うがいいさ。東京でこの話をしたところで、おまえさんはかぶりを振って、それじゃ興津には行きませんと言うにきまっている。だから私は内証にしていたんだ。

つる　ひどいじゃありませんか、そりゃ私はおかあさんのお世話になっていますけど、お座敷のことはともかくとして、これは全然別の話ですよ。御奉公といえば聞こえはいいけれど、体のいい人身御供じゃありませんか。

しげ乃　おまえさん、よくその口が曲らないね、人身御供とはなんてことを言うんだい。私はね、執事様からこのお話を伺ったとき、ああ、これでやっとつる奴にも春が訪れた、出世の道が目の前に見えてきた、そう思って神棚に手を合わせたくらいなんだ。

つる　針女さんが出世ですか。

谷村　出世も出世、大出世だ。もともと針女さんというのは、宮中にお仕えするお末の女中たちの呼び名だったが、ご当家様の筆頭女中が、いくらなんでも女中頭では西園寺公爵家の沽券にかかわる、そこで針女さんと呼ぶようになったんだ。単に名前だけのことを言っているんじゃない、おそれ多いことだが、宮中にお仕えするようなつもりで公爵様にご奉公してもらいたい、そういう思いも籠もっているんだ。

しげ乃　そりゃね、お前さんを育ててきたのは私だから、どうぞしていい旦那がつくようにって、今日までずいぶん骨を折ってきたつもりだ。ところが男運が悪い上に客の選り好みをするから一向に芽が出ない、近頃では言ってはなんだけど、若い芸者衆がどんどん出てくるから、お座敷がめっきり減っちまった。

つる　そんなことありません。

しげ乃　そりゃ、なかには物好きなお客もいるからね、貧乏文士のやあさまとか新聞記者の村さんとか、お人はいいけど、お金のない連中ばっかりだ。むかしから芸者の出世は旦那次第というけれど、こちらの御前様は旦那も旦那、大旦那ですよ。もしも運よく御前様のお種でも頂戴したら、お前さんは大変な出世ですよ。

谷村　おいおい、お種だなんておだやかじゃないよ。

しげ乃　でも女中頭というのは、夜は御前様のお伽《とぎ》をなさるんでしょう。

谷村　馬鹿なことを言っちゃいかん、そりゃお年がお年だから、なにが起きるか判らんので、夜は女中頭がお世話を申し上げるけど、休むのは隣りの部屋だ。

しげ乃　でも、ものの弾みでお手が付くということだってあるじゃございませんか。

谷村　公爵様は今年八十七歳だ。

しげ乃　殿方はいくつになっても判りませんよ、新橋では、八十八で子供を作ったお客様がいらっしゃるんですから。

谷村　化物だ、それは。

しげ乃　とにかくね、お前さんもここが正念場だ。こちらさまに移れば、あんなぐうたら亭主とも縁が切れる、苦労しないで済むんだよ。

つる　苦労なんかしていません。

しげ乃　脇に女が出来ちゃったって、私ンとこに泣きついてきたのはだれなんだい。せっかく勤めた帝国ホテルだって三日で首になっちゃうし、どうしようもないだろう、あんな男。

つる　もういいですよ、おかあさん。

ぎんが慌ただしく入ってくる。

ぎん　御前様がお越しになられます。

谷村　なに、公爵様が。

一同が平伏して迎える中を、あぐりと糸に支えられて西園寺公望が現れる。

谷村　大丈夫でございますか。

西園寺　（一瞬よろける）

谷村　お杖！

つる　（素早く立って杖を渡す）

谷村　つるにございます。御奉公の儀、謹んでお受けすると申しております。

西園寺　花に似ておるな。

谷村　は。

西園寺　よろしく頼むぞ。

つる　（しげ乃に突つかれて仕方なく頭を下げる）

西園寺　（去りかけて擂り鉢に気付き、指で掬って一口舐める）酢っぱい。

西園寺と女中たちは去る。

谷村　あらためて言うまでもないが、西園寺公望公爵様は、今や最後の元老といわれて、天皇様の御親任最も篤いお方である。公爵様にお仕えすることは、この上ない名誉であると同時にお国のためでもある。女中といえども一命を賭して御奉公申し上げるように。

谷村としげ乃は西園寺を追って去る。

つる　……お国のため。

擂り鉢に指を突っ込んで舐める。

つる　酢っぱい。

暗　転

(二)

前場より一ヵ月後の台所。

たつにそめが菓子を食べながら話をしている。礼子はリリアンをしている。糸は土間に下りて庭の方を見ている。

午後五時に近いが、表は明るい。

たつ　きた?
糸　(首を振る)
そめ　五十二分に乗りおくれたら間に合わなくってよ。
礼子　おくれたらどうなりますの。
そめ　外出止め。
たつ　親元へ手紙が行くの。厳重にご注意下されたく候。
礼子　おふじさまのことですもの、きっとおするするとお帰りになりますわ。
たつ　おするするはいいけど、私にもそのリリアン教えてくれない。
礼子　おやりになります?
糸　きました!

汗びっしょりになったふじが庭から駆け込んでくる。

ふじ　ただ今ッ。

一同　（口々に）お帰りなさい。

ふじ　間に合った？

たつ　（腕時計を見て）三分前。

ふじ　よかった。興津の駅から夢中で走ったわ、汗は目に入っちゃうし、裾は乱れるし、しまいには下駄脱いで裸足よ。ああくたびれた。おそめちゃん悪いけど水を頂戴。

糸　あぐりさんにお会いになりませんでした？

ふじ　あぐりちゃん？

たつ　あんたと同じように、昨日外泊の許可を貰って浜松の実家へ帰ったのよ。

ふじ　まだ帰ってないの？

糸　駅でご一緒になりませんでした？

ふじ　会う訳ないでしょう。私は東京から来たんだけど、あの方は浜松でしょう。上りと下りじゃない。

糸　私、ちょっと見てきます。

たつ　よしなさい。

糸　でも。

たつ　あの人がいくら地主の娘さんでも、お屋敷へ来た以上は同じ女中よ、家来じゃないのよ、あんたは。

礼子　でもご心配なのよね。お行きになった方がいいわ。

糸　済みません、あとお願いします。（と駆け去る）

たつ　小作人の娘さんだかなんだか知らないけど、あれではまるで召使じゃない。

礼子　そんなふうにおっしゃるものじゃなくってよ、お糸さまはおやさしいのよ。

そめ　あら、あんたの顔、まっくろよ。

ふじ　ほんと？　（手で頬をさわる）あらやだ。丹那トンネル！

たつ　通ったの？

ふじ　去年の暮にトンネルが開通したっていうから、一度通ってみたいと思っていたの。行きはいつものように御殿場線だったから、帰りは楽しみにしていたんだけど、長いのよ、出るまでが。おまけにこの暑さでしょう、窓を閉めると、むーっと蒸し風呂になっちゃうし、開けると煤がとびこんできて膝の上までざらざら。三等車はつらいわ。

礼子　でも、東京ではお芝居をごらんになったんでしょう。

ふじ　映画。

そめ　なに観たの。

ふじ　なんだと思う、巴里の屋根の下。

礼子　えッ、あの映画ごらんになったの。

ふじ　封切館ではもうやってないから、あっちこっち問い合わせてみたら、神田の南明座という所でやっているって言われたの。飛んで行ったわ。

礼子　よかったでしょう。

ふじ　よかったわ、パリへ行きたくなっちゃった。（歌い出す）ラララ、ラララ、ラララララララ……ララララ……。

一同　（歌う）

ぎんが入ってくる。一同は歌をやめる。

ぎん　帰ってきたのね。

ふじ　ご心配をおかけして済みませんでした。

ぎん　あの人はまだ？

たつ　お糸ちゃんが表まで見に行ったの。

ぎん　困った人ね。

戸外で男の声。「右向け右！」「構え！」「射て！」と同時に拳銃の発射音。七、八発。

礼子　なんですの。

ぎん　警備のお巡りさんが、裏の浜で拳銃の射撃訓練をしているのよ、危ないから浜には絶対に近付かないでね。（と去る）

そめ　怖いですね。

たつ　最近になって急に警備のお巡りさんが増えたの。以前はこんなことはなかったわ。

ふじ　さ、晩のお仕度をしましょう。

一同は去る。拳銃の発射音が続く。

庭より谷村が、警備主任の木暮喬、巡査部長の外折進次と入ってくる。

谷村　お役目は判ります、判りますが、公爵様のご意向もあります。

木暮　お留守の間のほんの三十分です、お帰りになる前には訓練は切り上げます。

谷村　そんなことを言っているんじゃないんです。この坐漁荘は、西園寺公爵様の別邸です、別荘です。南は海に面して、伊豆半島から遠州灘を遠望し、眼前に三保の松原の景勝を双眸におさめる興津第一等の土地です。御用以外のときには、お二階のお居間からそれらの風光をご鳥瞰遊ばされ、お心静かに一日をお過し遊ばされるのが公爵様のご日常です。如何に警備のためとはいえお屋敷まぢかで拳銃を発砲するなど、無神経に過ぎるということを私は申し上げているんです。

木暮　無神経？　我々は万一の場合を想定して訓練をしているんです。執事さんの方こそ、ご認識が甘すぎるんじゃないんですか。

谷村　なにが甘すぎる？

木暮　先月の事件をお忘れになったんですか、あの日、救国同志会を名乗る男が三人、斬奸状を振りかざして、お屋敷に乱入しようとしたんです。直ちに取りおさえて調べましたが、首謀者の男は懐中に短刀を所持していたんです。公爵様の御返答如何によっては刺すつもりだったと、男はうそぶいていました。我々は上司の命令で坐漁荘へ派遣されておりますが、こちらさまへ来たからには、私は公爵様の御警護に命を賭けております。

谷村　命を賭けているのは、なにもあなたばかりじゃない。私ども職員の願いは、お気に召したこの土地で、お心安らかにご晩年を過して頂こうということなんです。警備警備とおっしゃるけれど、なにもお屋敷裏の浜辺で鉄砲なんか撃たなくとも、ほかに方法はあるのじゃありませんか。とにかく拳銃の訓練はやめて下さい。

木暮　（外折に）お帰りのご予定は。

外折　午後五時二十分です。

木暮　ご散策のお道筋は。

外折　（記録帳を見て）西農園をご見学のあと、清見寺周辺となっております。

木暮　お供は。

外折　女中頭の片品つる、運転手は石見仁吉、お車はリンカーンです。

木暮　（時計を見て）中止するように。
外折　（挙手の礼をして駆け去る）
木暮　ご存知かとは思いますが、我々警備専務員の心得第一条には、その任務の重大なることを自覚し、誠心誠意任務の遂行を期すべし、とあります。また不審者を発見したる場合には、訊問検索を実施し、容疑者の発見に努むべし、ともあります。我々の訓練は、すべてその意に沿って行なわれていることを、どうかご理解下さい。
谷村　加えてもう一つ、西園寺家の内情については、一切口外ご無用。
木暮　内情とはどのようなことですか。
谷村　内情は内情です、警備には関係のないことです。
木暮　しかし。

と言いかけたとき、玄関の方で「お帰り」「御前様のお帰り」と女中たちの声。木暮は一礼して去る。

ぎんが入ってくる。

ぎん　御前様がお帰り遊ばされました。

西園寺がつるに手を取られて入ってくる。たつにふじが従う。

つる　大丈夫ですか、お足元、お足元。

谷村　お杖！

西園寺　杖は要らん、今日は元気だ。

谷村　お帰りなさいませ。

つる　おぎんさん、お床は。

ぎん　お二階に。

西園寺　いや、ここがいい。

谷村　でも、お疲れでしょうから。

西園寺　この家で一番涼しいのは台所だ。

つる　お椅子。

ぎん　（椅子を運んでくる）

谷村　だれか扇風機ッ。

西園寺　電気は嫌いだ。

つる　（団扇で煽ぎながら）どなたかお湯殿を見て頂戴、あとでお入りになるから。

ふじ　（蚊取り線香の用意をして去る）

西園寺　ラムネ。

つる　ラムネはございません、サイダーではいけませんか。（と目くばせをする）

たつ　（サイダーを持ってくる）
谷村　清見寺にお越し遊ばされたと伺いましたが、かねてからお気にかけていらっしゃいました五百羅漢像などはご覧遊ばされましたか。
つる　石段をおのぼりになれないので、素通りして清水港までドライブしたんです。
谷村　道理でお帰りがおそかった訳だ。
礼子　（入ってくる）執事様、東京からお電話でございます。
谷村　（去る）
礼子　（ぎんに）あの、ご献上の興津鯛はどういたしましょう。
ぎん　ああ、そうだったわね。（つるに）お留守の間に、地元の漁師さんから興津鯛が届いたんです。また水田屋さんに頼んで捌いてもらおうと思っているんです。
つる　私がやるわよ。
ぎん　おできになりますか。
つる　三枚におろすんでしょう、簡単よ。氷で締めといて頂戴。
たつ　おぎんさん、あのこともお耳に入れといたら。
つる　まだなにかあるの。
ぎん　ええ、あの。（西園寺を気にして口籠もる）
つる　大丈夫よ、お耳が遠いから。
ぎん　じつは、あぐりちゃんが門限過ぎてもまだ帰ってこないんです。

つる　門限は何時？
たつ　午後五時です。
つる　新橋じゃまだ宵の口よ。
ぎん　そんなことをおっしゃっちゃ困ります。とにかく、示しがつきませんから、帰ってきたらきびしく言ってやって下さい。（たつと共に去る）
つる　済みません、そろそろお二階へお移りになりましたら。
西園寺　新橋花森川のばばあは元気か。
つる　聞こえてたんですか。
西園寺　聞こえないときと聞こえるときがある、今は聞こえた。
つる　おそれ入ります。花森川さんとおっしゃると、多分喜代次姐さんだと思いますけど、今でもお元気でございます、なにかあったんですか。
西園寺　ある訳ないだろう、あんなガマ蛙みたいな女。
つる　ひどい。
西園寺　若い時分からごてごて化粧をしてな、まるで生湯葉にパン粉を付けたような顔で座敷に出てきた。
つる　お口がお悪いですねえ。だから新橋のお姐さん方から、お寺さんって陰口を叩かれるんです。
西園寺　うむ？
つる　（大声で）お寺さん、ご存知ありませんでした？　西園寺の寺を取ってお寺さん。それだけではありませんよ、お寺さんはごきぶりだと言われているんです。

西園寺　私がなんでごきぶりだ。

つる　新橋では、お座敷へ上がらないで、こういうお台所でごそごそ芸者衆を口説くお客をごきぶりって言うんです。御前様は、あのお花姐さんを、台所でごきぶりなさったんじゃありませんか。

西園寺　たわけたことを言うな、座敷だ。（と笑う）

つる　気っぷのいいお方でしたね、私はお酌の時分からお世話になっていましたが、お姐さんに連れられて、初めてお屋敷へご奉公に上がったのは、もうかれこれ十五、六年も前のことになります。

西園寺　花と一緒だったのか？

つる　厭ですねえ、お忘れになったんですか。お花姐さんが、箱根の向うへ一人で行くのなんて厭なこった、おつるちゃん、あんたも一緒に来ておくれって、否も応もありませんよ、連れてこられちゃったんです。あの頃は女中さんが十二、三人もいましたけど、どれもこれも山出しのへちゃむくればかりで気が利かないったらありはしない、私が言っているんじゃありませんよ、お花姐さんがそう言うんです。薪ざっぽうを持って、その辺の藪ン中を叩いてごらん、あんな連中なら狸と一緒にすぐにとび出してくる。

西園寺　お前が言ってるんだろう。

つる　私じゃありません、お花姐さんです。

西園寺　（笑って）あの女も口が悪かった。それでどうした。

つる　私は半年足らずで新橋へ戻りましたが、お姐さんは話相手がいなくて寂しかったんでしょうね、おかあさんに頼んで次から次に芸者衆を呼び出すものだから、しまいにはおかあさんも、うちは口入れ屋じゃないんだって怒ってました。私がお花姐さんに最後にお目にかかったのは、二度目のご奉公でこちらさまへ伺った昭和六年の春でしたから、今から四年前になります。

庭でひぐらしが鳴き出す。

つる　私と入れちがいにお暇を出されたんですけど、お暇を出されたって聞いたとき、お姐さんの居ないお屋敷にいつまでも居ることはない、私も一緒に東京へ帰るって荷物をまとめていたら、お姐さんに言われました。御前様はお寂しいお方だから、おそばに居て、私の代りにご奉公しておくれって。

西園寺　……。

つる　そりゃ間違いを仕出かしたお姐さんが悪いにきまっています。でも、まだ若かったんです、一度や二度の間違いが一体なんだっていうんです、殿方のほうこそ……聞こえてますか、いえ、聞こえなければ聞こえないほうがいいんですけど、そういう殿方のほうこそ、御前様がそうだと申し上げている訳ではないんですが、殿方のほうこそ随分身勝手じゃありませんか。お花姐さんは、まもなくして体を悪くしましてね、だれにも看取られずに、大津の病院で寂しく亡くなったそうです、可哀相なことをしました。（目頭をおさえる）

谷村が戻ってくる。

谷村　よろしうございますか。

つる　（立とうとする）

谷村　いや、かまわん。ただ今、内大臣秘書官長木戸侯爵様よりお電話がございまして、今朝《こんちょう》九時半頃、陸軍省内に於て、軍務局長永田鉄山少将が軍刀にて刺殺されたそうにございます。

西園寺　相手は。

谷村　福山歩兵第四十一連隊相沢三郎という歩兵中佐だそうにございます。就きましては、急ぎご上京の上、公爵様のご裁断を仰ぎたいとのご伝言でございます。

西園寺　陛下のお召しか。

谷村　木戸様のご要請でございます。

西園寺　私のお役目は、内閣首班に就いて、ご下命のあったときのみご奉答申し上げることになっている、瓦解の兆しでもあるのか。

谷村　判りませぬ。

西園寺　馬鹿な軍人どもが、なんということを。

立ち上がった西園寺を、つるが支えるようにして奥へ去る。谷村も従う。
ややあって庭より糸が現れる。だれもいないのを確かめてから、

糸　今のうちです、どうぞ。
あぐり　おぎんさんを呼んできますけれど、宿泊証明書はお持ちですか。
糸　（入ってくる）
あぐり　（証明書を出す）
糸　旦那様の御印が押してありますね。おぎんさんには、一汽車を乗りおくれたと言って謝って下さい。今日のことはなにもおっしゃらないで下さい。
あぐり　いいわよ、もう。
糸　どうしてです。
あぐり　これ以上お糸ちゃんに迷惑をかけたくないわ。
糸　迷惑だなんて思っていません。あぐりさん、そのお方お好きなんでしょう。
あぐり　好きよ、大好きよ。でもお休みのときにしか会えないのよ、お手紙をお出ししても、ここにお返事を頂く訳にはいかないわ。
糸　私を使って下さい、どんなことでもしますから。その代り、静岡の駅に途中下車したってことは、おぎんさんには一言も言わないで下さい。いいですね。
あぐり　私ね、さっきはお糸ちゃんに黙っていたけれど、ゆうべ母から結婚するようにって言われたの。
糸　おきまりになったんですか。

あぐり　否も応もないのよ、公爵様にお仕えしたことでお前にも箔が付いた。
糸　箔？
あぐり　どんな嫁入り道具よりも値打ちがある、これで先方さんとも釣り合いがとれるって。まるで品物よ。私、悔しくって悔しくって……。（涙をふく）
糸　とにかく、なにもおっしゃらずにおぎんさんに謝って下さい、私、呼んできますから。

ぎんが現れる。
拳銃の乱射音が聞こえる。

ぎん　（舌うちして）また始まった。
二人　……。
ぎん　いつ帰ったの。
糸　さっきお帰りになったんです、うっかりして一汽車乗りおくれてしまったそうです。
ぎん　あんたに聞いているんじゃないよ。（あぐりに）何時の汽車に乗ったの。
あぐり　普通列車に乗りおくれてしまったので次の浜松発三時十一分の急行に乗ったんです。
ぎん　急行は興津には停まらないよ。
あぐり　ですから手前の江尻で降りて、そこからタクシーできたんです。
糸　そうなんです、私、ご門の前で待っていました。

ぎん　江尻ってどこさ。
あぐり　江尻は江尻じゃありませんか。
ぎん　だからどこさ。
あぐり　ご存知ないんですか。へえ、おどろきましたね、江尻というのは、興津から静岡に向って、興津、袖師、江尻、急行の停車駅です。
ぎん　そんなことぐらい知っているよ、でも丹那トンネルが開通してから、江尻は清水駅に変ったの。あんたはどこの江尻駅に降りたんだい。
あぐり　……。
ぎん　当分の間、外出禁止よ、覚悟しときなさい。（去る）
糸　おぎんさん、おぎんさん！（追って去る）

拳銃の乱射音が続く中で。

暗　転

（三）

坐漁荘応接室。

正面に書棚とならんで大小の瓢箪を飾った違い棚。上手はいっぱいにガラス窓、戸をあけると庭に出られるようになっている。下手に廊下へのドア。暖炉がある。

室内にはやや大き目の机が一脚と椅子が数脚あるきりで至って簡素である。

窓際の花瓶には菊の花が活けてある。

廊下に電話。下手は奥の部屋に通じている。（実跡に拠らず）

同じ年の秋。夜。

宗匠頭巾《そうしょうずきん》をかぶり襟巻をした西園寺が一人でトランプをしている。

窓外は闇。

ドアをノックしてつるが入ってくる。

つる　失礼いたします、葡萄酒をお持ちしました。
西園寺　……。
つる　そろそろお休みになりませんとお体に障ります。
西園寺　もう少しだ。
つる　毎晩でございますよ。
西園寺　独りで楽しむにはトランプが一番だ、お前はやらないのか。
つる　花札ならやりますけど。

西園寺　あれは車夫馬丁の遊びだ、トランプをやっていると、そのときだけは悩みを忘れる。

つる　御前様にもお悩みがあるのですか。

西園寺　人間はな、生きているかぎりは、いくつになっても悩みはつき纏う。あ、出来た、見なさい、ピラミッドが見事にくずれた。（一口飲む）もうそんな時間か。

つる　女中たちは朝が早いのでお先に休ませて頂きました。

西園寺　夜ふかしは若いときからの癖でなかなか直らない。闇夜か、静かな夜だ。

つる　今夜は月も出ておりませんし、波の音も聞こえません、（気が付いて）申しおくれました。御前様、このたびはご愁傷様でございました。

西園寺　……。

つる　若様と申し上げたらよろしいのでしょうか、先日お亡くなりになりましたそうで、知らぬこととはいえ失礼をいたしました。

西園寺　三郎のことか。

つる　歌舞伎の役者衆なら少しは知っているつもりですが、若様は、新劇とかいう難しいお芝居をなさっていたとかって。

西園寺　東屋三郎というんだが、あれは私の子供ではない。

つる　今さら、お隠しなさることはないじゃありませんか、お若いころ、いろいろとつまみ食いをなさっていたんですから。

西園寺　馬鹿なことを言うな。

つる　でも執事様はそうだとおっしゃっていました。

西園寺　三郎は私の友人で光妙寺という男の倅なんだ。フランスへ留学していたときの仲間だが、若くして亡くなったために、父《てて》なし子の三郎をうちへ引きとって育てたんだ、役者になってからも、何度かこの坐漁荘へ遊びにきたが、今年の春だったか夏の初めだったか、大阪の文楽座で芝居をやるから是非見にきてくれと言ってな、そうそう、こんな物を置いて行った。（机の引き出しからチラシを出す）

つる　（読む）……小山祐士作・瀬戸内海の子供ら。

西園寺　そのとき、この部屋で三郎と向い合って坐ってな、私はこんなことを言った。君は自分の好きなことをやっているのだから幸せだ、私がやりたかったことを君はやっているのだから、途中で投げ出したりしたら私は怒るよ、その代り困ることがあったらなんでも相談にきなさい、おやじ殿に代って出来るだけのことをしてやる、売れなくてもよいからいい役者におなり。そう言ってやったら、三郎はポロポロ涙をこぼして泣いておった。それが最後の別れになった。

つる　つかぬことを伺いますが、御前様も役者になるおつもりだったんですか。

西園寺　まさか。私は若いころから文芸に興味を持っていて、政治家になる前は、一時は新聞を出したことがあった。

つる　新聞。

西園寺　西郷さんが九州で反乱を起した例の西南戦争の少しあとだった。

つる　ずいぶん古いお話ですね。

西園寺　東洋自由新聞という名前だった。名前のとおり当時さかんだった自由民権を旗印に掲げて華々しく新聞界に打って出たんだ。私はフランスから帰ってきたばかりで張り切っていたからね、今こそ民衆の目を醒まさなければいかん、封建思想を一掃して自由のなんたるかを知らしめなければいかん、それには新聞が一番だ、そう思ってかの中江兆民、と言ってもおまえさんは知らんだろうが、当時の民権運動の第一人者だ。その兆民を引っぱり出して、毎日のように新聞に論文を発表した。私も書いた、評判がよくて新聞はおもしろいように売れた。ところがある日とつぜん、政府の役人に呼ばれて、こう言われた。公家というのは皇室の藩屛《はんぺい》である、お守りをする立場である、その公家が自由民権とは何事だ、断じてゆるさん。

つる　でも御前様は正しいと思ってお始めになったんでしょう、そんなお役人の一言ぐらいで。

西園寺　むろん私は反対した、だがこれにはもうひとつ深い理由があった。それは、おそれ多いことだが、明治陛下がご心配遊ばされているということを、私は先輩の公家から言われたんだ。お上の仰せとあっては逆らう訳にはいかん、それが公家というものなんだ。私がなりたくもない政治家になったのは、いや、させられたのは、そのときの罰だと今でも思っている。

つる　政治家はお厭ですか。

西園寺　好きじゃない。

つる　どうしてです。

西園寺　政治家は、ときに嘘をつかなきゃならない、それが厭だ。

つる　今でも嘘をおつきになりますか。

西園寺　心ならずも嘘をつくときがある。なんだ、なにを私に言わせるんだ、それよりもう一杯貰おうか、喋り過ぎて喉が渇いた。

つる　どなたです！

窓外に明りが走り、懐中電灯を手にした木暮が外折と姿を現す。

木暮　警備巡回中の者です、異常はございませんか。

つる　べつにございません。

木暮　先程、清見寺の方角で明りが点滅しておりまして。（西園寺に気づく）敬礼！

西園寺　（会釈する）

木暮　確認はしておりませんが、念のため一応調べております。なにかお気付きの点がございましたら警備詰所までご連絡下さい。

つる　ご苦労様でございます。

木暮　失礼いたします。（敬礼をして二人は闇の中に去る）

遠く貨物列車の通過音。

つる　私、お願いがあるんです。

西園寺　……。

つる　辞めたいんです。

西園寺　……。

つる　執事様に言われてご奉公をお受けしましたが、私には今のお役目は荷が重いんです。勝手を申し上げるようですけど、東京に帰らせて頂きたいんです。

西園寺　亭主の顔が見たくなったか。

つる　ご冗談おっしゃっちゃいけません、あんなぐうたら亭主。いえ、そりゃね、ぐうたらな亭主ですけど……お怒りにならないで下さいましね、ぐうたらな亭主でもこちらさまにいるよりは一緒にいた方が、まだいくらか楽しうございます。

西園寺　ひどく嫌われたものだな、そんなに厭か。

つる　厭というよりは、正直申しますとね、怖くなってきたんです。

西園寺　怖い？

つる　私はお花姐さんの時代を知っていますから、お屋敷のご様子があまりにも変ってしまったのでおどろいているんです。あの頃は毎日がおだやかでご奉公が楽しうございました。お天気の日には、裏の浜辺で貝拾いをしたり魚釣りをしたり、ときには御前様のお供で興津の駅まで歩いて行ったことがあります。そうそう、葦簾《よしず》張りの茶店でラムネを飲んだことがございました。

西園寺　一口飲むたびに、ガラス玉がカラカラカラカラと音がして、なんとも涼し気だった。一本貰って帰ってきたな。

つる　あの頃は警備のお方も少なかったし、ご門の出入りも自由でした。ご時世かもしれませんけれど、近頃では女中たちがみんなピリピリしています、可哀相な気がします。

西園寺　どうしても辞めるのか。

つる　申し訳ございません。

西園寺　おまえはそれで済むが、私はそういう訳にはいかん。

つる　……。

西園寺　お国のことさえなければ、私だって役目を返上したいくらいだ。

つる　では、一層のことそうなさいましたら。

西園寺　なに。

つる　元老様と呼ばれご長寿にもめぐまれて、世にもご運のお強いお方と世間では言っております。でも、本当にそうなんでしょうか、お召しの電話があれば、なにはさておいても東京へ行かなければなりません。その上、近頃では、興津詣でとか坐漁荘詣でとかいって、三日にあげずお客様がやってきます。お気の休まるひまがありません。もともと政治家はお嫌いだとおっしゃっているんですから、お辞めになったら、お体のためにもいいし、女中たちだって助かります。

谷村　馬鹿なことを言うな！

廊下より谷村がぎんと一緒に入ってくる。

谷村　失礼します。（つるに）女中のぶんざいでお辞めになれとは何事だ、身分をわきまえなさい、身分を！
西園寺　冗談だ。
谷村　冗談にもせよ申してよいことと悪いことがございます。お辞めになれば女中たちが楽になるだと、なんともはや呆れかえったものだ。公爵様、お屋敷の見回りが終りましたので、私は宿舎へ戻りますが、今夜のお伽はぎんにお申しつけ下さい。
ぎん　えーっ。
谷村　なんという声を出す。
ぎん　でも針女さんが。
谷村　今夜はおまえがやるのだ。公爵様、よろしうございますな。
西園寺　独りで寝る。
谷村　それはなりませぬ。（ぎんに）よいな。
ぎん　では、今からお化粧をして参ります。
谷村　そんなことはどうでもよいのだ。
西園寺　（笑い出す）生湯葉にパン粉を思い出した。
谷村　なんでございます。
西園寺　なんでもない、来なくてよいぞ。（と笑いながら去る）
谷村　公爵様ッ、ぎん、すぐにお二階へ行くのだ、判ったな。（後を追って去る）

ぎん　どうしましょう。
つる　行きなさいよ、ご指名なんだから。
ぎん　でも私、結婚までは奇麗な体でいたいんです。
つる　あんたなに考えているの、お伽といっても隣りの部屋で寝るだけなの、それだけなの。
ぎん　それだけなら、なにも二階へ行くことはないと思います。
つる　あのね、御前様は厠が近くて夜中によくお目覚めになるの、そのときお手をとって厠へご案内したり、お寝巻を直してさしあげたり、そういうことなの、私が言っているのだから間違いないでしょう。
ぎん　本当になんにもなかったんですか。
つる　私にも好みってものがあるの、しわしわのお年寄りは厭なの。
ぎん　そうですよねえ。
つる　判ったら早くお行きなさい。
ぎん　済みませんけど、やはり針女さんにお願いします。
つる　どうして。
ぎん　ご存知ないかもしれませんけど、おたつさんが来年の春結婚するんです。
つる　あの人が。
ぎん　おたつさんが結婚してしまうと、古い女中は私ひとりになります。それでなくてもみんなから、売れ残りだとか行かず後家だとか言われて悔しい思いをしているので、おたつさんが羨ましいんです、いえ、本当は妬ましいんです。
つる　お嫁に行きたいの。
ぎん　行きたいですょッ。
つる　泣くことはないわよ。
ぎん　もしお伽なんかして変な噂でも立ったら、ますます縁遠くなります。我儘を言って申し訳ありませんが、今夜はどうか堪忍して下さい。
つる　判ったわ、私がやるわ。
ぎん　済みません。
つる　もういいからお休みなさい。
ぎん　あの。
つる　まだなんかあるの。
ぎん　じつは夕方、庄吉さんから電話があったんです。
つる　……。
ぎん　お風呂へ入ってらっしゃったので、そう言ったんですが、どうしても声が聞きたいので東京へ電話をくれって言うんです、くれなければ、こちらから何度でも電話をするって……電話番号を書いておきました。（メモを渡す）
つる　元気そうだった？
ぎん　泣いてました。

つる　うそ泣きよ。
ぎん　でも男の人から電話がかかってくるんですから、いいですねえ。
つる　男にもよりけりよ、あとお願いね。
ぎん　お休みなさい。

　　つるは去る。

　　ぎんはカーテンを閉め、机の上を片付け、明りを消して去る。

　　遠く列車の通過音。

　　廊下に糸が現れる。ドアを開けてだれもいないのを確かめてから手招きをする。あぐりが姿を現す。

　　糸はガラス戸の鍵をあける。

糸　大回りになりますけど、農園に沿って竹垣を出ると国道です。お履物は？
あぐり　（無言で示す）
糸　警備の人に見つからないように、ご門には絶対に近付かないで……。（物音に気付き、口を噤む）
あぐり　風の音よ。
糸　もしお会いできなければどうします。

あぐり　そんなことない、あの人、きっと待っているわ。

糸　でも約束は九時なんでしょう、もう一時間は過ぎています。行っても無駄だと思います。

あぐり　わざわざ静岡から出てきているのよ、終列車に間に合わなければ、興津のお友達の家に泊めてもらうと言っているの、長い時間じゃないわ、三十分か四十分したら私きっと戻ってくる、約束するから。

糸　昼間ではどうしていけないんです！　この二十三日は御前様のお誕生日です。あぐりさんにも外出の許可が出ているんです。ねえ、そうしましょう、私がきっと連絡をとってお会いできるようにしますから。

あぐり　お糸ちゃん、私だって子供じゃないから無理だってことはよく判ってる。でも、もうこれが最後なの、あの人に会うのは今夜が最後だと思っているわ。迷惑ばかりかけて悪いけど、行かせてね。

糸　……お戻りになるまで、私、ここで待っています。

あぐり　有難う。

糸　大丈夫ですか。お気を付けて。

あぐりは戸を開けて外へ去る。

少し前に廊下に現れたつるは、電話をかけようとして受話器を取るが、室内の話し声に気付いてドアを開けて入ってくる。

カーテンが風に煽られている。

つる　（電燈を点ける）なにしているの！

糸　……。

つる　どきなさい！

糸　見逃して下さい、見逃して！（と武者ぶりつく）

つる　放しなさい。

糸　すぐ戻りますから堪忍して下さい。

つる　放さないとベルを鳴らすわよ。

糸　それだけはやめて下さい、お願いです、お願いします！

つる　……あぐりちゃんね。

糸　（頷く）

つる　どこへ行ったの。

糸　……。

つる　あの人はこの前、門限を破ったために外出も外泊も止められているのよ、もし捕まったら只じゃ済まないのよ。どこへ行ったの。

糸　駅です。

つる　なんの用で、だれに会いに行ったの。

糸　……。

つる　言いたくなければ言わなくてもいいけど、もし見つかったらあんたも同罪よ、放り出されても文句言えないのよ。そんなこと判っているはずなのに、なぜあぐりちゃんのことを庇《かば》うの。

糸　……。

つる　あんたたちのことは私もうすうす聞いているわ。でもあぐりちゃんがいくら地主さんの娘だからといって、そこまで尽す必要がどこにあるの、可哀相だとか友情だとか言っているのは十四や十五の小娘のうちだけ。一番馬鹿をみるのはあなたなのよ。

糸　……私、助けてもらったんです。

つる　……。

糸　私の家はあぐりさんの家の小作人で、私は女中をしていました。二年続きの不作で借金が嵩んだために、お金が返せなければ田圃を取り上げると旦那様に言われました。田圃を取り上げられたら一家五人は生きてはいけません。父は何度も足を運んで旦那様にお願いをしたのですが、そのたびに駄目だと言ってことわられました、あとは一家心中だというのを聞いて、私、覚悟をきめたんです、名古屋の廓《くるわ》に身を沈めようと思ったんです。

つる　……。

糸　ところが、あぐりさんがそれを聞いてご両親に頼んでくれました。初めのうちは旦那様も奥様も駄目だとおっしゃったんですが、それではご奉公には行かない、結婚もしないと言い張ったので、旦那様は仕方なしに借金を延ばして下さいました、そればかりではありません、私ひとりを残して行ったらどうなるか判らないと言って、一緒に連れてきてくれたんです。あぐりさんは、命の恩人です。

つる　……あんたも辛い思いをしているんだねえ。いいわ、あとは私にまかせて、あんたは休みなさい。

糸　でも。

つる　いつまでもこんなところにいたら怪しまれるわ、早く寝ちゃいなさい。

糸　いいんですか。

つる　戻ってくるまで待っているわ、大丈夫よ。

糸　済みません、お願いします。

電話のベルが鳴る。

糸　電話です、もしやあぐりさんが……。

つる　（急いで廊下に出て受話器を摑む）……もしもし、はい、興津の二十六番です。はい、そうです。（相手が出たらしい）もしもし、はい、私ですけど……なによあんた、なんで今時分電話なんか掛けてくるの、話をすることなんかなにもないわ、いい加減にしなさい！（怒って受話器を戻す）

とつぜん非常ベルが鳴り出す。

糸　針女さん！　あぐりさんが捕まったんです！（と言うが早いか戸を開けて表に飛び出す）

つる　（戻ってくる）お糸ちゃん、戻りなさい！　行っちゃ駄目、お糸ちゃん！

廊下でふたたび電話のベル。非常ベルが鳴り続いている。
つるは闇の彼方を見つめている。

（四）

前場の翌日。
応接室で谷村が木暮の報告を聞いている。かたわらで直立不動の外折。

木暮　念のために興津駅に問い合わせてみましたところ、昨夜九時過ぎに、それらしい若い男が待合室のあたりをうろうろしていたというのですが、九時四十五分発の下り岡山行が出たあとは姿が見えなかったと言っております。

谷村　すると、来たことは来たということですか。

木暮　ま、そういうことになるのでしょうが、問題は海堂あぐりが所持していた公爵様のご散策記録帳の写しです。おそらく男に渡すために書き写したものと思われますが、調べたところ、先月分の記録帳とぴったり一致しております。（一枚の紙を示す）

外折　記録帳は、このとおり私が常時所持しておりますので、女中さんたちの目に触れることは絶対にございません。が、ただ朝晩の弥栄《いやさか》体操のときにほんの十分ほど、台所に置かせて頂くことがありますので、あるいはそのときにでも。

谷村　まあま、記録帳と言っても予定表ではありませんから、これを見たからと言って、直ちに公爵様のご動静が判る訳では……。

木暮　そのような甘いことをおっしゃられては困ります。お散歩の時間、ご散策の場所等々を調べていけば、公爵様のご日課を推し測ることは可能です。女中さんたちの処分は私どもの職権外ですが、男については全力を挙げて調査いたします。

谷村　その点について、海堂あぐりはどのようなことを。

木暮　これがもう、なんとも強情な娘でして、いくら聞いても知らぬ存ぜぬの一点張り、ではお前はどうだと、もう一人の新免糸に問い質したところが、こちらはこちらで一言も口を利きません。腹が立って思わず大きな声を出しましたら、今度は二人抱き合って泣き出す始末。全くもって、女子と小人養い難しとはこのことでございます。

ドアが開いて、暴れるあぐりを引きずるようにして、父親の海堂治平が入ってくる。そのあとから母親の豊子と糸が入ってくる。

あぐり　だから帰ると言っているでしょう。

治平　いいから来なさい。（入ってくる）失礼いたします。執事様、今から浜松へ帰りますが、このたびはとんだご迷惑をおかけ致しましてお詫びの申し上げようもございません。いずれあらためてご挨拶にお伺い致しますが。

谷村　いやいや、済んでしまったことですから、どうかお気になさらんように。

治平　それにしましても、まさかアカの真似をするなどとは思ってもみませんでした。わが娘ながら情けなくて情けなくて。（あぐりに）お前は三百年続いた海堂家の名前に泥を塗ったんだぞ、ご先祖様に申し訳ないとは思わんかッ。

豊子　それはね、いけないのはあぐりかもしれないけど、お糸！　私はお前のことは許す訳にはいかないよ、おまえは恩を仇で返したんだよ。

あぐり　お糸ちゃんは悪くないわ、悪いのは私よ。

豊子　お黙り。あぐりが泣いて頼むから、仕方なしに借金を延ばしてやったんだ、女郎に売られても文句はいえないのに、今日まで安楽に暮していられたのはだれのおかげだと思っているんだい。二度と浜松へ戻ってきたら承知しないからね。

あぐり　やめてよ、もう！

治平　おまえのお父《とっ》つあんもおっかさんも、あのときは地べたに手を突いて礼を言ったんだ。ま、二人とも正直者だから田畑を取り上げるようなことはしないけど、とんだ親不孝者だ。

谷村 そのへんでいいでしょう、若いうちにはありがちなことですから、どうかあまりお叱りにならないように。

ドアのノック。ぎんが入ってくる。

ぎん 失礼いたします。結城先生がお帰りになります。

谷村 ご様子はどうだ。

ぎん おかゆさんをお召上がりになりました。

谷村 そうか。

ぎん 明け方までお休みになれなかったのがお体にお障りになったのだと先生はおっしゃっておられました。

谷村 おつるはどうしている。

ぎん おそばにずーっと付いております。（と去る）

木暮 責任の大半はなんといっても女中頭さんでしょう。取締るべき人間が見逃すというのは前代未聞の不祥事です。失礼ですが執事さんの監督責任も問われることになりますぞ。

谷村 （思わず）そんなことは判っています、お屋敷内部の問題は私が責任をもって処置をします。お糸、おまえは残れ。

糸　はい。

治平　ではこれにて失礼いたしますが、御前様にはくれぐれもよろしく申し上げて下さい。執事様にご挨拶を。

あぐり　ご迷惑をおかけして済みませんでした、お世話になりました。

谷村　落着いたら遊びにきなさい、元気でね。

あぐり　（礼をすると糸に駆けより）お糸ちゃん、ごめんね、ほんとにごめんね、もう会えないと思うけど、いつまでも元気でね。（と泣き出す）

豊子　さあ、行くんだよ。

豊子に促されてあぐりたちは去る。木暮や外折も去る。

谷村　困ったことになったな。

糸　……。

谷村　お前は、あぐりの父親が保証人になっていたからご奉公が認められたが、一人になれば、可哀相だがお屋敷に置いておく訳にはいかない。

糸　……。

谷村　私も出来るだけのことはしてみるが、その前に一つだけ聞きたいことがある。あぐりの男だ。

糸　……。

谷村　ゆうべは駅で待合わせる予定だと、おつるさんに教えたそうだが、どこのどういう男なのか、知っているのなら私に話をしてもらいたい。

糸　……。

谷村　これがまあ単なる逢引きなら、目くじら立てて詮索することもないが、お前も知っているように、大事なご散策記録帳を書き写して持ち出したんだ、もし悪用されて公爵様のお身の上に万一のことがあった場合には、私の首が飛ぼうが、おつるが監獄へ入れられようが、そんなことでは済まないのだ。公爵様が日本の国でどんなに大事なお方であるか、お前だって子供ではないからそれくらいのことは判るだろう。あぐりを庇う気持も判るけれど、お前が正直に白状することが公爵様のお命を救うことでもあり、強いてはお国のためでもあるのだ。今すぐとは言わないが、今日一日よく考えて、話をする気になったら私のところへ来なさい。

ドアのノック。ぎんが入ってくる。

ぎん　失礼します、執事様、警備主任さんが今からみんなの荷物検査をするから立ち会って下さいとおっしゃっています。

谷村　荷物検査！

ぎん　はい。

谷村　そんな必要はない。なにを考えているんだ。（行こうとする）

糸　あの……。
谷村　……すぐ行くから。
ぎん　（去る）
糸　……名前は仙石さんという人です。静岡の学生さんですけど、どこの学校か知りません。
谷村　……。
糸　私は一度しかお目にかかっていませんが、あぐりさんは今年の春に清見寺の境内で初めてお会いしたそうです。
谷村　……。
糸　この間、門限に間に合わなかったときは、あぐりさんは静岡で会ったそうです。そのとき、ゆうべのことも二十三日のことも二人できめたそうです。
谷村　二十三日？　公爵様のお誕生日か。
糸　その日はみんなに休みが出ます。
谷村　で、二十三日はどこで会うことに。
糸　清見寺だと言ってました。
谷村　時間は。
糸　そこまでは聞いていませんが、いつもは、たいがい一時か二時頃に……。
谷村　……。
糸　真面目そうな人で、あぐりさんを騙したりするような人ではありません、私はそう思っています。

糸の話の途中から舞台は暗くなる。

（五）

清見寺境内。
十月二十三日の午後。快晴。
舞台中央に柏の喬木《きょうぼく》。うしろは植込みである。柏の木の下に縁台。
本堂の方から読経の声、木魚の音が聞こえてくる。
供物を持った小坊主が通る。
ややあってつると糸が現れる。つるは、案内書を読んでいる。

つる　古老曰く、関の跡は今の清見寺の門前なりと言えり。忘れずよ清見が関の波間より霞て見えし三保の浦松。清見がた沖の岩こす白波に……きょろきょろしないの、聞いてなさい。

糸　はい。

つる　清見がた沖の岩こす白波に光をかわす秋の夜のつき。面白くて案内書を読んでいるんじゃないのよ、参詣人のつもりなの。

糸　警備の人は、もし見つけたら手を振って合図をしてくれって……。
つる　あんた、本当に来ると思っているの。
糸　……。
つる　お寺の境内はともかくとして、時間がはっきりしないんでしょう、まるで雲をつかむような話じゃない。
糸　でも、この間は駅で会えなかったから、今日は多分……。
つる　お糸ちゃん、あんた本当は来ない方がいいと思っているんじゃないの。うっかり本当のことを言って後悔しているんじゃないの。
糸　もし捕まったらどういうことになるんでしょう。
つる　べつに悪いことをした訳ではないのに、こんなに大騒ぎするのはおかしいのよ。御前様がいくらお偉いお方でも天皇様じゃないんだからね。ああ、今日は波がきらきら輝いて眩しいくらいだわ、興津の海は奇麗だねえ。
糸　私のことからご迷惑をおかけして申し訳ございません。
つる　ほんとにご迷惑よ、まさか囮の役まで仰せつかるとは思わなかった。
糸　済みません。
つる　そんなことより、あんた、これからどうするつもり、いつまでもお屋敷にいるわけにはいかないでしょう。
糸　執事様から年内には出るようにって。

つる　行く宛はあるの。
糸　（首をふる）
つる　この間から考えていたんだけれど、あんた、東京へ行く気はないかい。
糸　……。
つる　もし厭でなかったら、新橋の女将さんにあんたのことを頼んでみようかと思っているの。
糸　な、なにをするのでしょう。
つる　芸者よ。
糸　そんなこと私に出来るでしょうか。
つる　一本になるまでは、いろいろと辛いこともあるけれど、あんた、借金が残っているんだろう、あぐりちゃんのお父さんは棒引きにしてくれた訳じゃないんだろう。
糸　（頷く）
つる　一生懸命尽したのに、とんだ無駄骨だったね。でも、そんなことを今言っても仕様がない、それより女将さんに頼んで、あんたの借金をいっとき肩代りしてもらおうと思っているの。芸者の世界ではべつに珍しいことではないし、働いて返せばいいんだからね、身を売るよりはましだろう。
糸　……。
つる　少し齢は行ってるけど、あんたなら出来るよ、きっとうまく行くよ、いずれ私も新橋に戻るから、そのときはあんたの力になれると思うよ。
糸　（泣き出して）有難うございます、お願いします。

つる　今の世の中、女が一人で生きていこうと思ったらなみ大抵のことじゃないわ、芸者がいいなんてちっとも思わないけど、売れるか売れないかは己れの器量次第だからね、やり甲斐はあるわ。

糸　針女さんもお家の事情で……。

つる　私の場合は半分好きでなっちゃったの。

糸　……。

つる　お父つあんは東京の人形町というところで錺《かざり》職人をやっていたの。周りには芸者衆が多かったし、伯母さんって人が清元のお師匠さんをやっていたから、それでなんとなく芸者になっちゃったの。あんたと違って苦労知らずの我儘芸者だから売れる訳がないのよ。おまけに男運が悪かったから未だにうだつが上がらない。（腕時計を見て）あら、もうこんな時間だわ。行こうか。

糸　でも警備の人が。

つる　放っとけばいいのよ、来る訳はないんだから。あんた、おなか空《す》かない。

糸　空きました。

つる　お酒飲もう。

糸　飲めません。

つる　私が飲むのよ、前祝い。おいで。

植込みの間から是草庄吉が現れる。

庄吉　いよう、暫く！
つる　庄さん。
庄吉　こんなところで会おうとは思わなかった、御本尊様のお引き合わせだ。
つる　なにしにきたの。
庄吉　なにしにはないだろう、あんたに会いにきたんだよ。
つる　用はないわ、帰って頂戴。
庄吉　そんな冷たいことを言うなよ、何度電話をしても出てくれないし、あんたの顔は見たいし。
つる　私、忙しいのよ。
庄吉　ちょ、ちょっと待ってくれ、話だけでも聞いてくれ、それで駄目ならおれは帰るから。ね、頼むよ、頼むから。
つる　（糸の顔を見る。糸は様子を察して姿を隠す）
庄吉　あんたに会いたくてお昼の汽車で興津に着いたんだ。すぐにもお屋敷へ行こうと思ったが、さすがに敷居が高くて門の中に入れない、仕方ないからここからお屋敷の様子を見ていたんだ。
つる　話はそれだけ。
庄吉　謝りにきたんだよ、ほんとに済まないと思っているんだ、出来ればもう一度あんたと一緒になって、お屋敷に雇ってもらえないかと。
つる　なんですって。
庄吉　あんたが怒るのはよく判る、よく判るが、今度ばかりは、あんたと離れては生きて行けない人間だってことが身に沁みて判った、目が覚めたんだ。おれはあんたが好きなんだ、惚れているんだ、頼むからもういっぺんおれと一緒に暮しちゃくれないだろうか。

つる 惚れてる人間が、どうして私を捨てて逃げたのよ。

庄吉 だから謝ると言ってるじゃねえか、おつるさん、この通りだ。（と土下座をする）

つる よしなさいよ、みっともない。

庄吉 ゆるすというまではおれは動かねえ。

つる 私はそういうお芝居じみたことは嫌いなの。大体いきなりやって来て、一緒に暮そうだなんて言われてだれが信用すると思うの。女はどうしたのよ。

庄吉 別れたよ。

つる 嘘ばっかり。

庄吉 嘘だと思うなら菊廼家の女将さんに聞いてくれ。おれがいくらぞろっぺえな人間でも、一度女房ときめたあんたに、どうしてそんな嘘がつけるんだ、ましてここは清見寺の境内だ、嘘なんかついたら罰が当る、そうだろう。

つる ほんとに今ひとりなの。

庄吉 あんたに会いたくてわざわざやってきたんだよ。会えただけでも嬉しいと言っているのに、そこまで疑われたんじゃおれは泣くに泣けねえ、女はあんた一人だよ。

つる あんたは口がうまいからねえ、私はいつもそれで騙されちゃうんだ。

庄吉 騙してなんかいねえ、ほんとのことを言っているんだ。

つる　ねえ、河岸変えようか。
庄吉　おれはどこでもいいよ。
つる　ごはん食べない。
庄吉　いいねえ、あんたと一緒にめしを食うのは久しぶりだ、どこにしよう。
つる　危ない危ない、あんたは帰って頂戴ッ。
庄吉　そんな馬鹿なことって。
つる　お糸ちゃん、お糸ちゃん！

　　　鋭く呼子。
　　　糸が駆け戻ってくる。

糸　来たんです、あの人来たんです！

　　　呼子が数を増し、「待て！」「止まれ！」「こら！」の声があり、やがて学生服の仙石正夫が逃げてくる。外折が追ってくる。

外折　待たんか、こら。（と組みつく）
仙石　（必死に振りほどき突き倒して別の道に逃げる）

外折　そっちへ行ったぞ、検束検束！

いったん姿を消した仙石は、警戒中の巡査に気付いてまた戻ってくる。

庄吉が猛然と飛びかかる。

庄吉　この野郎。

仙石　放せ、放せ！

庄吉　やかましい。（と殴り倒して馬乗りになる）てめえのような奴は、てめえのような奴は。

つる　庄さん、庄さん！

外折　貴様を検束する。

外折を追ってきた巡査二人が捕縄を出して仙石を捕える。木暮も現れる。

外折　おとなしくしろ。

仙石　ぼくがなにをしたと言うんだ、ぼくはなにもしてない。

木暮　言いぶんがあればあとで聞く。（糸に）女中さん、この男に間違いないね。

糸　（脅えて頷く）

外折　（仙石のポケットからビラを見つける）

仙石　なにをするんだ、返せ、返せよ！

木暮　（ビラを受け取って読む）軍事教練反対、日本の軍国化反対。こんなものをどうするつもりだったんだ。

外折　どうするつもりだったんだッ。

仙石　西園寺さんに嘆願するつもりだったんですよ、それがいけないんですか！

木暮　（連れて行けと目で合図）

外折　行くんだ。

仙石　ぼくは悪いことはしてない！　西園寺さんに会いたかったんだ、お願いしたかったんだ、軍事教練反対！　日本の軍国化反対！（絶叫して連れ去られる）

木暮　（庄吉に）ご協力を感謝します、いずれご連絡をいたしますが、その前にお名前を聞かせて頂けませんか。

庄吉　恐れ入ります。私は坐漁荘の元料理人で是草庄吉と申します。

木暮　坐漁荘にいらっしゃったんですか。

庄吉　料理人として御前様にお仕えしておりましたが、このたび再度のお召しがあってご奉公に上がることになりました。

木暮　それはそれはご苦労様なことで、いや、どうも有難うございました。

木暮は挙手の礼をして去る。

庄吉　聞いたか、おつるさん、おれはね、警察の旦那からお礼を言われたのは生まれて初めてだ。こんなおれでも、御前様のお役に立ったんだ、嬉しいねえ、ははは。

つる　（無言、いきなり頰を張る）

庄吉　なにをする。

つる　お糸ちゃん。

つるは糸と一緒に去る。

庄吉　（頰をおさえて）おおいてえッ。

幕

第二幕

(一)

昭和十一年(一九三六)一月。

坐漁荘応接室。

軍服姿の陸軍大臣川島義之と副官氏家匡陸軍中佐の二人が椅子に坐っている。

暖炉が赤々と燃えている。

「失礼いたします」と声があって、コック帽を被った庄吉がケーキ皿を持って入ってくる。

庄吉 御前様はまもなくお越しになられると思いますが、御用がお済みになりましたあとお昼の方は如何いたしましょう。
氏家 お昼?

庄吉　いつもはそこの水田屋から仕出し料理ということになっておりますが、本日は格別のお客様と伺いましたので、私が腕によりをかけてご用意をさせて頂くことになりました。と申しましても、お客様のお好みもございますので、たとえば魚料理でしたら平目のムニエル、肉のお料理でしたら、今、東京の帝国ホテルで評判になっておりますシャリアピン・ステーキなどは如何かと思いまして。

氏家　折角ですが、閣下はご用談が済み次第東京へお帰りになるご予定です。

庄吉　食堂車にはロクな食物はございませんよ。

川島　君はこの家のコックさんかね。

庄吉　御前様の専属料理人でございます。失礼ですが、陸軍大臣川島閣下でございますか。

川島　そうだが。

庄吉　お目にかかれて光栄でございます。私は子供の時分から陸軍さんが大好きでございました。とくに四年前の上海事変の際の肉弾三勇士の活躍は、思い出しても胸に熱いものがこみ上げて参ります。爆薬を仕込んだ一本の竹筒を、江下《えした》、北川、作江《さくえ》の三人の兵士が小脇にしっかりと抱えこみ、みずから爆弾となって敵陣に突っこんだのであります。これぞ軍人精神の発露、古今に例をみない壮烈なる戦死と、日本中が感激の涙にひたったのでありますが、じつはこの三兵士が所属していた第十一工兵師団の師団長がたれあろう川島閣下でございました。

川島　（苦笑）私ではないよ、私は第三師団だ。

庄吉　左様でございましたか、それは失礼をいたしました。が、いずれにしましてもこれからの世の中は、軍人さんのご指導によって花も実もある軍国日本に生まれ変らなければいけないと、私などは常々そのように思っております。今や日本中の子供という子供はみんな兵隊さんに憧れております。兵隊さんが大好きです。失礼ですが、閣下はこういう歌をご存知でしょうか。たしかこんな文句でございます。（歌いながらその真似をする）鉄砲担いだ兵隊さん　足なみそろえて歩いてるトットコトットコ歩いてる　兵隊さんは勇ましい　兵隊さんは大好きだ。お馬に乗った兵隊さん足なみそろえて走ってる　パッパカパッパカ走ってる……

谷村　何をしとるかッ。

谷村が入ってくる。

谷村　無断でお部屋へ入る奴があるか、お客様に対して失礼だろう。

庄吉　はっ、はい。

谷村　またそんな帽子を被っておる。お屋敷は食堂ではない。取りなさい。

庄吉　申し訳ございません。（川島に）失礼をいたしました。（去る）

谷村　とんだご無礼をいたしまして。

川島　いや、なかなか面白いコックさんじゃありませんか。

谷村　警備の方から頼まれてよんどころなく雇い入れたのですが、調子ばかりよくて（気付いて）お越し遊ばされました。

川島と氏家は直立の姿勢。
西園寺が現れる。

西園寺　お待たせしました。
川島　ご静養中、とつぜんお伺いいたしまして申し訳ございません。私は昨年九月、林銑十郎大将の後任として陸軍大臣を拝命いたしました川島義之でございます。ご挨拶がおそくなりましたことをお詫び申し上げます。
西園寺　ご遠路のところをわざわざご苦労様です。
川島　副官の氏家中佐でございます。
氏家　（四十五度の礼）
西園寺　どうぞお楽に。
二人　（坐る）

ドアのノック。ふじと礼子が茶を運んできて無言で去る。

西園寺　ところで林さんは、昨年夏の永田鉄山少将の斬殺事件の責任をとってお辞めになったと聞いていますが、殺めた相手の男はその後どうなりました。
川島　目下、軍事裁判にかけられております。

西園寺　永田少将は優秀な軍人で統制派の中心人物だったと聞いておりました。陸軍部内には、統制派と皇道派という二つの派が対立して、それぞれ主導権争いをやっているが、皇道派の軍人たちはなにかというと、国家革新、尊皇絶対を唱えて、はたからみていてもすこぶるファナティックです。狂信的です。おそれ多いことですが、お上もこの点は大層危惧していらっしゃる。その男というのは、むろん皇道派の軍人でしょうな。

川島　そのように聞いております。

西園寺　意見に隔たりがあるとはいえ、問答無用で斬殺するなど軍人のなすべきことでありません。そんなものは匹夫小人の勇というものです。

氏家　お言葉でございますが。

川島　氏家ッ。

氏家　お言葉でございますが、その男、相沢中佐の行動は、已むに已まれぬ至誠尽忠の誠から発したものでございます。匹夫の勇と仰せられるのは、帝国軍人に対していささか酷でございます。

西園寺　（無視して）川島さん。

川島　は。

西園寺　私がなぜこんなことを申し上げるかというと、じつは昨晩、一木喜徳郎さんから職を辞したいという電話があったからなんです。

川島　一木さんとおっしゃいますと、枢密院議長の。

西園寺　世間では、いや、とくに陸軍部内では、一木さんを始めとして牧野伸顕君や私などを、お上に媚びへつらう悪臣ども、つまり君側の奸だと言っておる。（川島がなにか言いかける）いやいや、それくらいのことは私だって承知しています。足腰もおぼつかない年寄どもは亡国の徒だという訳でしょう。一木さんが議長の職をおやめになったのは、いわれもない中傷や軍からの圧力に抗しきれなくなったためだとご本人は申しておりました。

川島　一木男爵がどのようなことをおっしゃったのか存じませんが、私の知るかぎりでは、軍が圧力をかけたという事実はございません。また、あってはならないことだと私は思っております。

西園寺　この問題は一木さんだけではなく、私のところにも元老弾劾と称して数多くの投書が送られてきております。とくに美濃部達吉博士の天皇機関説が大きな問題となってからは、投書の内容が一層露骨になってきた。一木さんも私も、美濃部博士のお説は至極当然と支持を表明したが、あなた方は真っ向から反対なさった。

川島　お言葉ですが、反対したのは軍部だけではございません。大方の議会人も、陛下を国家の機関とみなすなど以ての外と、そろって反対を表明しております。

西園寺　浅薄です。そもそも国家統治の大権は、陛下ご自身のためにあるのではなく、国家のためにあるというのが天皇機関説です。当然のことでしょう。それをあなた方は、天皇と機関という字面だけ捉えて怪しからんと反対している。ま、その問題についてあなたとこれ以上議論をするつもりはありませんが、私の考えが新聞に発表されてからというものは実にさまざまな投書がきました。いずれも幼稚な文章で読むに耐えないが、なかには、西園寺は共産党の首魁エミール・アコラスの門人なりと、得意気に書いてきたものもあれば、西園寺公望こそ帝国日本の癌である、癌は根絶しなければならぬ。差出人は陸海軍将校有志とあったが、天誅という言葉こそ使ってないが、人触れば人を斬り、馬触れば馬を斬らんのみ、吾人の取るところも自ら決した。頭の程度を疑いたくなるような激越な文章が連ねてあった。

氏家　怖いですか。

西園寺　なに。

氏家　怖いですか。

谷村　無礼者！　なにを言うか。

西園寺　怖いね。言葉の通じない相手は怖いという意味では、一番怖い。

川島　まことに不躾なことを申し上げまして、いかんぞ、君は。

氏家　申し訳ございません。

川島　とんだ長居をいたしましたが、軍に対するご叱責はこののちとも拳々服膺《けんけんふくよう》して大任を全うする所存でございます。公爵閣下におかせられましても、お体にご留意の上、なお一層のご指導を賜りますようお願い申し上げます。（谷村に）本日はお取持ち有難うございました。

氏家　失礼いたしました。

西園寺　お待ちなさい。

二人　……。

西園寺　肝心の話が一つ残っているんだ。お手間はとらせませんから、ま、どうぞ。

二人　（坐る）

か。
西園寺　実は、東京の近衛師団と第一師団が、近く満州に移駐すると聞きましたが、それは事実です
川島　失礼ですが、公爵閣下はどこからそのような情報を。
西園寺　そのことはいいでしょう。それより事実ですか。
川島　（氏家と顔を見合わせ）極秘事項でございますが、事実です。
谷村　出発はいつごろです。
氏家　三月初めを予定しております。
谷村　在京の二つの師団がそろって満州へ行ってしまうと、帝都の治安はどういうことになります。
川島　移駐といっても、師団の兵士が全部行く訳ではありません。
谷村　しかし、宮城を守護すべき近衛師団までが移駐するなんて前代未聞の出来事です。しかもこの時期になぜ移駐をするのか、いや、はっきり申し上げれば、移駐をさせなければならない、なにか差し迫った事情でもあるのか——
氏家　そんなものはありません！　満州ゆきは以前から決めていた軍の既定方針です。
川島　満州における勤務は二年間で交替というきまりがありまして、この春が、ちょうどその二年目にあたる訳なんです。おっしゃるような差し迫った事情などはなにひとつありません。
谷村　それならば、なにも東京の治安を預かる第一師団でなくても、ほかの師団でもよろしいのではありませんか。
氏家　師団の移動はあくまでも軍の内部の問題です。たとえご重臣方といえども、軍の方針に容喙《ようかい》な

さるのは甚だ迷惑です。

谷村 容喙している訳ではありませんよ、お聞きしているんです。

氏家 ですから迷惑だと――

川島 （手で制して）公爵閣下のご懸念もごもっともだと思いますので、ま、打ち明けたところを申し上げますと、昨今、現状に不満を訴える若い将校たちの動きが目につくようになりました。なかには尊皇討奸を声高に叫ぶ者もおりまして、これら若手将校たちのほとんどが、近衛や第一師団に所属していることが判りました。このまま放置しておきますと由々しき問題にもなりかねない。いやいや、万一にもそのようなことはございませんが、ま、それらのことなども勘案いたしまして、満州への移駐を決めた訳でございます。酷寒の満州で少しは頭を冷やして考え直せというのが、いつわらざる私の心境でございます。

氏家 私はこれら若手将校たちに決して組《くみ》する者ではございません。ございませんが、彼らの真情は痛いほど判ります。彼らの部下たちの多くは東北出身の百姓です。今の世の中、不況の風をモロに受けているのは百姓たちです。耕すに土地もなく、積もる借金のために可愛い妹や娘たちを地獄へ売らなければなりません。失礼ながら暖衣飽食の上つ方には、下々《しもじも》のこうした暮しはお判りにならないでしょうが、彼ら若手将校たちは部下の苦しみを己れの苦しみとして真剣に受けとめております。それだけはどうか判ってやって頂きたいと思います。

西園寺 久しぶりに、若い人の生きた言葉を聞きました。よく判りました。だが、ひとつだけ申し上げておきたいことがある。それは、国を治めるのは軍がすべてではない。理性を失った軍は、暴力の集団と変ることはないということです。年寄の遺言としてお聞き願えれば有難い。

川島　（直立して）長時間お邪魔をいたしました。有難うございました。

氏家　有難うございました。

西園寺　玄関まで。

川島　いえいえ、どうぞそのままで。

西園寺は二人を送って去る。谷村も従う。ふじと礼子が現れて茶碗やケーキ皿などを片付ける。谷村が木暮と共に入ってくる。

谷村　すまないが、暖炉をもう少しあったかくしてくれないか。

礼子　はい。

谷村　年のせいか寒さが身にこたえる。

ふじ　今朝の新聞に千葉の海岸に氷が張ったと書いてありました。

谷村　お二階の公爵様のお部屋もあとでみておいてくれ。

礼子　畏まりました。

二人は去る。

谷村　ところで、私に話というのは。
木暮　本署の方から警備の人間を増やすようにと言われているんです。
谷村　なぜです。
木暮　時局柄、警備を強化するようにということです。
谷村　なにか変ったことでもあったんですか。
木暮　その辺のところは私には……。
谷村　お気遣い下さるのは有難いのですが、そんなことが公爵様のお耳に入ったら叱られるのは私なんです。この間だってそうですよ。新年早々お庭を巡回しているお巡りさんをご覧になって、なんておっしゃったと思います。こちは。
木暮　こち？
谷村　むかしの公家言葉で私はという意味です。こちは、檻に入れられた兎か。
木暮　兎ですか、ははははは。
谷村　笑いごとじゃありませんよ。
木暮　しかし我々としては万一ということも考えませんと。
谷村　あなたはなにかというと万一とおっしゃるが、去年の秋の学生はどうだったんです。あれだけ大騒ぎをして捕まえたが、背後関係は別になにもなかったんでしょう。
木暮　ですからすぐに釈放しましたよ。今はまた学校へ行ってます。
谷村　以前と違って、東京からおみえになるお客様も最近は少なくなりました。公爵様は喜んでいらっしゃるけど、側近の私らにすればちょっと複雑な気分でしてね、都合のいいときだけ興津詣でとかなんとか言ってやってくるが、お力がなくなったとみたら、まるで掌を返したみたいにぱたっと足が遠のいて、いやいや、そんなことはない、そんなことはないが、とにかく警備強化の件は公爵様のご意志に反するので、本署ともよく相談をして頂きたいんです。

木暮 判りました。（と去る）

ぎん 失礼いたします。

木暮と入れ違いにぎんが入ってくる。

ぎん 執事様、ただ今針女さんが東京からお帰りになりました。

谷村 おお、帰ってきたか。

つるが現れる。

つる 失礼いたします。ただ今帰りました。

谷村 お帰り。どうだったね、東京は。

つる 半年ぶりでしたからね。見るもの聞くもの珍しくてまるでお上りさん。銀座のまん中できょろきょろしてました。そうそう、これ、コロンバンのクッキー、奥さまにどうぞ。

谷村　済まないね。いや、有難う。
つる　せっかく来たんですからお芝居の一つも見て帰ろうと思ったんですが、おかあさんが離さないんですよ。ちょうどいいところに帰ってきた、今新橋は猫の手も借りたいくらいに忙しいんだが、猫よりはましだろうからちょっとお座敷に出ておくれ。
谷村　出たのか。
つる　出る訳ありませんよ。でも夕方、切り火を切ってもらって、人力に乗って出かけて行く芸者衆のうしろ姿を見ていると、ああ、やっぱり新橋はいいなあ、田舎へ帰るのは厭だなあ。
谷村　おいおい。
つる　冗談ですよ、でもおかげでおかあさんともゆっくり話をすることが出来たし、お糸ちゃんのことも頼んできたし、そう言えば、浜松の方はどうなりました？
谷村　話にならん。
つる　とおっしゃいますと。
谷村　たとえ執事様のお頼みでも、いや、かりに御前様の仰せであったとしても、金銭は別だから一銭たりとも引く訳にはいかない――
つる　三百六十円を一銭も引かないと言うんですか。
谷村　もしそんなことを認めたら、ほかの小作人たちがなにを言い出すか判らん。示しがつかないと言うんだ。それでも、ま、わざわざ浜松までお越し下さったのだから、汽車賃のつもりで十円だけ引きましょう。金持は金に汚いとは聞いていたが、これほどとは思わなかった。

つる　三百五十円ですか。
谷村　菊廼家の女将はなんと言ってた？
つる　それぐらいのお金なら肩替りをすると言ってくれましたが、でも借金を背負うのはお糸ちゃんですから、少しでも軽い方がいいと思って……あの……。
谷村　……。
つる　こんなことは恐れ多くて申し上げにくいのですが、その三百五十円、御前様のお手元から出して頂く訳にはいかないでしょうか。
谷村　なんだと。
つる　同じ借金でも、相手が御前様なら借りる方は気持が楽です。それに万一返せなくなったとしても、追いかけてくる心配はありません。
谷村　馬鹿なことを。
つる　執事様のお口添えで、なんとかそのように計らって頂く訳にはいかないでしょうか。お糸ちゃん、一生恩に着ますよ。
谷村　せっかくだが。
つる　駄目ですか。
谷村　あの子が正規の奉公人ならともかく、保証人のいない、いわば居候だ。気の毒だとは思うが、それは無理だ。
つる　では、私がお直に御前様にお願いしてみます。

谷村　やめなさい。
つる　どうしてです。
谷村　女中たちの監督は私だ。その私を差し置いて、そんな些細なことを公爵様のお耳にお入れするのは僭上《せんじょう》の沙汰だ、許しません。
つる　そうですか、些細なことですか。
谷村　……。
つる　お糸ちゃんに会ったら、今度生まれてくるときには、まちがっても貧乏人の娘なんかに生まれるんじゃないよって……そう言ってやりますよ。だれも助けてはくれないからねって。
谷村　ところで、東京から帰ってきたら一度相談しようと思っていたのだが、お前さんさえよければ、庄吉をこのままお屋敷に置いてやろうかと思っているんだ。
つる　……。
谷村　警察の口添えもあったから、仕方なしに出入りを認めたんだが、公爵様がなぜかあの男をお気に召してな、ご退屈遊ばされると、庄吉を呼べーっ、とこうなるんだ。またあの男がほいほい調子にのって、やたら胡麻を擂るものだから、公爵様はお膝ゆすってほたほたお喜びだ。まったく苦々しいかぎりだが、近頃では、あの男が庭番小屋に居候をしているとお聞きになって、それは可哀相だ、このさいつると一緒に空いている官舎に住まわせてやれ（つるの様子に気付いて）……なにかあったのか。
つる　私だって嫌いで別れた訳じゃないんですから、もう一度やり直すことが出来ればと、そう思っていました。いずれは坐漁荘ともお別れをしなければなりませんけど、それまでの間、たとえ三月《みつき》でも半年でも、あの人と一緒に精一杯ご奉公させて頂こう、あの人だって、きっとそのつもりで興津に帰ってきたのだと思っていましたが……。

谷村　そうではなかったのか。

つる　独りになって、真面目にやっているのかと思っていましたが……逃げてきたんです。

谷村　逃げてきた？

つる　飽き性で落着きのないのは生まれつきの性分だとしても、私は、男として、いえ、人間として、どうしても許せなくなったんです。おかあさんに言われて、それがよく判ったんです。

谷村　たとえば、どういうことが……。

そのとき二階よりポンポンと鼓の音がして、庄吉の声で「鉢木」が聞こえてくる。

庄吉　（声）ああ降ったる雪かな　如何に世にある人の面白う候ふらん　それ雪は鵞毛に似て……。

谷村　（思わず立ち上がる）ひどい鉢木だ、これでは料理人だかたいこもちだか判らん。

ぎんが急いで入ってくる。

ぎん　失礼いたします！　針女さん、大変でございます。おたつさんが海に身を投げると言っているんです。

つる　どうしたの。

ぎん　結婚が駄目になったのでございます。先程お仲人さんがいらっしゃいましてね、残念だが、今度のことはご縁がなかったことにして下さい、おたつさんはそれを聞いて荒れちゃって荒れちゃって、今から海へ飛びこむーって、わんわん泣いているのでございます。

谷村　なんだか嬉しそうだな。

ぎん　とんでもございません、お気の毒でお気の毒で、ほんとにおたつさんがお可哀相！　失礼いたします。（と去る）

二階からは下手な謡が続いている。

暗転

(二)

昭和十一年二月二十五日。
坐漁荘台所。夕方。

しげ乃が鞄に荷物を詰めている。そめが手伝っている。
奥の女中部屋では送別会が催されていて、女たちの合唱する「早春賦」が聞こえてくる。時折、拍手や笑声など。

しげ乃　ご門のところにタクシーが来ている筈だから、わるいけどもう少し待ってて下さいって。
（と鞄を渡す）

そめ　どうしてもお帰りになるんですか。

しげ乃　今夜おそくから東京地方は大雪だって言っているからね。汽車が止まらないうちにと思って。
そうそう、小使さんのお家はここから行けるわね。

そめ　すぐおとなりです。

しげ乃　（土間を見て）ちょっとこの長靴借りるわね。

そめ　幸助さんにご用なら私が行きます。

しげ乃　頼んでたことがあるから、私が行かないと判らないのよ。

そめ　私が行きますよッ。

奥からぎんと礼子が出てくる。

ぎん　女将さん、なにをしているんです。急にお席を立っちゃったりして。

礼子　みんな奥で待っているんです。
しげ乃　用事を済ましたらすぐに行きますから。
ぎん　お糸ちゃんが困ってますよ、とにかくお席に戻って下さい。
礼子　さ、行きましょう、行きましょう！
しげ乃　仕様がないわね。（そめに）じゃ、お願いね。

土間の板戸がガラッと開いて、外折が巡査(1)と入ってくる。
雪が吹き込むので急いで戸を閉める。その間にぎんをのぞいて三人は去る。奥で拍手の音。

外折　失礼します。べつに変ったことはありませんか。
ぎん　ございません。
外折　今夜は雪が積もると思いますので、外出はなるべくお避けになった方がよいと思います。なお警備巡回は通常どおり行ないますので、なにか異常がございましたら詰所にお知らせ下さい。
ぎん　ご苦労さまです。今お茶をお淹れしますから。
外折　いいえ、結構です。（奥で再び拍手）大分賑やかですね。
ぎん　一人辞める人がいますのでね、今夜は送別会なんです。
外折　そうですか、では、失礼します。

ぎん　お気を付けになって、ご苦労さまです。

巡査が戸を開けたとたんに、庭番の幸助が入ってくる。外折たちは去る。

幸助　ああ、こりゃ済みません。また降ってきやがった。
ぎん　どうしたの、幸助さん。
幸助　新橋の女将さんがこちらにいらっしゃると思うんだ。済まないが、ちょっとここへ呼んできてもらいたいんだ。
ぎん　どんなご用？

上手より大皿を持った庄吉が鼻唄を歌いながら出てくる。

庄吉　まったくよく食いやがるねえ、おぎんさん、ちょっと手伝ってくれないか。
幸助　ちょうどよかった、庄さん、あんたにも話があるんだ。（ぎんは奥へ去る）
庄吉　忙しいんだよ、おれは今。
幸助　それじゃ、勝手に泊めちゃっていいかな。
庄吉　なにを。
幸助　ついさっき、新橋の女将さんがおれの家に客人を連れてきたんだ。

庄吉　客人。

幸助　女将さんは、あとで迎えに来るからと言うんだが、どうしても会わせたい人がいるから、済まないが今夜一晩面倒みてやってくれと言うんだ。

庄吉　知っている人？

幸助　いや、初めてだ。

庄吉　おれは今、お宅へ居候をしている身分だから、いいとも悪いとも言えないけど、しかしあの狭い家で、知らない男と一緒に寝るなんて、あまり気は進まないねえ。

幸助　女だよ。

庄吉　えッ、女！

幸助　女将さんは詳しいことはなにも言わないんだが、お世話になるからと言って肉や卵をどっさり持ってきたんだ。寒い夜はスキヤキが一番だ、三人で召上がれ、なんて言われると、おれも断りきれなくなっちゃってねえ。

庄吉　いくつぐらい？

幸助　なにが？

庄吉　女だよ。

幸助　三十そこそこってとこかな。

庄吉　どんな女、これは？

幸助　いい女だよ。ここの女中さんたちよりはずっといいね。

庄吉　泊めてやったら。

幸助　いいかい。

庄吉　おれはいいと思うね、困っているときはおたがいさまだ。

幸助　でも、おつるさんがへんに気を回さなければいいけどね。

庄吉　だって三人一緒だろ。しかも人助けだよ。ぐずぐずぬかしやがったら今度こそ本当に縁切りだ。

ガタとも言わせねえ。

幸助　じゃ連れてくるから、女将さんにそう言ってね。（戸を開ける）

庄吉　雪ですべるから気をつけて！

幸助　長靴履いてるよ。

庄吉　あんたじゃない、女の人。

幸助は去る。

庄吉　〽梅は咲いたか　桜はまだかいな〽……

と去ろうとする。出会頭にぎんが、一升瓶を抱えて茶碗を持ったたつと争いながら現れる。ふじも付いて出てくる。

たつ　うるさいわね、放っといてよ！
庄吉　おっと、気をつけろ！（奥へ去る）
ぎん　あんた、いい加減にしなさいよ。
ふじ　そうよ。
ぎん　飲むなとは言わないわ、でも、今日はお糸ちゃんの送別会よ。そんなに酔っぱらってどうするのよ。
たつ　酔ってなんかいませんよ。
ぎん　あんたね、そんな了見だから結婚だって駄目になっちゃったのよ。
たつ　なんですって。
ぎん　男にふられたぐらいでなによ、甘ったれるんじゃないわ。
たつ　偉そうに言わないで。あんたなんかそういう男だっていないんじゃないの。
ぎん　なんですって。
ふじ　まあま、もうやめましょう、やめましょう。（奥で拍手）ほら、会が終ったわ、さ、奥へ行きましょう。

正面より、これから東京へ出発する糸を送るために、つる、しげ乃、礼子たちが現れる。

つる　あんたたちなにしているの、お糸ちゃん、行くわよ。

ふじ　あら、もう行くんですか。

しげ乃　お名残惜しいでしょうけれど、汽車の時間がありますのでね。忘れ物はないわね。

糸　はい。

つる　初めての世界だから、いろいろと辛いことがあると思うけど、女将さんやお姐さん方の言うことをよく聞いて、可愛がってもらうのよ。（しげ乃に）おかあさん、ご面倒をおかけして済みませんが、よろしくお願いします。

しげ乃　（糸に）お前さんもこれからが大変だと思うけれど、浜松の荷物は、そっくり私が肩替りさせてもらったからね。今日からは菊廼家の子だ。ま、言葉は悪いけれど、お前さんを煮て食おうが焼いて食おうが私の勝手だからね、それだけは覚悟しといておくれ。

つる　おかあさん、そんな鬼婆みたいなことを――

しげ乃　鬼婆とはなにさ。生半可な気持でこられたのでは、仕込むほうだって困るってことを言っているんだよ。預かって面倒を見る以上は、菊廼家のだれそれと言われるくらいの芸者衆になってもらわないと、恥をかくのは私の方だからね。お前さんだってそうだよ。親御さんを楽させようと思ったら多少のことは辛抱しなきゃあ。

つる　大丈夫よね。

糸　はい。

しげ乃　じゃ、そろそろ行こうか。

糸　あの……。
一同　……。
糸　私は、こんな立派なお屋敷にご奉公のできる人間ではなかったんですが、今日までみなさんに親切にして頂いて、なんとお礼を申し上げてよいか判りません。短い間でしたけど……私、忘れません。本当に有難うございました。
ぎん　（泣き出して）お糸ちゃん、元気でね。
礼子　お手紙、頂戴ね。
ふじ　遊びにきてね。
しげ乃　おつるちゃん、悪いけど、みんなと一緒に先に出てくれない。私、御前様にちょっとご挨拶してくるわ。
つる　そうですね。じゃ、みんな行こうか。

上手よりそめが駆け込んでくる。しげ乃はその間に去る。

そめ　針女さん、あぐりちゃんが来たんです。
つる　え？
そめ　ご門のところで女将さんを待っていたら、あぐりちゃんが自動車に乗って。

と言いかけたとき、あぐりが現れる。

つる　あぐりちゃん。

あぐり　しばらくでございます。その節は針女さんやみなさんにご迷惑をおかけして本当に済みませんでした。今日のことはお糸ちゃんから手紙を頂いたので、どうしても来たかったんです。まに合ってよかった。

糸　わざわざ有難う。

あぐり　ゆっくりお話をしたいのだけれど、あなたを駅まで送ったら、私はその足で浜松へ帰らなきゃいけないの。その代り手紙を書いたから汽車の中で読んでね。それからこれ、私からのお餞別。簪《かんざし》。……いつまでもお元気でね。

糸　有難う。大事にするわ。

ぎん　しばらく会わない間に、あんたは随分おしとやかになったわね。まさか結婚する訳じゃないでしょうね。

あぐり　……。

ぎん　えッ、いつ？

あぐり　四月です。

ぎん　再来月じゃない！　おめでとう！

一同　（口々に）おめでとう。

たつ　（突然泣き出す）

ぎん　また泣くぅ。

一同　（笑う）

つる　さ、それじゃ、ご門のところまでみんなでお見送りしようじゃないか。

ふじ　女将さんはどうしましょう。

つる　そうか。いいわ、みんな先に出てて。私、呼んでくるから。（正面に去る）

ぎん　表はどうなの。

そめ　また降ってきました。

ぎん　足元に気をつけてね。

一同は上手に去る。

やがて下手の板戸が開いて、幸助が初枝と一緒に現れる。

幸助　話は通してあるからね。上がって待っていたらいいよ。女将さん、女将さん！　お客さんを連れてきましたよ。女将さん！

正面からつるが出てくる。

初枝は立ち上がる。

幸助　女将さんに頼まれてこの人を連れてきたんだ。いるんならちょっとここへ。
つる　今来るわ。ご苦労さん。
幸助　東京からきた人だよ。
つる　判ってる。もういいわ。
幸助　（怪訝な面持で二人の顔を見る）……じゃ。
つる　ぴったり閉めて行ってね。
幸助　（去る）
初枝　（板の間に急いで正座する）あの……。
つる　初枝さんでしょう。大森のあなたのアパートでおめにかかったことがあったわね。
初枝　お詫びに参りました。申し訳ございません。
つる　女将さんから、おおよそのことは聞いていたけれど、いけないのはあの人なんだから、あなた一人を責めようとは思わないわ。
初枝　でも。
つる　そりゃ、私だって女だから、亭主を盗られて平気でいられる訳はないわ。大森のアパートへ乗りこんで行ったときには、頭にカーッと血がのぼっていたから、見つけ次第殺してやろうかと思っていたわ。ところが行ってみたら、あの人はステテコ一枚で物干の植木に水をやっていた。あなたは卓袱台《ちゃぶだい》の上におもちゃをならべて一生懸命内職をしていたわ。それを見たとたんに、なんだか気持が急に萎えちゃってね。なんにも言えなくなっちゃった。私がこちらへ移ってきたのは、それからまもなくだったわ。

初枝　……。

つる　でも女なんて馬鹿だから、いつかはきっと私のところに戻ってくる、戻ってきたらなにも言わずに一緒に暮そう、そう思っていたけど……むりだったわ。

初枝　済みませんでした。

正面から皿小鉢の入った木箱を抱えた庄吉が現れる。

庄吉　食うだけ食ったら、さーっといなくなっちまいやがって。

と言って出てくるが、初枝を見て仰天する。「あっ」と叫んで上手へ駆けこもうとする。

つる　どこへ行くの！

庄吉は仕方なく元きた正面に逃げようとして、思わず足を止める。しげ乃が立っている。へたへたと坐りこむ。

しげ乃　（初枝に）今呼びに行こうと思っていたところだったの。
庄吉　……。
しげ乃　おつるちゃんには全部話をしてあるから、私からは言うことはないわ。ただ、廊下の暦を見たら、明日の二月二十六日は大安なんだ。あんたら三人が、あとくされのないようによく話し合ってみることだね。じゃ私はこれで。
つる　ご心配をおかけして済みませんでした。お糸ちゃんのことは、くれぐれもよろしくお願いします。
しげ乃　判ってるよ。
つる　どうかお気をつけになって。
しげ乃　（上手より去る）
つる　……ことわっておくけど、初枝さんを呼んだのは私じゃないのよ。女将さんがお糸ちゃんを迎えかたがた連れてきてくれたの。
庄吉　……。
つる　私にも至らない点があったから、過ぎてしまったことは今日かぎりで忘れることにするわ。ただ、初枝さんにお会いした以上は、はっきりさせておかなければいけないと思っていることがあるの。……私、籍を抜くわ。
庄吉　……。

つる　そうしなければ、生まれてくる赤ちゃんが困るでしょう。
庄吉　（初枝に）お、おまえ！
つる　女将さんから聞いたのよ。そうなんでしょう、赤ちゃんいるんでしょう。
初枝　（頷く）
つる　……以前お花姐さんが、好きな人ができたためにお暇を出されたことがあったの。御前様のご寵愛をうけながら、好きな男と密会を重ねるとはなにごとかってひどいことを言われて、体を悪くして、芝浦の病院に一時入院していたの。お見舞に伺ったら、青白い顔をして、一人でベッドに寝ていたわ。私がそのとき、後悔していませんかって聞いたら、お姐さん、ふっと口元を和ませてね、後悔なんかしていないわ。好きな人の赤ちゃんを身籠もったんだから……それからまもなくして、大津の病院へ移って亡くなったわ。赤ちゃんも亡くなったわ。可哀相だった。命を賭けた恋だったのよ。
庄吉　……。
つる　人間は蝶々や虫とは違うんだから、甘い蜜だけ吸って、あとは知らん顔をして逃げるという訳にはいかないのよ。その気になれば良い腕の職人さんなんだから、今度こそ生まれてくる赤ちゃんのために一生懸命やらなかったら、あんた罰が当るわよ。私だって怒るわよ。
庄吉　……。
つる　今夜はお二人で幸助さんの家に泊めてもらいなさい。そして明日の朝は一緒に御飯を食べて、それでお別れしましょう。

初枝　なにからなにまで済みません。
つる　（庄吉に）あと片付けは私がやるから幸助さんの家にお行きなさい。足元気を付けてあげて。
庄吉　済まなかった。
つる　あとで湯タンポを持って行ってあげるわ。

二人は下手より去る。
見送ったつるは木箱を持って上手へ行こうとする。正面より宗匠頭巾を被った西園寺が現れる。

つる　どうなさいました。
西園寺　酒が飲みたい。
つる　ワインでございますか。
西園寺　雪見酒だ。
つる　菊正でございますね。すぐにお二階へお持ちいたします。
西園寺　ここで飲む。
つる　ここはお寒うございます。お風邪を引きます。
西園寺　つる。
つる　……。

西園寺　辞めるそうだな。

つる　どなたがそんなことを？

西園寺　谷村だ。

つる　（座布団を出し、羽織を脱いで西園寺の膝に掛けてやる）京都にいらっしゃる漆葉の綾子さんが、お体が良くなられたので近く針女さんとしてお屋敷にお戻りになると伺いました。執事様とのお約束もございますので、春になったら身を引かせて頂こうと思っております。

西園寺　どうしても辞めるのか。

つる　短い間でしたが、おそばにお仕えすることが出来て光栄でございました。あらためてお礼を申し上げます。

西園寺　私ももう長くはない。死に水をとってもらいたいと思っていた。

つる　なにをおっしゃいます。御前様は大事なお方でございます。そんなお気の弱いことをおっしゃらずに、この上ともお国のためにお働き下さいませ。つるからもお願い申し上げます。

戸外で雪の滑り落ちる音。

西園寺　雪か。

つる　屋根から落ちたのでございます。

西園寺　今夜は、二階から雪の海を眺めながら雪見酒を楽しむか。

つる　お相手をさせて頂きます。

ふたたび雪の滑り落ちる音。

暗　転

（三）

昭和十一年二月二十六日。
暗い中で電話が鳴り続けている。
応接室も廊下も暗い早朝である。
寝呆け顔のぎんが羽織を引っかけながら女中部屋の方から出てくる。

ぎん　（受話器をとる）もしもし、興津の二十六番でございます。はい、は？　失礼ですがどなたさまで？　はい、そうでございます。あの、少々お待ち下さいませ。（二階に）針女さん、針女さん。

二階（奥）よりつるが現れる。

つる　どなた。

ぎん　東京から木戸侯爵様です。

つる　明りを点けて。

ぎん　はい。（廊下の電灯を点ける。その間に礼子も出てくる）

つる　もしもし、お電話代りました。女中頭の片品つるでございます。はい、御前様はまだおしずまりでございます。はい、は、東京で？　はい、え！　はい、判りました。そろそろお目ざめ遊ばされると思いますので、そのように申し上げます。はい、有難う存じます。失礼いたします。

ぎん　なにがあったんです。

つる　急いでみんなを起しなさい。（礼子に）暖炉に火を入れて。

二人　はい。

奥からふじが出てくる。

ふじ　針女さん！　執事様がお玄関から。

谷村が木暮と共に慌ただしく現れる。

谷村　大変なことになった。公爵様をすぐにお起ししなさい。
つる　今木戸侯爵様からお電話がございました。軍隊が暴動を起したというのは本当でしょうか。
谷村　とんでもないことをやってくれた。とにかく公爵様をすぐこちらへ。
木暮　お待ち下さい。
谷村　なんです。
木暮　暴動といっても、興津から一六〇キロも離れた東京市内での出来事です。失礼ですが軽率なご判断で公爵様のお心をお悩ませ申し上げるのは如何かと思われます。
谷村　なにを言うんだ、あんたは！　私は静岡県庁からの電話連絡で一部始終を確認したんだ。軽率な判断とはなんですか。
木暮　私も本署からの連絡で事件のあらましは承知しております。陸軍の兵士たちが、ご重臣方を襲撃したことも聞いております。しかし興津へ向ったとは聞いておりません。
谷村　そんないい加減な情報だから警察は呑気な顔をしているんだ。襲撃中の軍人が、自動車に分乗して熱海方面へ向ったと県庁は言っとるんだ。興津とは目と鼻の先だ。こちらへくることは当然考えられるじゃないか。
木暮　熱海へ向った連中は、湯河原にご滞在中の前《さき》の内大臣牧野伸顕伯爵を襲撃するのが目的です。そんなことぐらいは警察も把握しております。しかし彼らにとっては、興津は襲撃の対象外です。私どもはそのように認識しております。
谷村　たわけたことを言いなさんな、西園寺公爵は日本国の元老ですぞ、なみのご重臣方とは違いますぞ。

木暮　彼らの目的がどこにあるのか私どもには判りませんが、しかし彼らだって馬鹿ではありませんから、政局の動向に影響力があるかないか、その判断をした上でご重臣方を襲ったはずです。興津を外したのはそういう理由からです。

谷村　（激怒して）無礼だ、君は全く無礼だ。今になってそんな責任逃れみたいなことを言うのは、君はおそろしくなったからだ。

木暮　なんですと。

谷村　かつて君は、公爵様のためなら命を捨てると私の前で広言したんだ。あの言葉は嘘ですか。

木暮　嘘とはなんですか、私は坐漁荘の警備を拝命以来、文字通り命を賭けて公爵様をお守りしてきました。今朝も通報と同時に部下たちには拳銃の携行と防弾チョッキの着用を命じました。私自身もこの通り防弾チョッキを身に着けております。おそろしくなったとはなんですか！

つる　いい加減にして下さい。くるとかこないとか、そんなことより御前様をどうして差し上げたらよろしいのか、それをお決めになるのが先でしょう。とにかくお連れしますから。（行こうとする）

ガラス戸を叩く音。

谷村　だれだッ。

木暮は拳銃をかまえる。

谷村はカーテンを開ける。外は一面の雪景色。窓外に顎ひもをした外折と巡査二人が雪で真っ白になって立っている。ふじと礼子が抱き合って悲鳴をあげる。

木暮が戸を開ける。

木暮　どうした。

外折　本署からの連絡です。今朝未明《こんちょう》、豊橋陸軍教導学校の下士官兵、およそ百二十名ほどが貨物自動車に分乗して興津に向ったとの情報です。

谷村　百二十名！

木暮　興津のどこへ向ったというんだ。

谷村　（癇癪を起こし）公爵様にきまっているでしょう。なにを寝呆けているんだ。

外折　情報によれば、敵は小銃や拳銃のほかに軽機関銃も所持しており、興津到着は午前六時半より七時半頃までの間と思われるので、厳重な警戒を要すとのことです。

谷村　今何時だ。

木暮　六時三十五分です。

外折　なお、万一の場合を考慮して、公爵様に防弾チョッキのご着用をお願いするようにとの署長命令です。ここに持って参りました。

木暮　ご苦労。（と受けとる）

谷村　非常ベル！

ぎん　はい。

つる　おふじさん、礼子さん、みんなモンペを穿きなさい。襷をしなさい！（と言い捨てて二階へ去る）

ぎんはボタンを押す。ベルが鳴る。

木暮　執事さん、今からご門前の検問を始めます。

谷村　検問より警備隊の増援が先でしょう、相手は百二十人ですぞ！

木暮　判っています！

谷村　ああ防弾チョッキ！

木暮　特に精巧に出来ておりますが三メートル以内は貫通します。銃口を向けられたら少しでも離れるようにして下さい。

木暮は防弾チョッキを置いて、外折たちと去る。
谷村は戸棚や机の引き出しから書類などを取り出して非常鞄に詰め始める。
そこへ庄吉が入ってくる。

庄吉　お早うございます。
谷村　なんだ、おまえか。
庄吉　大変なことが起きましたそうで……私はどういうことをしたらよろしいでしょう。
谷村　めしは炊けたか？
庄吉　はい。
谷村　急いでにぎりめしを作れ、公爵様もお召上がりになるかもしれぬ。
庄吉　はい。
谷村　ああそれから、お屋敷には男手がない。いざというときには、木刀を持って、お前が玄関の見張りに立つんだ。分ったな。
庄吉　は、はい。
谷村　ちょっと待て、これを腹に当てろ（と防弾チョッキを渡す）
庄吉　は？
谷村　両手で持つんだ。しっかりとおさえろ。
庄吉　なんですか。
谷村　防弾チョッキだ。

谷村は拳をかためると、腹のあたりをどんと叩く。

谷村　ひびくか。
庄吉　全然。
谷村　（一層力を入れて）これでどうだ！（と叩く）
庄吉　（よろける）こたえません。
谷村　よく出来てる。（と内ポケットより拳銃を出す）
庄吉　なにするんです。
谷村　ためしに撃ってみる。
庄吉　冗談じゃありません。当ったらどうするんです。
谷村　三メートル離れろ。
庄吉　本気ですか。
谷村　公爵様のお命にかかわるんだ。離れないと貫通するぞ。
庄吉　厭です。それだけは厭です！　絶対に厭です！（近付いてくる）
谷村　離れるんだ。
庄吉　（ぴったりくっついて）離れたら撃つんでしょう。だから私は離れません。
谷村　馬鹿。そばへ寄るな。離れろというんだ。（と逃げる）
庄吉　（必死に追いかけて）やめて下さい！　やめて下さい！　人殺し！

モンペに襷掛け、白鉢巻をしたぎんが薙刀《なぎなた》を持って入ってくる。

ぎん　どうなさいました。

谷村　いや、なんでもない。（急いで拳銃を仕舞う）

ぎん　執事様、ただ今お玄関に静岡県庁のお役人様がおみえになりました。

谷村　県庁？

ぎん　緊急のご用事だとおっしゃっておられます。お通ししてもおよろしいでしょうか。

谷村　少し待っててもらいなさい。公爵様のご様子をみたらすぐに戻ってくる。（庄吉に）この意気地なし。

谷村は鞄を抱えて去る。

庄吉　おぎんさん、今朝は汽車は動いているかね。

ぎん　汽笛が聞こえたからね（屹《き》っと見て）あんた、まさか逃げるんじゃないでしょうね。

庄吉　と、とんでもない。

ぎん　もし逃げたりしたら一刀両断よ。やーっ！（薙刀を振り回して去る）

庄吉も去る。

入れ違いに、そめに案内されて県庁の広畑東一郎、坂東洋介が現れる。

そめ　少々お待ち下さいませ。（と去る）

坂東　（あたりを見回して）もし嫌だとおっしゃったらどうしましょう。

広畑　知事さんの首が飛ぶね。

坂東　まさか。

広畑　国宝だよ、静岡県は国宝を抱え込んじゃっているんだ。もしものことがあったら知事さんは腹を切ったぐらいじゃ済まないんだ。

谷村が大声で指示を与えながら二階より戻ってくる。

谷村　窓には鍵を掛けなさい。板戸には心張《しんば》りをかいなさい！（入ってくる）お待たせしました。執事の谷村です。

広畑　お取り込みのところを申し訳ございません。県庁庶務課の広畑と申します。

坂東　坂東でございます。（名刺を出す）

谷村　……緊急のご用件と伺いましたが、どういうことで……。

広畑　突然のことでお驚きになるかもしれませんが、じつは公爵様をお迎えに上がったのでございます。

谷村　お迎え？

広畑　東京での騒動はすでにお聞き及びのことと存じますが、県としては、万一の事態に対処するために、公爵様を安全な場所へお移し申し上げようということになりまして、私どもがそのお迎えに……。

谷村　失礼ですが、身分証明書を拝見できますか、いやいや、お疑いする訳ではありませんが、ことがことだけに、一応……。

広畑　ごもっともです、どうぞ。

谷村　（見て）失礼しました。で、安全な場所とおっしゃいますけど、具体的には？

広畑　憲兵隊や警察とも相談いたしました結果、静岡市内にある県知事官舎は如何かということになりました。

坂東　万全の態勢を整えてお迎え申し上げますが、事態が差し迫っておりますので、一刻も早いご動座をお願い申し上げます。

木暮が入ってくる。

木暮　ご用談中失礼します。執事さん、今裏の桟橋に清水水上署の警備船が到着しました。

谷村　どういうことです。

木暮　危険が迫った場合は、公爵様を海上から脱出させるためです。

広畑　それは困ります。そんなことは聞いておりません。
木暮　なんです、あなた方は。
谷村　静岡県庁の方です。公爵様をお迎えにきたんです。
木暮　なんですって。

礼子が急ぎ足で入ってくる。

礼子　御前様がお越し遊ばされます。

一同が起立して迎える中を、宗匠頭巾を被り、結城の着流しに二重回しを羽織り、ラクダの襟巻をした西園寺が、つるに手を取られて現れる。

西園寺　陸軍の馬鹿どもがまたやりおったそうだな。酒。
つる　ゆうべもお召上がりになりました。
西園寺　ゆうべはゆうべ、今朝は今朝。
つる　まだお食事前でございます。
西園寺　めしの代りに酒。
つる　（礼子に目配せをする）

谷村　（広畑に）しばらくお待ち下さい。

広畑と坂東は礼子に案内されて去る。

谷村　すでにつるからお聞き遊ばされたことと存じますが、あらためて東京の様子についてご説明申し上げます（メモを見つつ）本日二月二十六日午前五時頃、武装せる歩兵第一、第三、ならびに近衛歩兵第三連隊の一部の者が、総理大臣岡田啓介閣下、内大臣斎藤実閣下、侍従長鈴木貫太郎閣下、大蔵大臣高橋是清閣下のお屋敷を襲いました。また、別の一隊は東海道を西下して、湯河原伊東屋旅館にご滞在中の前《さき》の内大臣牧野伸顕閣下のもとに向った模様で、これら暴動兵士らの総数は千二、三百と伝えられております。ご重臣方の生死につきましては未だ判明いたしませんが、なにぶん突然の出来事でございますので、みなさま方、あるいは絶望ではないかと……。

西園寺　皇居はどうした。

谷村　ご無事でございます。

西園寺　それはよかった。

ふじが酒を運んでくる。

つる　どうぞ。（と酌をする）

西園寺　こはだ。

つる　こはだはございません。

西園寺　たこ。

つる　堅くて噛めません。

西園寺　おかべ。

つる　お豆腐をあたためてきて。

礼子　（去る）

谷村　つきましては、公爵様にお願いがございます。所轄署からの急報によりますと豊橋を出発した暴動兵士ら約百二十名の者がまもなく興津に到着するとのことでございます。状勢が極めて緊迫しておりますので、この騒ぎがおさまるまでの間、一時ご動座をお願いしたいのでございます。

西園寺　逃げろというのか。

谷村　公爵様ご在宅と判ればお屋敷は戦場になります。もはや一刻のご猶予もなりません。兵士らは強力な火器を持ち、その数は百名を超えております。手薄の警備陣では到底防ぐことは出来ません。

木暮　そんなことはありません！　我々警備関係者は、お国のため、公爵様のために、ご馬前で立派に死ぬ覚悟です。数などは問題ではありません。

谷村　そんなことを言っているんじゃない、公爵様を暴動兵士らなんかに渡す訳にはいかないと言っているんだ。

木暮　そのために我々がいるんです。軍人軍人と威張り腐っておりますけど、今こそ我々警察官が真の大和魂を奴らに見せてやります。

谷村　そんなことじゃないんだ！

西園寺　どこへも行かんよ。

谷村　公爵様。

西園寺　興津が好きで移ってきたんだ。死ぬときはここで死ぬ。

谷村　お気持は判ります。しかし公爵様は日本国にとって大事なお方です。争乱が収まったあと、陛下を輔弼《ほひつ》し内閣を再建して、ゆるぎない平和日本の礎をおつくりになる責任がございます。余人をもって代えることはできません。

西園寺　私は貴族だ、名誉がある。九十にして死に場所を得た。

谷村　しかし暴動兵士らの手にかかって……。

つる　あの、差し出がましいことを申し上げるようですが。

西園寺　……。

つる　御前様はそれでもおよろしいでしょうが、ほかの者たちはどういうことになるのでしょう。

西園寺　……。

つる　もし撃ち合いが始まれば、兵隊さんは勿論、迎え撃つお巡りさんたちにも犠牲者は出ます。お国のために立派に死ぬとおっしゃっているのですから、最後まで戦うおつもりでしょう。でも、それはお役目ですから致し方ないとしても、お屋敷にいる女中たちは、御前様をお守りするために鉄砲の前に立たなければなりません。逃げれば不忠者と言われるかもしれません。撃ち殺されるか、流れ弾に当って命を落すか、お供をする以上は、それだけの覚悟をしなければなりません。ここで死ぬとおっしゃる御前様はまことにご立派でございますけど、お供をする女中たちやほかの者たちの心根も、少しはお察し頂ければと思います。

西園寺は運ばれてきた豆腐を無言で食べる。

西園寺　どこへ行くのだ。
谷村　は？
西園寺　場所だ。
谷村　静岡の知事官舎でございます。
西園寺　（頭巾をとり）ハンチング。
つる　はい！（礼子に目配せする）

礼子は急いで去る。待っていたかのように、広畑と坂東が駆け込んで床に跪《ひざまず》く。

広畑　有難う存じます。
坂東　お供を仕ります。
谷村　（西園寺に）県庁の者です。

広畑　おかげさまで知事閣下の首がつながります。
谷村　なに。

礼子がハンチングを持ってくる。
つるが被せてやる。

つる　まあ、お若くなりましたこと。
西園寺　むかしはこれでパリジェンヌを泣かしたんだ。
一同　（笑う）

ぎんを始めとして女中全員がどやどやと入ってくる。モンペに襷、白鉢巻の姿、庄吉も付いて出る。

西園寺　ほう、巴御前が勢揃いしたな。
谷村　公爵様には今からお立ち遊ばされる。
つる　先程はご無礼なことを申し上げました。女中頭としてお供をさせて頂きとうございます。
西園寺　せっかくだが、女中を連れて逃げたと言われては末代までの恥辱だ。供は谷村一人。（庄吉に気付き）お前もくるか？

庄吉　はっ、い、いえ。

西園寺　なにかの役に立つだろう。

谷村　じつは、庄吉には大事な役目がございますので……。

戸外で車のクラクション。

広畑　おそれながら、お急ぎ下さいませ。

西園寺　（女中たちに）世話になったな、生きていればまた会えるだろう。

ぎん　御前様、御身《おんみ》お大切に。

ふじ　お元気でお帰りを。

西園寺は去る。つるも谷村も女中たちも付いて去る。
窓外の雪が激しくなる。
庄吉が長靴と風呂敷包を持ち、あたりを窺いながら戻ってくる。戸を開けて敷石に長靴を置いて表へ出ようとする。
谷村が急いで戻ってくる。

谷村　庄吉ッ、庄吉はおらんか。（見て）なにをしているんだ。

庄吉　あ、あの、雪掻きをしようかと……。
谷村　そんなことは幸助爺さんにやらせればよい。大事な役目があると言った筈だ。

つるとぎんが戻ってくる。

つる　執事様、御前様がお待ちです。
谷村　すぐ行く。（庄吉に）じつはな、公爵様のお身代りになってもらいたい。
庄吉　えーっ！
谷村　本来なら私が務めるべきだが、役目柄おそばを離れる訳にはいかない。もし暴動兵士たちが襲ってきたときには、自分が西園寺公望であると名乗るんだ。
庄吉　殺されます！
谷村　当然だ。
庄吉　そ、そんな。
谷村　お屋敷にはお前以外にはいないんだ。
庄吉　幸助爺さんがいます。
谷村　庭番風情を身代りにできるか。
庄吉　し、しかし、顔も違えば年も違います。
谷村　そんなことはどうでもいいんだ。ここでお前が一分でも一秒でも余計に食い止めててくれれば、公爵様は安全な場所へお移りになることができる。お国のためだと思っていさぎよく死んでくれ。

庄吉　ではお引き受けしますが、その代り防弾チョッキをお貸し下さい。

谷村　馬鹿なことを言うな。公爵様が防弾チョッキを身にまとってご最期を遂げられたと言われたら日本中の国民はどのように思う。

庄吉　私は偽者です。

谷村　死ぬまでは本物だ。（つるに）あんたにも頼みがある。（内ポケットより拳銃を出す）弾が六発入っている、乱入した兵士たちが、もし女中たちに危害を加えた場合には、構わんからこれで撃て、引金を引けば弾は出るようになっている。さあ。（渡そうとする）

つる　（後じさりして）結構です。

谷村　なにが結構だ。警備の巡査たちは、気の毒だがいずれみんな殺される。そうなった場合、女中たちを守るのは針女さんとしてあんたの務めなんだ。

つる　日本の兵隊さんは、女子供には乱暴しません。

谷村　戦争になったら人間は変るんだ。兵隊だって同じことだ。まして公爵様が偽者と判ったら、怒り狂ってなにをするか判らん。まず庄吉は絶対に殺される。そのあと女中たちが襲われるのは目にみえている。抵抗もせずに奴らの言いなりになれば天下の笑い者になる。公爵家のお名前に傷が付くのだ。

ふじが駆け込んでくる。

ふじ　執事様、お急ぎ下さい。出発します。
谷村　さあ取れ、取るんだッ。
つる　（拳銃を取る）
谷村　おれに向けてどうするんだ。いいか、大和撫子として見苦しい真似だけはするな、頼んだぞ。
（防弾チョッキに目が止まる。庄吉も見る。一瞬早くチョッキを手に取る）

谷村はふじと共に去る。
あとに残ったのは、つる、ぎん、庄吉の三人である。
戸外でクラクション、車の走り去る音。

つる　おぎんさん、御前様の二重回しを持ってきて。
ぎん　はい。（と去る）
庄吉　冗談じゃねえーよ、こんな馬鹿なことって……。
つる　動くな。（拳銃を構える）
庄吉　本気かよ。いくらピストルを持ったからって、あんたとおれの仲じゃないか。
つる　動くんじゃない。
庄吉　あんた、どうかなっちゃったんじゃないの、おれは悪いことはなにもしていないんだ。大体あの馬鹿執事がなにを血迷ったか身代りだとか拳銃だとか、一人で大騒ぎして、てめえはさっさと逃げちまったんだ。おつるさん、それはおもちゃだよ。そんなもの振り回したって怖くもなんともないよ。（つるに近付く）嘘だと思ったら、一発撃ってごらん。弾なんか出る筈はないよ。

つる　こないで。

庄吉　撃ちたければ撃ってごらん。おれたちはあの馬鹿執事に騙されたんだ、あの野郎、今頃は、車の中で笑っているよ。おもちゃのピストルとも知らないで、おつるさんは震え上がって。

つる、引金を引く。
庄吉は「わっ」と叫んで尻餅をつく。
棚の上の瓢簞が床に落ちる。
ぎんが二重回しを持って入ってくる。

ぎん　どうしたんです。

つる　（茫然として）……出たのよ。

ぎん　なにがです。

つる　弾よ、本物の弾。

ぎん　（気付いて瓢簞を拾う）お見事ですねえ、貫通してます。

つる　立ちなさいよ、立てッ。

庄吉　（慌てて立つ）

つる　着せて。

ぎん　はい。

つる　頭巾。

庄吉　勘弁してくれよ、みっともないよ。

つる　まだ五発残っているのよ。

ぎん　（被せて）うしろから見たら判りませんね。

つる　判ったっていいのよ、どうせ殺されるんだから。その風呂敷包はなに？

庄吉　ああ、それは駄目だ。なんでもない、返してくれ！

ぎん　おにぎりです。

庄吉　返せよ、返してくれ。朝からなにも食べてないから持って行ってやろうと思っていたんだ。頼むから返してくれ。

ぎん　私たちだってなにも食べてないわよ。

庄吉　おつるさん、助けてくれ。こんなことになるとはおれは夢にも思わなかった。あんただってそうだろう。あんたは、明日の朝は三人一緒に御飯を食べよう、それでお別れしようと言ってくれた。いくら執事様の命令でも、こんな馬鹿なことってあるものじゃない。おれは死ぬのは厭だ、殺されるのは厭だ。

つる　だれだって死ぬのは厭よ、でも、人間は往生際が大事よ、ましてあんたみたいなぐうたらな男が、御前様のお身代りになって死ねるのだから、こんな運の良いことはないわ、一夜明けたら、あんたの名前は新聞にでかでかと載るのよ。歴史に残るのよ、男冥利に尽きるじゃない。

庄吉　歴史になんか残らなくったっていい、おれはそんな男じゃないか、おれと初枝の前で、生まれてくる赤ン坊のために籍を抜いてやる、そう言ってくれた。腕のいい職人なんだから、今度こそ一生懸命やらなかったら罰が当る、そうも言ってくれた、おれはその言葉を聞いて目が覚めたんだ。有難いと思ったんだ。あの言葉は嘘だったのか。

つる　ああたしかにそんなことを言った。籍を抜くとも言った。仲良くおやりとも言った。でも、あんたに騙され続けた怨みつらみは、骨の髄にまで沁み込んでいるのよ。あんたも憎いけど、女も憎い。いけしゃあしゃあと私の前にやってきて、済みませんとはなにさ、済みませんで全部かたが付いてしまうのかい、ゆうべは仲良くおやりだなんて奇麗ごとを言ったけど、亭主盗られた上に子供まで出来てたのよ、はらわたは煮えくり返っていたわ、言っとくけど、私って女はそんな物わかりのいい人間じゃないの、いえ、女って女は、そんなに物わかりよく出来てないの、あんたら二人がどうなろうと、私の知ったことじゃないわ。

庄吉　あんた、今になってそんなことを……。

電話のベルが鳴る。つるとぎんは顔見合わせる。

奥で女中たちの声、「帽子をおとり下さい！」「外套を脱いで下さい！」

ふじや礼子らに制止されるが、外折が構わず入ってくる。
その間にふじが受話器をとる。

外折　失礼します。緊急の連絡です。ただ今三島警察署より、青年団服着用の男七名が警視庁ナンバーの自動車で東海道を西へ向ったとの通報がありました。検問のため直ちに出発しますが、一層の警戒をお願いいします。
つる　豊橋の方はどうなりました。
外折　不明です、連絡がありません。
ふじ　外折部長さん、警備詰所からお電話です。
外折　はい、私です。はい、今から出発します。（つるたちに）表には絶対に出ないで下さい！（と去る）

女中たちが集まってくる。

ぎん　針女さん、どうしましょう。
つる　みんな、モンペはそのままでいいから鉢巻と襷は取りなさい。薙刀も仕舞いなさい。
ふじ　どうしてです。
たつ　兵隊がやってきます。

つる　朝からなにも食べてないのよ。まず御飯にしましょう。腹が空《へ》ってはいくさは出来ぬ。
ぎん　判りました。

一同は去る。
雪がまた降り出す。

つる　逃げなさい。
庄吉　え？
つる　逃げるのよ。
庄吉　し、しかし、兵隊がきたらどうするんだ。
つる　お座敷に坐って、みんなでそろって迎えるわ。手向いしなければ殺しはしないでしょう。
庄吉　……。
つる　あんたはさっき、こんな馬鹿なことはないって言ったわね、本当にそうだわ、いくら御前様のためとはいえ、こんな馬鹿なことはないわ。御前様は、そりゃご立派でおやさしくていいお方よ、私、好きよ。でもそのために、大勢の若い人達が命を捨てるというのはどういうことなの。それがお国のためだというのはどういうことなの、御前様はもう九十よ、世間ではご隠居様よ。そのご隠居様に頼らなければ、お国がやっていけないなんて、どう考えても可笑しいわ。ほかに代るべきお方がいらっしゃらなかったら、私たちは一体どうなってしまうの。お国はどうなってしまうの。

庄吉　……。

つる　いいえ、お国のことなんかどうだっていいわ。あんたも私も、ほかの若い人たちも、御前様と同じように大事な命を一つずつ持っているのだから、これ以上犠牲になることはないわ。急いで、初枝さんと一緒に逃げなさい。

庄吉　あんたはどうするんだ。

つる　私のことなんか心配する必要はないわ。それよりご門を出るときには、初枝さんをしっかり抱いて、私たちは夫婦ですって言いなさい。そうしたら黙って通してくれるわ。今から行けば七時四十六分の東京行にまに合うから、急ぎなさい。ああちょっと待って、おにぎり、持って行きなさい。

庄吉　……おれ、行けなくなっちゃった。あんたに悪いよ。

つる　なにを言っているのよ、あんたら二人が目の前でチラチラしていたら目障りなのよ。さ、おにぎりを持って。汽車の中で二人で食べなさい。

庄吉　（風呂敷包を受けとり）……済まない。

つる　残った荷物は、あとで新橋へ送ってあげるけど、もうあんたとは会わないからね。仲良くね。

庄吉　……あんたも達者でね、さよなら。

つる　さよなら。

庄吉　（去る）

つる　気を付けてお行き！

見送っているつるに雪が吹きつける。

暗転

(四)

坐漁荘玄関前。
三月二日の朝である。
雪の残った玄関前の道を幸助が掃除をしている。小鳥の囀《さえず》る声。
木暮が外折と現れる。

木暮 ご出発はまだかな。
幸助 まもなくと思われます。(と去る)
外折 東京でのご滞在は何日ぐらいでしょう。
木暮 四、五日と伺っているが、いずれにしてもお留守の間は鬼の居ぬ間の洗濯だ、はははは。

玄関より谷村が出てくる。

木暮　お早うございます。

谷村　お早う。（見上げて）いや、今日はよく晴れた、こんなに清々しい朝を迎えるのは何日ぶりだろう。

木暮　明日は雛祭りでございます。

谷村　今女中たちから聞いて初めて気がついた。おたがい、なにごともなくてよかった。

木暮　執事さんもさぞお疲れになりましたでしょう。

谷村　私のことなどはどうでもよいが、反乱軍は鎮圧されたとはいえ、戒厳令は未だに解除されてはおりません。この上とも一層の警戒をお願いいたします。

木暮　心得ております。が、しかし、興津は大丈夫でしょう。

谷村　あなたは、なにかというと大丈夫大丈夫とおっしゃるが、そういう軽率な判断が今回の混乱を招いたんじゃないんですか。

木暮　どういうことです。

谷村　豊橋から百二十名の兵隊が襲撃にくると言ったけど、遂にこなかったじゃありませんか。

木暮　あれは、急に中止になって。

谷村　それればかりではない。青年団の連中が、警視庁ナンバーの車に乗って興津に向っていると、女中たちを脅かしたそうだが、あとで調べたら、越中富山の薬売りだったそうじゃないか。

木暮　たまにはそういう間違いもあります。

谷村　あなた方は、お力がないと、とかく公爵様を軽んじておられるが、（木暮がなにか言いかける）いやいや、その公爵様が、何故《なにゆえ》ご上京遊ばされるのか、その理由が判りますか。畏れ多いことながら、天皇様のお召により、次期内閣首班をご奏上のためにご参内遊ばされるのです。この国にとって、公爵様はかけがえのないお方です。

木暮　は、はっ。（頭を下げる）

ぎんが出てくる。

ぎん　御前様がおでまし遊ばされます。

女中全員が出てきて迎える中を、つるに手を取られた西園寺が現れる。ふじが例の杖を持っている。

谷村　公爵様におかせられましては、このたびのご上京、まことにご苦労さまでございます。ご大任をお果しになり、つつがなくご帰宅遊ばされますことを私ども一同、心よりお待ち申し上げます。

一同　（頭を下げる）

西園寺　雪も上がり空も晴れたが、この国には暗雲が垂れ込めている。軍人どもの跳梁を放置すれば、やがてこの国は戦乱に巻き込まれる。戦争だけは絶対に避けなければならぬ。西園寺公望は、今こそ参内して、陛下にご諫言申し上げる。

谷村　お杖！

つるはふじから杖を受け取り、西園寺に渡す。

つる　おいで遊ばしませ。

一同　おいで遊ばしませ。

西園寺が一歩踏み出して。

幕

※本作では、作品の内容、背景を考慮し、現在では使われていない表現を使用している箇所があります。ご了承下さい。

神戸北ホテル

二幕

登場人物

大関うらら（看護婦）
仁野六助（歯科医）
　典子（その妻）
　章吾（会社役員）

小鹿啓四郎（ホテル支配人）
森口八重（事務員）
丹沢伸夫（楽団員）
　晴美（楽団員）
内村咲男（楽団員）
下平洋一（楽団員）
宮代卯吉（宿泊客）
赤岩仙次（宿泊客）
鬼河俊男（宿泊客）
内沼タキ江（宿泊客）
丸目勘十（宿泊客）
片桐夕子（バーのママ）

深見新子（女給）
中原りえ（女給）
ベルトルッチ（宿泊客　イタリア人）
　妻（宿泊客　イタリア人）
ヴァーシャ夫人（宿泊客　ロシヤ人）

白波瀬晃（警部補）
貫名（刑事）
佐近（刑事）
荒木（病院事務長）
武市恭平（海軍士官）
他に宿泊客、巡査など

第一幕

（一）

一九四一年（昭和十六年）十二月八日。
取調室、午前。
机を挟んで刑事の貫名と仁野六助。

貫名　なにが判らない、インテリのあんたなら判るだろう。
仁野　疚《やま》しいことはなにひとつしておりません。
貫名　今日で三日間取調べを行なわなかったのは、あんたの口から事実の説明をしてもらおうと思って待っていたからなんだ。
仁野　何度おっしゃられても身に覚えはございません。
貫名　京都大学の一部有志が出している京大俳句という雑誌は知っているね。

仁野　一応は。

貫名　過激な表現で戦争批判の俳句を毎号のように発表しているが、何人かの俳人がすでに治安維持法違反で検挙されている、それも知っているね。

仁野　お言葉ですが、私が井上剣花坊先生に師事して作っているのは川柳です、俳句とは関係ありません。

貫名　同じようなものだ。

仁野　違います。俳句には季語というものがあって、句の中に季節の言葉を入れなければなりません、また「や」とか「かな」とか「けり」などの切れ字をなるべく使うといったきまりがあります。その点川柳にはそんなきまりはありません、あるのは穿《うが》ちなんです。そもそも穿ちというのは、人間の心理や世相の奥にひそむもの、だれもがニヤリと笑って納得し、ポンと手を打つ。

貫名　川柳の講釈を聞くためにあんたを検挙したんじゃない！　京大俳句の連中とひそかに連絡を取っていたんだろ、正直に言いなさい。

仁野　誓ってそんなことはございません。

貫名　ではこれはなんだ。（雑誌を見て）新川柳、これにいくつか載せてるね、仁野短気坊、あんたの名前だろ。

仁野　剣花坊先生に付けて頂きました。

貫名　傾向として京大俳句の連中とよく似ているんだよ。出征ののぼり見送る赤とんぼ。これなんかはなかなか風情があって良いと思うよ。赤紙がきて蒼ざめる不忠者、全く同感だ。こういう川柳を書いているぶんには、なんら疚しいことはない、疚しいどころか、国策に沿った立派な川柳で一点非の打ちどころがない、主義者だなんて言われることもない。ところがだ、問題はこのあと、赤紙をだれが出すのかふとい奴、ふとい奴とはなんだ、出すのはお上じゃないか、そのお上を摑まえてふとい奴とは言語道断、前には不忠者と言っておきながら今度はふとい奴、がらっと変るのはどういう訳だ。

仁野　違うんです、川柳をそんなふうに単純に解釈されては困るんです、作者の狙いは、赤紙をだれが出すのか、ここで一旦切るんです。だれが出すのかと、疑念を抱くような人間こそふとい奴だと言っているんです、短絡的な解釈は非常に困るんです。

貫名　しかし、だれが読んだってこれは。

仁野　そこが文学なんです、文学というのはストレートに表現しないんです、難解と言われても敢えて無視してカーブを投げるんです。

貫名　敵性外国語。

仁野　つまり字面よりも、奥にひそんでいる穿ちに川柳の本質がありますので、私はそれを狙って詠んだのです。

貫名　誤魔化すのもいい加減にしろ。穿ちとか本質とかもっともらしいことを言ってるが、あんたが恐るべき反社会的人間であることははっきりしているんだ。これだよ、この川柳。白馬はよいよいよいと蹴つまずき。なんだこれは。白馬というのは、（直立不動）畏れ多いことだが、天皇陛下の御乗馬白雪号である。その白雪号がよいよいよいと蹴つまずくとはどういうことだ。こんな川柳を作りやがって不敬罪の最たるものだ。場合によっては五年や十年じゃ済まないぞ。
仁野 違うんです。
貫名 違わない。
仁野 違います、誤解です、白馬というのは馬ではなくてどぶろくのことです。
貫名 どぶろく。
仁野 白い濁り酒です。一般にはあれをどぶろくと言ってます、口当りがいいので、飲みすぎるとよいよいよいと蹴つまずく、だから気を付けなさいと忠告しているんです。それに不敬罪とおっしゃいますが私に言わせれば、むしろ刑事さんの方が……。
貫名 なに。
仁野 陛下のご乗馬は白雪ではなくて初雪号が正しいのです。
貫名 だったら初めからどぶろくと書けばいいじゃないか。
仁野 そこが文学なんです。
貫名 まぎらわしいんだよッ。

電話のベル。

貫名 私だ、え？ 今は駄目だよ、あとあとあと、駄目。（受話器を戻す）歯科医師という立派な職業を持ちながら、なんでこんな馬鹿なことに首を突っ込むんだ。大体、今日はどういう日だと思っているんだ。今朝七時のラジオ放送をあんたら留置人にも聞かせたように、わが帝国陸海軍は本八日未明、米英両国と戦闘状態に入ったのだ。歴史的な開戦の当日だ。こんな川柳なんかにうつつを抜かしやがって日本人なら恥を知りなさい、恥を！　その点あんたの奥さんは見上げたものだ。昨日も警察に電話をかけてきて、主人が真人間になるまでは牢屋から出さないでくれ、涙ながらに訴えておられた、少しは奥さんの爪の垢でも煎じて飲んだらどんなものだ。

刑事の佐近が入ってくる。

佐近　よろしいでしょうか。
貫名　駄目だと言ったじゃないか。
佐近　いくら言っても受付の机にしがみついて離れないんです。
貫名　追い返せ。
佐近　今日で三日間ですよ、会わせろ会わせろって金切り声を上げるものですから、署長もみっともないから、とにかく話だけでも聞いてやれって。
貫名　来ているのか。
佐近　（紙片を出す）
貫名　大関うらら、あんたのなんだ。
仁野　病院の看護婦です。

貫名　どういう関係だ。
仁野　どういうって、単なる医者と看護婦。

　　　うららが突然入ってくる。

佐近　こら、駄目だ。
うらら　先生！　まあ、おやつれになって、お可哀相ッ。
佐近　話しかけてはいかん。
うらら　赤の嫌疑だってお聞きしましたけれど、先生は赤なんかじゃありません、赤が聞いたらきっと怒ると思います。
佐近　余計なことを言うな。
うらら　可笑しいじゃありませんか、なにを伺っても今は言えない、言う必要はない、警察のやることに間違いはない。先生、拷問されたんじゃないんですか、石を抱かされたんじゃないんですか。
貫名　江戸時代じゃない。
うらら　赤く腫れ上がっている。
貫名　蚤に食われたんだ。
うらら　いつごろ出して頂けるのでしょう。
貫名　判らん。

うらら　あの、先生のお好きなちらしずしを作ってきましたの、お体のことを考えてお酢を少し強くしてきました、どうぞお召上がりになって下さい。お茶は？

佐近　そんなものはない。

うらら　おなかがお空きになっていると思うんです。

貫名　三度三度よく食ってるよ。

佐近　行くんだ。

うらら　ではあの、私の名刺をここに置いて行きますが、先生が釈放されるときには是非ご連絡下さい、私でよろしければ身元引受人でもなんでもなります、お願いします。

貫名　連れて行け。

うらら　先生、神田橋病院の先生方も看護婦たちも、みんな先生の無実を信じています、どうかお体にお気をつけになって辛抱なさって下さいませね、私、また参りますから。（目頭をおさえて）お可哀相。（と去る）

貫名　……なんだあれは。

仁野　……。

貫名　あんたは治安維持法よりも風紀紊乱罪だな。

仁野　済みません。

貫名　来週早々、あんたを京都の西陣署に移送するからそのつもりで。

仁野　京都。

貫名　所轄署が向うなんだ、本籍地は神戸だったな。
仁野　葺合区《ふきあい》です。
貫名　どこへ移転するにしても、必ず警察へ連絡するように。いいな。
仁野　お願いがあります。
貫名　……。
仁野　私の行く先につきましては、今の女性にだけはどうか教えないで頂きたいんです。お願いします。
貫名　……さっきから気になっていたんだが、あんたのそのチョビ髭、猥褻でいかん、京都へ行くまでに剃り落せ。
仁野　はい。

暗　転

(二)

一九四三年（昭和十八年）晩秋。
神戸北ホテル。

舞台はロビー。下手はフロントへ、上手は客室に通じている。

応接セットのほかに電話がある。壁に「毎月八日は大詔奉戴日」「一億防諜戦士たれスパイに注意!! 神戸市外事課」のポスターが貼ってある。

築後五十年、老朽化している。

楽団ペルセウスが演奏するジャズ音楽とともに舞台は明るくなる。

リーダーの丹沢伸夫、妻の晴美、内村咲男、下平洋一の四人編成のバンドで、晴美を除いて全員戦闘帽に国民服。聴いているのは宿泊客の宮代卯吉、赤岩仙次、内沼タキ江、中原りえ、深見新子のほかに、白系ロシヤ人のヴァーシャ夫人、イタリア人のベルトルッチ夫婦と数人の客。入口から「二宮尊徳先生顕彰奉戴会」の幟を持った鬼河俊男が入ってくる。

片桐夕子が途中から歌い始め、手拍子が入って盛り上がっている。

フロントから蝶ネクタイの支配人小鹿啓四郎が現れる。仁野章吾がそのあとから出てくる。

小鹿 やめて下さい、ジャズはやめて下さい、やめろ!

演奏止む。

小鹿　表に聞こえたらどうするんです、ジャズは禁止ですよ。
赤岩　たまにはいいじゃないの。
小鹿　ホテルが閉鎖されたらお困りになるのはみなさん方です。また、あんたらもあんたらだ、見つかったら楽団は即刻解散ですよ、やるのなら軍歌をやって下さい。
内村　軍歌なら工場でさんざんやってますからね。
小鹿　それがあんたたちの仕事でしょう、いいじゃないですか、私は軍歌は大好きです。燃ゆる大空、暁に祈る、索敵行、月月火水木金金、日本人なら断然軍歌です。（見回して）ところで、仁野先生は今日は病院ですか。
新子　お部屋にいらっしゃるんじゃないかしら。
小鹿　（章吾に）ご案内しましょうか、二階の二〇六号室です。
章吾　電話で連絡してありますから多分待っているでしょう、エレベーターは。
小鹿　ございません、廊下の奥に階段がございます。
章吾　では。（と去る）
新子　どなた。
小鹿　先生のお兄さんです。
宮代　ああ、船会社の重役さんとかいう。
ヴァーシャ　支配人さん、船はどうなりましたか。
小鹿　船？

ヴァーシャ　上海へ行く船です。
小鹿　ああ、あれはですね、残念なことに駄目になったんです。（露語で同じことを言う）
ヴァーシャ　（露語）どうしてです。
小鹿　つまりですね、戦争が激しくなったために船が出なくなったのです。
ヴァーシャ　私は娘に会いたいのです。（露語）上海にいる娘に会いたいのです。
小鹿　ええ会えます、きっと会えますとも。実は今、ある方面に手を回して、ドイツの潜水艦に乗せてもらえるように頼んでいるのです。
ヴァーシャ　潜水艦？
小鹿　Uボートです。
丹沢　（思わず小鹿を見る）
小鹿　（目で黙れと言う）そのUボートが近く神戸の港にやってくるのです。ヴァーシャさんはその潜水艦に乗せてもらって上海へいらっしゃるんです。
ヴァーシャ　本当ですか。
小鹿　本当です。
ヴァーシャ　おお、スパシーバ、スパシーバ。
小鹿　気を落さないでもう少しお待ち下さいね、もう少し。
ヴァーシャ　（露語でお願いしますと言い、そしてベルトルッチ夫婦の方へ行く）
丹沢　なぜあんないい加減なことを言うの。

小鹿　なにがです。
丹沢　民間人がドイツの潜水艦に乗せてもらえる訳はないでしょう、ましてヴァーシャさんは白系ロシヤとはいえ、ロシヤ人だよ、ドイツとロシヤは今ヨーロッパで戦争しているんだよ。
小鹿　いいんですよ、そんなことは。
丹沢　よくないよ、あんたはこの前も、日米交換船に乗せてもらって上海へ行けますよって言ったでしょう、日米交換船というのは、日本に住んでいるアメリカ人を向うへ帰すための船ですよ、その船にどうしてロシヤ人が乗れるのよ。
小鹿　いいんですよ、そんなことは。人間はね、ちょっとでも先に希望が持てれば元気に生きて行けるんです。（ヴァーシャを見て）ほら、ああやって喜んでいるでしょう。そのうちには忘れちゃうんです。

事務員の森口八重が現れる。

八重　支配人、元町の亀の湯からお電話です。
小鹿　亀の湯。
八重　うちのお客様がご入浴中にお召物を盗まれたので、着替えを持って急いで迎えにくるようにって。
小鹿　そんなことは出来ません。

八重　靴まで盗まれたとおっしゃっているんです。

小鹿　ご自分の不注意でしょう、どうしてもホテルにお戻りになりたければ、ほかのお客様の着物を着て、こっそり出てきたらどうですか、そう言っておやりなさい。

鬼河　それはひどい。

小鹿　取られたら取り返す、戦争と同じです。

赤岩　屁理屈だよ、それは。大体ね、ホテルの客がどうして表の銭湯へ行かなきゃいけないんだ。

小鹿　共同浴場がございます。

新子　お湯の温度がぬるいのよ、お水だってチョロチョロとしか出ないから頭だって満足に洗えないわ、不注意だとおっしゃる前に、まず熱いお湯が出るようにしたらどうなの。

一同　（口々に）その通り。

小鹿　ご不満でしたら、オリエンタルとかヤマトとかの一級ホテルにお移りになられたら如何ですか。因みに申し上げておきますが、この春、全国のホテルは一級から五級に格付けされました。私どものホテルは等級外でございます。（と去る）

赤岩　まるで木賃宿だ。

八重　お夕食の仕度が出来ております、食券をお忘れなく。（去る）

夕子　丹沢さん、今夜はどこの慰問？

丹沢　尼崎の軍需工場です。

夕子　よかったら帰りにうちの店にこない、仁野先生が前祝いだとおっしゃってジョニ赤を一本差し入れて下さったの。

丹沢　前祝い？

夕子　名目が振るってるの。天下晴れて独りになった会ですって。

丹沢　東京のほうがうまく行ったのかね。

夕子　良い方なんだけど、独りを売り物にしているみたいで困っちゃうわ。

新子　ママ、お部屋へ戻って仕度をしないと、そろそろ時間よ。

夕子　お待ちしているわ。（と去る）

宮代　あの人、宝塚のスターさんだったんだろ、世が世であればこんなホテルでくすぶっているような人じゃないんだ。

丹沢　みんな、めし食いに行こう。

内村　茄子入りのライスカレーですよ、また。

晴美　楽器を忘れないでね。（一同は去る）

八重が立札を押して出てくる。貼紙に「本日の御夕食　特製ライスカレー、定價　金七拾銭」とある。所定の位置に立札を置いて去ろうとするが、テーブルに置いてある煙草（光）に目がとまる。近付くと中を改めて素早くポケットに。ついでにライターも点火してみてから、これもポケットに入れる。

去る。

廊下から仁野が章吾と出てくる。

章吾　お前が東京へ帰らないというのであれば、仕方がないから、おれが仲に入って典子さんとの離婚話をまとめるが、縒りを戻すつもりはないんだな。

仁野　済みません。

章吾　しっかり者だし頭はいい。お前には過ぎた女房だと思っていたんだ。

仁野　今さら性格の不一致だなんてガキみたいなことは言いませんけれど、典子が承知してくれるのなら、言うことはなんでも聞きます、約束します。

章吾　さっきも言ったように条件は二つある。一つは川柳だ。

仁野　もう二度と疑われるような川柳は書きません。

章吾　神戸にも左翼の文化人連中による神戸詩人クラブというのがあった、ひところは大分活発にやっていたらしいが、結局は何人かが検挙されて潰された。お前はまさかその連中と付き合っていた訳ではないだろうな。

仁野　あれは三年前の出来事です、ぼくは関係ありません。

章吾　兄弟だから已む無く身元引受人になっているけど、おれの家にも特高係がやってくるんだ。おふくろなんかは警察と聞いただけで震え上がっている。お前って奴は全く親不孝だ。

仁野　……。

章吾　信念があって主義者になったというのなら諦めもつくが、お前のようなどっちつかずのオポチ

ユニストは始末がわるい、二度と首を突っ込むな。（光を出す）

仁野　済みません。ところで兄さん、もう一つの条件というのは。（ライターを出す）

赤岩が急いで戻ってくる。テーブルの上の煙草を探す、隈なく探す。火を点けてもらっている章吾を見る、疑惑のまなざし。無念の表情で去る。

章吾　なんでおれのことを睨んでいたんだ。

仁野　ああいう顔なんですよ。ところで兄さん。

章吾　女だ。

仁野　……。

章吾　典子さんが渋っているのは、お前に女がいると思っているからだ。

仁野　いません、ぼくは今独りです。

章吾　東京にいたとき、お前は病院の看護婦と付き合っていただろう、典子さんにすればそれだけでも許せなかったのに、その女は警察の取調室へ乗り込んで行って、お前を釈放しろって怒鳴りまくったそうじゃないか。しかも私が身元引受人になるとまで言ったのだろう、女房の私を踏み付けにした行為だって、典子さんが怒るのは当り前だ。

仁野　あのときはぼくもびっくりしたんです。

章吾　言訳はいい、そこまで深い関係になったお前たちがその後、会わないでいられる訳はない。典子さんが判子をつかないのは、今でも疑っているからだ。

仁野 彼女とはあれ以来会っていません、嘘だと思うのならホテルの人たちに聞いてみて下さい。

章吾 証拠はあるか。

仁野 証拠？ 彼女は国へ帰りましたよ！

章吾 どこだ、国は。

仁野 福江島です。

章吾 福江島？

仁野 九州の五島列島です。

章吾 五島列島。海のまん中だ。

仁野 長崎から船で六時間だそうです。

章吾 ほんとに帰ったのか。

仁野 ……釈放されたあと、何度か彼女と会いましたが、典子に離婚の意志がないことと、彼女の母親が癌で余命三年と言われていたために、福江へ帰ることにしたんです。このまま東京にいても、灯が点る訳ではない、出口の見えない男と女の露路裏に迷いこんだのは、自分が愚かだったのだからあなたのことは恨まない、その代わりもう二度と会わない、そう言われたときは正直ホッとしました。ところが夜の東京駅へ、これが最後だと思うから見送りに行ったんですけど、それまで一言も喋ろうとしなかった彼女が急に笑顔を見せて、奥さんと仲良くねと言って、そのまま列車の中へ消えました。その姿を見ているうちに、なんだか可哀相になりましてね、済まないことをしたと思いました。
章吾　手紙ぐらいはくるのか。
仁野　音信不通です。ぼくがここにいることも知りません、今頃は多分結婚をして、子供でも出来ているんじゃないでしょうか。
章吾　お前、未練があるんじゃないのか。
仁野　馬鹿なことを言わないで下さい、あんなしつこい女は二度とごめんです。
章吾　しつこい。
仁野　思い詰めたらなにを仕出かすか判らないんです、なにしろ西陣署までやってきたんですから。
章吾　京都へか。
仁野　おかげで警察の心証を悪くしましてね、この大戦下に色恋沙汰とはなんたる非国民。日本人なら目を醒せ、パンパンパン！
章吾　怖いな。
仁野　怖いです。
章吾　追いかけてきたらどうする。
仁野　五島列島ですよ、長崎から船で六時間ですよ。
章吾　そんなことは問題ではない、昔から悪女の深情けと言うじゃないか。
仁野　悪女？　悪女じゃありませんよ、うららは純情なんです。
章吾　うらら……うららというのか。

仁野　（頷く）
章吾　お前はやっぱり未練があるんだ。
仁野　違いますよ！
章吾　（笑って）ま、いい。五島列島なら安心だ。あとはおれに任しておけ。
仁野　よろしくお願いします。
章吾　ところで、いつまでこんなボロホテルにいるつもりだ、三ノ宮あたりのアパートに移った方が安上がりだろう。
仁野　ここはまだ食堂もあるし洗濯屋もきますからね、独りぐらしには便利なんです。おふくろによろしく言って下さい。
章吾　いいよ、勝手に帰るから。

仁野は章吾を送って去る。
上手より新子が走ってくる。

新子　支配人さん、支配人さん、ちょっと来て下さい、支配人さん！
丹沢　（食事を終えて晴美たちと出てくる）どうしたの。
新子　ママのお部屋に鼠が出たんです。
内村　鼠なんか珍しくないよ。

新子　違うのよ、ベッドのマットレスに鼠が巣を作っていたの、五、六匹いるのよ。
晴美　おお気持わるい。
仁野　（戻ってくる）だれの部屋？
新子　ママですよ、廊下へ出てきて卒倒しちゃったんです。
仁野　網を持って急いで来て下さい！（と去る。新子はフロントへ）
晴美　行くの。
丹沢　放っておく訳にはいかないだろう。
晴美　遅れるわよ。
丹沢　とりあえず工場に電話しといてくれ。
小鹿　（網と噴霧器を持って出てくる。プーと吹く）ま、いいか。（と去る）

晴美は残って電話をかける。
風呂帰りの丸目勘十が、つんつるてんの浴衣に冷やめし草履を突っかけ、トランクを提げて現れる。

丸目　（振り向いて）フロントにはだれもいないから、そのまま入ってきちゃっていいですよ。

大きなリュックサックを背負い、ボストンバッグを持った大関うららがおそるおそる入ってくる。

丸目 汚ないホテルでしょう。

うらら お部屋はあるでしょうか。

丸目 がら空きです。

小鹿が駆け戻ってくる。

小鹿 八重ちゃん、バケツバケツ、水を入れてバケツ！（気付いて）お帰りなさいませ。

丸目 なにがお帰りなさいませだ、風呂屋で待っているおれの身にもなってみろ。

小鹿 お迎えにあがろうと思っていたんです。ご同伴で？

丸目 バカ。道が判らないというから連れてきたんだ。

廊下の奥から夕子を支えるようにして仁野が現れる。丹沢や新子たちも出てくる。

仁野 大丈夫ですか。だれかコップに水を一杯ッ。

新子 はい。（去る）

仁野 お店を休んだら。

夕子　大丈夫よ、もう。
仁野　部屋を替えてもらいましょう、小鹿さん、あんたの責任だよ。
小鹿　なにぶん築五十年でございますから。
仁野　（水を飲ませる）はい、飲んで下さい。今夜からぼくの隣りの部屋へ移ったらいい。空いてますから。
うらら　先生。
仁野　（ハンカチで口元を拭いてやりながら）怖かったでしょう、あとで気付け薬を出しますから。
うらら　先生、あたし、大関うらら。
仁野　大関うら……、あっ、き、君！
うらら　やっぱり先生だわ、まあお懐かしい。
仁野　ど、どうしてここへ。
うらら　剣花坊先生の奥様に教えて頂きました。
仁野　信子先生に！
うらら　随分迷ったけど、思い切って出てきちゃったの。お会いできてよかったわ。
仁野　し、しかし君、くるならくるで手紙の一本ぐらいは。
うらら　思い立ったが吉日って言うでしょう。私ね、昨日の朝、十時の船で福江島を出たの。ところが海が荒れている上に、アメリカの潜水艦が姿を見せたと言われて、うろうろ右へ行ったり左へ行ったり、やっとの思いで長崎の港へ着いたのは、もう夕方だった。とにかく下関まで出ないことにはと思って、荷物を担いで最終の夜行列車に乗ったわ。朝になって、乗り換えた列車の窓から瀬戸内海の青い海がキラキラ輝いているのを見て、ああ、私はまた本州へ戻ってきたのだなと思った。それから昼になり、空がたそがれて、ようやく福江島からの長い旅が終ったわ。三ノ宮の街の灯りを見たとき、この灯の下で先生は暮していらっしゃるんだなと思ったら、急に涙が出てきちゃって……（泣き出す）……お会いできて、本当によかったわ。

仁野　ま、無事でなによりだったけど、相変らず君は人騒がせだよ、びっくりした。

丸目　それはないでしょう、あなたに会いたくてはるばる五島列島からやってきたのでしょう、感動ですよ。

新子　先生、嬉しいでしょう。

一同　（笑う）

夕子　あなたは今、福江島っておっしゃったわね。

うらら　はい。

夕子　私、育ったのは大阪だけど、生れたのは奈留島《なるしま》なの。

うらら　えッ、ではお隣りの島！

夕子　手漕ぎの船で五十分ぐらいかしら。

うらら　まあ、お懐かしい、まさかこういうところで五島の方にお会いできるとは思わなかったわ。先生、いいところにお移りになったわね。

夕子　そうだわ、お近付きのしるしに、今夜先生とご一緒にうちの店にお越しにならない。丹沢さんもどう。

丹沢　いいねえ。ついでに、ついでと言ってはなんだけど、久しぶりに唐川会をやりましょうか。

夕子　私、川柳は苦手なのよ。

うらら　川柳！

丹沢　揃いも揃って気の利かない唐変木が集まっている川柳の会。だから唐川会、仁野さんの命名です。

うらら　先生、川柳をやっていらっしゃるの。

丹沢　リーダーです、宗匠です。

うらら　素敵だわ先生、大好き。（と抱きつく）

仁野　放しなさい、放せ。

夕子　いっそのこと結婚式もお挙げになってしまったら。

仁野　馬鹿なことを言うな。

一同　（どっと笑う）

うららはしがみついて離れない。

暗転

（三）

前場の夜更けである。
ロビーは暗い。
仁野が酔ったうららを抱きかかえるようにして帰ってくる。

仁野　足元気をつけて、しっかり歩けよ。
うらら　歩いてますよ。
仁野　しがみつくな。
うらら　いいじゃないの。
仁野　重いんだよ、さ、坐って。
うらら　（坐るが）お便所。
仁野　あのな、さっき店を出るときに、大丈夫かっておれは聞いただろ。
うらら　洩っちゃう。
仁野　そこに共同のトイレがあるから連れて行ってやるよ。
うらら　お部屋がいい。
仁野　部屋のトイレは水は出ないし紙はないし使用中止なんだ。はい、摑まって。

うらら　（立ち上がる）

仁野　階段の下にあるからね、暗いから気をつけて。ここで待ってるから。

うららは去る。小鹿が出てくる。

小鹿　大変でございますな。

仁野　色男はだかになれば傷だらけ。

小鹿　お客様のお荷物はご希望通り先生の隣りのお部屋にお運びしておきました。鍵でございます。

仁野　あの部屋は夕子さんにって。

小鹿　折角ですが、絶対に厭だとおっしゃるんです。

仁野　どうして。

小鹿　ご存知ありませんでしたか。……実は、あのお部屋が長いこと空部屋になっておりましたのは、（幽霊の真似）これが出ると言われているからなんです。

仁野　まさか。

小鹿　私は見たことはございませんが、お泊りになったお客様からしばしばそんな話を伺っております。なんでも松井須磨子の幽霊だそうでございます。

仁野　今どきそんな。

小鹿　とにかく、ご不快な思いをおかけしてはいけませんので、明日になりましたら別のお部屋にお移り頂こうかと思っております。
仁野　そんな必要はない。
小鹿　しかし幽霊が。
仁野　このまま居坐られたらぼくは困るんだ。あの女を追い出すためならどんな方法でもいいんだ。
うらら　（戻ってくる）
仁野　（急に優しくなる）暗くて怖かったろう。
うらら　私、怖いの平気なの。
小鹿　コーヒーをお飲みになりますか。
うらら　コーヒーがあるんですか。
小鹿　お砂糖はございませんが。（と去る）
仁野　君の部屋はぼくの隣りにきめたからね、それでいいだろう。
うらら　やっと二人きりになれたわ。
仁野　……。
うらら　神戸に来たのは初めてだけれど、夜の街が明るいのでびっくりしたわ、戦争なんかどこ吹く風って感じじゃない。
仁野　神戸市民は緊張感に欠けていると言って軍や警察は文句を言うが、しかし灯火管制の夜は、元町のあたりもトア・ロードの商店街も闇に沈んで真っ暗になる、刻々と迫ってきているって感じだよ、戦争が。

小鹿がコーヒーを運んでくる。

小鹿 どうぞ。

うらら 済みません。

小鹿 お留守の間に、東京から電報がきておりました。

仁野 東京！（電報を見てうららに渡す。小鹿は去る）

うらら （読む）……句友大関うらら様、ご当地へ安着せりや、返待つ、井上信子。心配して電報を下さったんだわ。（押し頂く）

仁野 ここへ着いたとき、信子先生からぼくの居所を教えてもらったと言っていたけど、どういうことなんだ。

うらら ……二月ほど前のことだったわ、福江の町から出ている五島民友新聞に信子先生の随筆が載ったの。東京にいたとき、あなたのお供で沼袋にある先生のお宅に何度か伺ったことがあるから、お名前を見たとき、お優しい先生のお顔を懐かしく思い出したわ。随筆は、亡くなられたご主人の剣花坊先生の思い出ばなしなんだけれど、文章の終りに、晩年になってお詠みになった句が紹介されていたの。こういう川柳だった。あの船のどれにも帰る港あり。

仁野 ……あの船のどれにも帰る港あり。

うらら 死期を悟った剣花坊先生が、船に託してご自分の行く末を詠まれた川柳だそうだけれど、私、その川柳を見た瞬間、思わず胸を突かれたの。私は今こうして生れ故郷の福江の島に戻ってきたけれど、ここが本当に帰りたかった港なのだろうか、毎日が何故か鬱々として楽しめない、あんなに好きだった福江の島風や潮の匂いまでが私には冷たく感じられる。馴染めない。何故だろう何故だろうと、突き詰めて行くうちに、行き当るのは、やはり仁野先生なの、あなたなの。

仁野　……。

うらら　どの船にも帰る港がある、それならば私は、私が一番行きたいところ、一番好きなところに船の舳先を向けよう、たとえ嫌われたってかまわない。そう思ったら、もう矢も楯もたまらなくなってね、お手紙を出したの。

仁野　婆さん、なんと言ってきた。

うらら　あなたが独りで、神戸で暮しているって。ねえ、独りなんでしょう。

仁野　独りだよ。

うらら　本当ね。

仁野　だからここに居るんだ。

うらら　嬉しい。

仁野　神戸見物が済んだら、舳先を戻してまた五島へ帰るんだね。

うらら　帰りませんよ。

仁野　ぼくは忙しいんだ、君の面倒をみている訳にはいかないいんだ。

うらら　結構よ、私、明日から働きますから。

仁野　働く？

うらら　看護婦はどこの病院でも引っぱり凧ですからね。念のために、むかし習った日赤長崎支部の救護看護婦免状を持ってきているの。

仁野　本気かよ。

うらら　私のことより先生はどうなさったの。近頃は川柳をまるでお作りになっていないんでしょう、信子先生がお手紙で心配していらっしゃったわ。

仁野　やめたんだ、川柳は。

うらら　どうして。

仁野　こんなご時世に川柳どころではない。

うらら　こんなご時世だからこそお作りになるべきじゃない。私は今でも覚えているわ、二年前に先生がお作りになった、白馬はよいよいよいと蹴つまずき、あれは傑作よ、川柳史上に残る名句よ。

仁野　あんなものは二度と作らない。

うらら　なんでそう弱気になってしまったの。もし警察へ連れて行かれたら、私がまた助けに行ってあげるから。

仁野　大きなお世話だ。おれは寝る。（立ち上がるが、よろける）

うらら　大丈夫？

仁野　大丈夫だよ。

うらら　飲み過ぎですよ。はい、肩に摑まって。

仁野　放っといてくれ。
うらら　足元に気をつけて。大丈夫ですか。
仁野　部屋は別だよ。
うらら　私、先生好きよ。
仁野　色男。
うらら　え、なんか言った。
仁野　こんなに辛いものはない。

うららは酔っぱらった仁野を抱えるようにして廊下へ消える。

暗　転

(四)

翌年（昭和十九年）三月。
ホテルのロビー。
丸目が小型トランクから化粧品を取り出して、りえや新子や八重に売りつけている。

丸目　いくら戦時中でも女の子が煤けた顔してていいってことはない。これ、資生堂のクリーム白粉。奇麗になるよ。

八重　以前使っていたわ。

丸目　今では絶対に手に入らない。これはコティー、これはジャン・パトウの香水。

りえ　高いんでしょう。

丸目　クリーム白粉なら四円五十銭でいいよ。

新子　定価の三倍じゃない。

外出姿のうららが現れる。

新子　あら、お出かけ。

うらら　今日は遅番なの。

八重　うららさん、お国からお荷物が届いてますけどどうしましょう。

うらら　悪いけど事務所で預かっててくれない。十一時頃には戻りますから。

新子　うららさんは仁野先生と同じ病院？

うらら　先生は三ノ宮の海洋病院だけど、私は湊川だからちょっと遠いの。

丸目　うららさん、口紅は如何ですか、繰り出し式の新しい奴です。

うらら　結構よ。
丸目　買ってくれなんて言いません、私からのプレゼントです。
新子　どういうこと。
丸目　好きなんだよ、この人が。
うらら　折角だけど、看護婦に化粧品はご法度なの。それより夕子さんに頼まれていた品物があるの。どこにいらっしゃるのかしら。
りえ　お部屋です。
新子　なんですか、品物って。
うらら　これ、乗りもの酔いの薬。
新子　ああ、今夜京都へ行くって言っていたからね。
丸目　京都？　なにしに。
新子　そんなこといいじゃないの、ねえ。
りえ　ねえ。
丸目　逢引か。
新子　たまには息抜きぐらいしないと、ねえ。
りえ　ねえ。
うらら　じゃ、お願いね。（行こうとする）
小鹿　（駆け込んでくる）八重ちゃん、請求書出来ているか、請求書ッ。またこんなところで店びらきをして。見つかったら、あんた豚箱ですよ。

新子　警察が来ているの？

小鹿　ベルトルッチさんが捕まったんです。うちのホテルは狙われているんです。

八重　お金を貰うんですか。

小鹿　当り前でしょう、外人の客に宿銭を踏み倒されてたまるものか。

廊下の奥で争う声が起り、警部補の白波瀬と部下二人に連れられてベルトルッチ夫婦が出てくる。取り囲むようにして丹沢や楽団員たち、赤岩、宮代などが現れる。ヴァーシャ夫人がベルトルッチの妻君を抱くようにしている。

白波瀬　駄目だと言ったら駄目です、逆らえばあなた方も公務執行妨害です。

丹沢　逆らっている訳じゃありません、連れて行く前に一応本人の意向も聞いて――。

白波瀬　そんなものは必要ない。敵性外国人を抑留所へ収容するのは日本政府の方針です。

丹沢　しかし、ベルトルッチさんたちは我々と一緒にここで暮していたんです、言わば隣組同様の人たちです。

白波瀬　判らん人だね、イタリアがわが国と同盟関係にあったのは、ついこの間までだ。日本・ドイツ・イタリアによる、いわゆる日独伊三国同盟が締結されたのは昭和十五年だ、ところが去年の秋、イタリアは恥も外聞もなく連合国軍に無条件降伏をしたんだ。降伏した以上は敵性国家である。

赤岩　その通り！　イタリアはおれたちを裏切ったんだ、裏切り者は豚箱に放り込めばいい。
丹沢　そんなひどいことを言っていいのか、ベルトルッチさんは、遠く祖国を離れて何千キロ、この日本でご夫婦二人でひっそり暮していたんだ。降伏の知らせをどんな思いでお聞きになったか、どんな思いで今この場に立っているのか、弁解も説明も許されない苦しい胸の内をあんたには判らないのか。
夕子　それは少し違うんじゃない。

夕子が廊下より姿を現す。

夕子　戦争は個人と個人の問題ではないわ、国と国との問題よ、失礼だけど、安っぽい人情論で物事の本質を見誤ってはいけないわ。
丹沢　安っぽいとはなんですか、ぼくは国のきまりだから抑留所は已むを得ないと思う。しかしいきなりなんだ、事前になんの通知もなしに、いきなり来いという訳だ。ベルトルッチさんにすれば、神戸の領事館に連絡もしたいし、ミカエル教会の神父さんにも知らせたい、当然だと思うけど、一切聞き入れてもらえなかったんだ。
夕子　でも、結果的には同じでしょう。
丹沢　……。
夕子　通知があろうがなかろうが、ベルトルッチさんたちは行かなければならないのよ。もし、今置かれている境遇をお嘆きになるのなら、いえ、お恨みに思うのであれば、それは降伏したイタリアのご本国を恨むべきであって、日本の仕打ちを恨むのは筋違いというものよ。それが戦争というものよ。

白波瀬　（莞爾として）いや、よく言って下さった。ちょうどよい折でもあるから、一言皆さん方に申し上げたいことがある、それは当ホテルの評判が甚だ悪いということである。決戦下にも拘わらず防空演習などには非協力的で、服装や日常の生活態度にも反省はみられず、軟弱を極めている。国民の総力を挙げて、敵撃滅の一点に結集しなければならない今日《こんにち》、もっとも憎むべきは怠惰なる精神です、無責任なる自由主義です。この点に就いての、なお一層の反省と自覚を皆さん方に要望しますけれども、もし改善されない場合には、当ホテルを産業戦士諸君の宿舎に転用することも、私どもとしては考えております。支配人、あなたは経営者からその話を聞いているでしょう。

小鹿　伺っております。

白波瀬　皆さん方もすでにご承知のように、昨年の五月にはアッツ島のわが軍将兵が全員壮烈なる玉砕を遂げられて、戦局はいよいよ重大な局面を迎えようとしております、我々銃後の国民は、今こそ撃ちてし止まんの精神をもってこの難局に立ち向わなければなりません、その点をどうか肝に銘じて頂きたい。私が申し上げるのは以上です。

うらら　あの……。

白波瀬　なんだ。

うらら　いいえ、夕子さんに。

夕子　なにかしら。
うらら　あなたはさっき、戦争は個人の問題ではなくて国と国との問題だとおっしゃいました。
夕子　それがどうかして。
うらら　もしそうだとすれば、なんの罪科もないベルトルッチさんが、日本に居たというだけで連れて行かれるのは可笑しくはないでしょうか。
夕子　反対だと言う訳ね。
うらら　お聞きしているんです。ベルトルッチさんはイタリアという国の身代りとして罰せられるのでしょう。それでも個人的な問題ではないとおっしゃるの。
夕子　あなたのご家族で、どなたか出征した方はいらっしゃる？
うらら　（無言、否定）
夕子　私の兄は、たった一人の兄は、海軍の士官として南方の海で戦死をしたわ、だれが兄を殺したのか、だれが兄の飛行機を撃ち落したのか、判っているのは、顔の見えない敵という名前の人間よ。私は兄を尊敬していたわ。この世で一番愛していたわ。その兄は私たちの身代りとして、この国の身代りとして、雄々しく戦って戦死をしたわ、お国のためにね。ベルトルッチさんにはお気の毒だけれど、兄にくらべたら何程のこともないと思うわ。（白波瀬に軽く会釈をすると、りえや新子と共に去る）
白波瀬　いやあ、またまた良いことを言って下さった、あの方こそ大和撫子の鑑です。服装は少し派手だけれども、ま、いいでしょう。では行くぞ。

うらら　あの。
白波瀬　まだなにかあるのか。
うらら　様子が変です。（妻君に近付く）苦しいの？　だれか椅子を……。
白波瀬　仮病だ。
うらら　私は看護婦です。（脈を取る）日本語判る。
ベルト　スコシ。
うらら　痛いの？　どこが痛いの？
ベルト　（伊語）どこが痛いのだ。
妻君　（腹部をおさえる）
うらら　おなかね。ここ？　ここが痛い？
妻君　（声を出して苦しむ。伊語）薬を下さい、薬！　死にそうです。
ベルト　クスリハアリマセンカ、シニソウデス。（伊語）我慢するんだ、きっと良くなるから我慢するんだ。（うららに）クスリハアリマセンカ。
うらら　（白波瀬に）入院させたほうがいいと思います、心配です。
白波瀬　腹痛《はらいた》だと言っているじゃないか。抑留所にも薬はある。
うらら　抑留所はどこですか。
白波瀬　再度山《ふたたび》にある竹馬学園だ。
うらら　再度山？

小鹿　六甲の山の中です。
丹沢　二時間はかかる。
うらら　無理です。絶対に駄目です！　腹膜炎だったら手遅れになります。
白波瀬　腹膜炎？
うらら　早ければ早いほうがいいと思います。小鹿さん、一番近い病院はどこですか。
小鹿　一番近いというと、仁野先生がいらっしゃる海洋病院ですね。
白波瀬　そんな勝手なことは許さん、入院させるかさせないかは収容したあとで我々が決めることだ。
うらら　それでしたら、ご一緒に病院までいらっしゃったら如何ですか、急性腹膜炎は一刻を争うんです。
ベルト　（白波瀬に）タスケテクダサイ、ツマオタスケテクダサイ、（伊語）お願いします。
うらら　（小鹿に）仁野先生に電話をかけて、今から急患を一人運ぶから先生から紹介して頂きたいと、そう頼んでみて下さい。先生は今夜は当直ですからずーっといらっしゃる筈です。
白波瀬　駄目だと言うのが判らんのか！
うらら　たとえ敵性外国人でも、人間の命に変りはありませんよ。万一の場合には警察が責任をおとりになりますか。
白波瀬　……
小鹿　（電話に向う）
うらら　八重さん、担架ありませんか。

八重　あります。（去る）

丹沢　手伝うよ。（と去る）

白波瀬　診立て違いだったらどうするんだ。

うらら　先生がよいとおっしゃったら、お薬を貰ってその足で抑留所へいらっしゃったらいいじゃありませんか、（妻君が苦しみ出したので）担架はまだですか！

小鹿　うららさん、先生はいませんよ、三時過ぎに早退したそうです。

うらら　そんなことはありません、今夜は当直です。

小鹿　当直は他の方で、仁野先生は明日はお休みだそうです。

うらら　（電話に駆け寄り）もしもし、突然で申し訳ございません、私は湊川医院の看護婦で大関と申します、仁野先生は……え、お休み？　そうですか、お休みの届けが……判りました。ではまことに申し訳ありませんが、今から緊急の患者さんをお運びしますのでよろしくお願いいたします、はい、済みません、お願いいたします。（白波瀬に）行きましょう。

すでに担架は用意され、妻君は丹沢たちによって担架に乗せられている。

少し前に、章吾が現れる。黙って様子を見ている。

うらら　もう少しの辛抱よ、きっと治るからね、大丈夫よ。

巡査(1)　我々は？

白波瀬　運ぶんだ！
巡査(1)(2)　はっ！

巡査二人は担架を運び、うららや白波瀬たちと共に去る、丹沢も付いて行く。

小鹿　八重ちゃん、請求書請求書！
八重　でも入院。
小鹿　入院は入院、宿銭は宿銭だ、追いかけろ！
章吾　支配人さん。
小鹿　ああ、いつぞやは。
章吾　あの看護婦さんは？
小鹿　仁野先生のお知り合いです。五島からおみえになったんです。（大声で）八重ちゃん！　鍵も取り上げろ、鍵だ！（と追って去る）

ヴァーシャ夫人がそのあとを追う。

ヴァーシャ　支配人さん、潜水艦はどうなりましたか。早く上海へ連れて行って下さい！（と去る）

章吾は一同の去った方を見ている。

暗　転

（五）

前場より数日後のロビー、夕方。

食堂の方から（わが大君に召されたる）と、「出征兵士を送る歌」を歌う客たちの合唱が聞こえてくる。以下歌が終ると、適当な間を置いて一同の拍手。

テーブルを囲んで、丸目、小鹿、八重の三人がこっくりさんをやっている。

壁のポスターは、「吹くぞ神風・米英撃滅」「撃ちてし止まむ」の絵入りポスターに変っている。

三人は三叉に載せた新聞を軽くおさえている。

丸目　こっくりさん、こっくりさん、お移り下され、どうぞお移り下され、お移り下さったらおみ足を動かして下され、右のおみ足でございます、どうぞお移りになって下され、右のおみ足でございます。（突然新聞の右側が激しく揺れる）や、やっ、早速お移り下さって有難うございます。では、

お尋ねをいたします。（と小鹿を見る）
小鹿　神風は吹くのでしょうか。
丸目　それだけでは判らないよ。
小鹿　去年からアメリカ軍が攻勢に出て、日本の兵隊さんは玉砕が多くなりました、油も足りないのです、飛行機も足りないのです、日本は神の国です、神国ですから、今にきっと神風が吹いて奴らをやっつけてくれるだろうとだれもが思っています。神風は吹くのでしょうか、教えて下さいませ。
八重　反応がないわね。
小鹿　では、この戦争、勝つのでしょうか、それとも（辺りを気にして）駄目なのでしょうか。
丸目　勝つときには右のおみ足を、駄目なときには左のおみ足を……。
八重　やっぱり反応がないじゃない。
小鹿　あんたのやり方が可笑しいんじゃないの。
丸目　いや、ちゃんとお移りになったんだから、あ、きた！

急に新聞の右側が揺れる。

丸目　ほら、勝つんだよ、勝つの！
小鹿　負けるんですよ、左、左！　ほら！
八重　どうしよう。

玄関から仁野が急ぎ足で入ってくる。

仁野 なにしているの。

小鹿 お帰りなさい。（こっくりさんを片付けながら）皆さん方は盛り上がっていますよ。

仁野 うらら君は。

八重 食堂にいらっしゃいます。

仁野 悪いけど呼んできてくれない。

八重 （去る）

小鹿 今朝の神戸新聞をごらんになりましたか。大きく出ていますよ、ああ、これこれ。（こっくりさんの新聞を取る）恩讐を越えて、白衣の天使、イタリア夫人を救う。天使ですよ天使。みんなに天使と言われてうららさんは逃げ回っていました。

仁野 なにが天使なものか、あの跳ねっ返りの馬鹿女ッ。

丸目 馬鹿女はないでしょう。

仁野 看護婦ならだれだってそれぐらいのことはするよ、あんたらまでが誉めるから、あの単細胞はのぼせ上がっちゃったんだ。

食堂からうららが現れる。

うらら　ああよかった、内村さんはまもなく出発なさるので、お祝いのお言葉を頂きたいってみなさん方は待っていらっしゃるの。

仁野　君はゆうべ、ぼくの勤めている海洋病院へ来たそうだね。

うらら　ベルトルッチさんのお見舞に行きました、お聞きになっていると思いますけど、経過がとてもいいんです。

仁野　君はそのとき、事務長の荒木さんに会ったそうだね。なんで荒木さんに会ったの。

うらら　それはだって、入院のときにいろいろお世話になったから。

仁野　嘘言いなさい。

うらら　……。

仁野　君は荒木さんに、ぼくが現在だれと付き合っているか、どんな女性が訪ねてくるか、東京へ長距離電話を掛けている筈だが、相手はだれなのか、月に何回ぐらい掛けているのか、根掘り葉掘り聞いたそうじゃないか。

うらら　そうかしら。

仁野　そればかりじゃない、君は履歴書を出して海洋病院で雇ってくれと頼んだそうだ。そうなんだろう。

うらら　まだ決まった訳じゃないわ。

仁野　そんなことを聞いているんじゃない、なぜおれの病院なんだ、なぜ今の勤め先を辞めなきゃいけないんだ。

うらら　私の自由でしょう。

仁野　ふざけるな、金魚のうんこじゃあるまいし、なぜおれの後ばかりくっ付いて歩くんだ。

うらら　少しでも、先生のお役に立ちたいと思って。

仁野　君はね、迷惑ということがどうして判らない、真底おれの役に立ちたいと思ったら方法はただ一つ、今すぐおれの前から消えることだ。

丸目　（そっと来て聞いていた）それはひどい。

仁野　だまれ、闇屋。

丸目　闇屋よりひどい。（と去る）

うらら　私は先生と違って隠しごとはしないわ。荒木さんにお会いして雇って下さいと頼んだこともたしか、女性のことに就いてお伺いしたこともたしかよ。

仁野　それみろ。

うらら　でも、元はと言えば先生が嘘をお吐《つ》きになったからでしょう、初めから夕子さんに会うのだとおっしゃればいいものを、なぜ当直だなんていい加減なことをおっしゃったの、本当はやっぱりお会いになったのでしょう、京都で。

仁野　まだそんなことを言っているのか、あの日会ったのは娘の弥生だ。夕子さんでは断じてない。

うらら　それならどうして嘘をお吐きになったの、弥生さんなら東京で何度かお会いしているからよく知っているわ、隠す必要はないじゃありませんか。

仁野　隠した訳じゃない。関係のない赤の他人に言う必要はなかったからだ。
うらら　赤の他人。
仁野　離れて暮してはいるけれど、おれにとっては血の繋がったたった一人の娘だ。一日だって忘れたことはない。
うらら　……。
仁野　その娘がこの春女学校を卒業するので、その相談もあって京都へ遊びにきたんだ。会うのは三年ぶりだからおれは嬉しくて京都で一泊し、明くる日は奈良へ連れて行って、親子二人で日の暮れるまで奈良で遊んだ。日が落ちて、人影もまばらになった法隆寺の前の茶店の縁台で、二人ならんで甘酒を飲んだ。東京ではもう甘酒なんか売ってないわよと言いながら、弥生は美味しそうに飲んでいた。おれのようなぐうたらな親父でも、父親だと思えばこそわざわざ会いにきてくれたんだ。嬉しかった。
うらら　お一人だったの。
仁野　どういう意味だ。
うらら　……。
仁野　(怒って)一人にきまっているだろう。かりに女房が一緒だったとしても、そんなことまで君に言う必要はない！
章吾　一人でしたよ。

章吾が現れる。

仁野　兄さん。

章吾　大関うららさんですね、兄の仁野章吾です。

うらら　初めまして。

章吾　今朝の新聞を拝見しました、軍国美談だと言って神戸では評判になっています。日本赤十字の神戸診療院からも表彰されたそうですね。

うらら　お花を頂いたんです。

章吾　あなたのような優秀な看護婦さんが欲しいと、日赤の先生方はおっしゃっていました。たいしたものです。

うらら　……

章吾　ところで弥生のことですが、奈良の帰りに、弟と一緒に私の家へ来たんです。翌日早い汽車で東京へ帰りましたが、弥生は一人でした。

仁野　それみろ。

章吾　この男はひどい奴でしてね。あなたが来たことを私に黙っていたんです。

仁野　いや、それは兄さん……

章吾　あなたには看護婦という立派な仕事があります、まして今や時の人なんですからこんなつまらん男を相手にしていたら世間の笑い者になります。

八重が現れる。

八重　うららさん、海洋病院の荒木さんという方からお電話です。
うらら　私に。
仁野　おれだろ。
八重　うららさんです。（去る）
うらら　（章吾に一礼して去る）
仁野　就職の話なら断れよ、おれは絶対不承知だからね！
章吾　なんだ、就職の話って。
仁野　ぼくの病院に来たいって言うんです、纏わり付いて離れないんです、ほとほと困っています。
章吾　お前が一番いけないいんだ。もし典子さんがここへ来たらどうするつもりだ。
仁野　来るんですか！
章吾　来たらどうすると聞いているんだよ、同じホテルに泊っていれば弁解の仕様はないぞ。そこまで考えたことはあるのか。
仁野　ありますよ、ありますけど、くっ付いて離れないんです。
章吾　それじゃ、おれは手を引く。
仁野　兄さん！

章吾　奇麗に別れたと言うから、おれは調停役を引き受けたんだ。これじゃまるで話が違うじゃないか。
仁野　ぼくが呼んだ訳じゃないんです、勝手に来ちゃったんです。
章吾　そんなことは理由にならない。うちの女房なんかは、二人のことは二人に任せて一切手を引きなさいとまで言っているんだ。
仁野　嫂《ねえ》さんは関係ないでしょう。
章吾　この前電話でポロッと洩らしたらしいんだ。
仁野　えーっ。
章吾　女というのは意地が悪いからな。この前わざわざ東京へ電話をして、男盛りが二年間も独りでいられる訳はない、私なら絶対疑うわって余計なことを言ったらしいんだ。
仁野　冗談じゃありませんよ、ぼくは一体どうしたらいいんです。
章吾　（辺りを見回して）これ、離婚届だ。
仁野　……
章吾　ここにお前の名前を書いて判を押してくれ、証人はおれと女房だ。
仁野　典子は。
章吾　承知してくれたから、これを東京へ送って署名をしてもらう。慰謝料その他についてはおれが仲に入って纏める。但し、問題はうららさんだ。
仁野　……

章吾　むごいことを言うようだが、一日も早く五島に追い返すか、でなければお前がここから出て行くか、二つに一つだ。
仁野　なんとかやってみます。
章吾　なんとかとはなんだ、典子さんが来たらすべてパーだぞ。
仁野　絶対に追い返します。
章吾　間違っても手を出すな。
仁野　はい。

会場の方で一際大きな拍手。

仁野　バンドのメンバーが一人出征するんです。
章吾　大きな声では言えないが、山本元帥の後を継いだ連合艦隊司令長官の古賀大将が、太平洋上で行方不明になったらしい。
仁野　戦死ですか。
章吾　うちの会社でも、若い者がどんどん戦地へ持って行かれちゃうんで生産ガタ落ちだ、どうなるのかな、この戦争。では。（去る）
仁野　わざわざ済みませんでした。

食堂の方から日の丸の襷を掛けた内村を中心にして、丹沢、晴美、下平のほかに宮代、赤岩、丸目、夕子、りえ、新子や宿泊人たち、そして小鹿、八重が現れる。

夕子 あら仁野先生、今頃いらっしゃったんですか。
仁野 気にしていたんだが、仕事でね。内村君、おくれて済みませんでした、もう行くの。
内村 いろいろお世話になりましたが、今夜中には福井の実家へ帰らなきゃならないんです。
晴美 明日の朝入隊なんですって。
下平 うっちゃんが出征するので、ぼくらのバンド、ペルセウスもこれで解散です。
新子 そんなこと言わないでよ。
下平 でも三人では無理です。
夕子 丹沢さん、本当に解散しちゃうの。
丹沢 トランペットが抜けちゃうとバンドは無理なんだ。
新子 だれか若い人に入ってもらったら。
夕子 若い人はみんな戦争。
内村 あの、ぼくとしてはですね、出来れば小鹿さんに助けてもらえないかと思って。
赤岩 支配人、出来るの。
内村 この間、ちょっと吹いていたんです。
小鹿 い、いや、出来ると言っても中学の時分に、いたずらで少し習ったくらいですから。ま、筋は良いと言われましたけどね。

宮代　やる気満々じゃないか。

小鹿　冗談冗談！　冷やかさないで下さいよ。

一同　（笑う）

丹沢　バンドのことはともかくとして、内村君を交えてのバンド演奏はこれが最後になるかもしれません。お別れの記念に彼の武運長久を祈りつつ、軍隊ではもう多分二度と聞くことも歌うことも出来ないであろう名曲を、心をこめて演奏しようと思います。なおこの曲は、戦時下には相応しくないとの理由で、現在レコードが発禁処分になっておりますが、敢えて演奏します。（下平たちに）みんな、いいね、夕子さん、お願いします。

夕子は立って「湖畔の宿」を歌う。
歌い終って一同拍手。

内村　（立ち上がる）次、ぼくが歌います。（伴奏なし、「湖畔の宿」の曲にて）

きのう召された蛸の子は
たまに当って名誉の戦死
蛸の遺骨はいつかえる

骨がないからかえらない
蛸の母ちゃん　悲しかろ

内村　（大声で）お世話になりました、元気に行って参ります。（挙手の礼）
一同は内村を取り囲み「お元気でね」「手紙を下さい」「行ってらっしゃい」などと言う。

夕子　ご無事でお帰りを。
内村　お世話になりました。
晴美　（丹沢に）駅まで送って行くでしょう。
丹沢　（俯いて泣いている）あの馬鹿野郎、あんな歌を歌いやがって。
下平　仁野先生、表で万歳三唱をやるので音頭を執って下さい。
仁野　ぼくが。
下平　ついでにお餞別をお願いします。
仁野　（近付いて）うらら君は？
八重　お部屋に戻ったみたいです。
丹沢　さあ行こうか。

夕子　私も駅までお送りするわ。

新子　ママ、その間に湯タンポをベッドに入れておきます。

夕子　有難う。

ロビーを残して、周りの明かりが消える。一同は騒ぐ。

小鹿　済みません、当局のお達しですから。

一同は去る。

丸目が廊下奥へ去る。

表で万歳三唱の声。

暗転

(六)

うららの部屋。

窓際にベッドと小さなテーブル。
洋服タンスのそばにトランクが置いてある。テーブルに一輪差し。
下手はドアで、出ると二階の廊下である。窓の外はとっぷり暮れている。
うららが雑誌を読んでいる。
丸目が来てドアをノックする。

うらら　どなた。
丸目　丸目です、ちょっとお話をしたいことがございますので。
うらら　（立ち上がってドアを開ける）なんのお話？
丸目　その前にですね、これをうららさんに。（と紙包を出す）
うらら　なに。
丸目　バターです。神戸中探し歩いても今では滅多に手に入りません。召上がって下さい。
うらら　要りませんよ。
丸目　ま、ま、そうおっしゃらずに。お別れですから。
うらら　どこかへいらっしゃるの。
丸目　月が替わったら、故郷《くに》の丸亀に帰ろうと思っています。
うらら　四国。
丸目　事業に失敗しちゃって闇屋みたいなことやっていますが、丸亀に帰ったらもう一度製材所を立て直そうと思っています。

うらら　……

丸目　私はね、初めてお会いしたときからあなたが好きだったんです。いえ、変な意味ではなくて、あなたを見ていると、なんだか危なっかしくて放っておけないんです。つまりそれが恋というやつかもしれませんけど。いえいえ、私ごとき闇屋が恋だなんて言ったら嗤われますが、でも私は、うららさんのお役に立ちたいんです。もしもですね、もしも、どこへも行くところが無くなってしまったら、遠慮なさらないで私のとこへ来て下さい、ここに丸亀の住所を書いておきましたから。

（と紙片を渡す）

うらら　ご親切に有難う。でも、私は駄目なの。

丸目　判っています、問題はあの歯医者です。あんな男のどこがいいのですかねえ。大体、先生と言われる人間にロクなやつはいません、医者に教師に弁護士に小説家、みんな口がうまいから女の人はコロッと騙されちゃうんです。

仁野が急いでやってくる。ドアをノックして返事も待たずに入ってくる。

仁野　気分でも悪くなったの。

丸目　さっきの話はよくお考えになって下さい。失礼しました。（仁野を無視して去る）

仁野　なに、さっきの話って。

うらら　丸亀に来ないかって。お国なの、あの人の。
仁野　闇屋の女房か。
うらら　いい人よ、でも。行っちゃおうかしら。
仁野　野垂れ死にが関の山だ。
うらら　じゃ行かない方がいい？　ね、行かない方がいい？
仁野　そんなことより、さっきの電話はなんだったの、就職のことか。
うらら　ベルトルッチさんが転院なさるんですって。六甲の山ン中かと思ったら、ひとまず姫路の日赤病院へ移るんですって、よかったわ。
仁野　要するに就職の話ではなかったんだね。
うらら　違います。ね、坐らない、私の部屋へいらっしゃったのは初めてでしょう。
仁野　君がホテルへ来たとき、おれが連れてきてやったんだ。
うらら　あのときは先生は酔っぱらっていたじゃない、そこへ坐り込んじゃって動かないの。追い返すのに苦労したわ。
仁野　追い返すか。君、今夜、外へ出られるか。
うらら　……
仁野　新開地に内証で中華料理を食わせる店があるんだ。久しぶりに、めしでも食いながら話をしたいと思ってさ。
うらら　うわーっ、嬉しい。行きます行きます。

仁野　汚ない店だよ。

うらら　先生と一緒ならどこでもいいわ。私、なに着て行こう。

仁野　灯火管制で店は暗いんだ。

うらら　暗いからいいのよ。夜目遠目笠のうち、女が一番魅力的に見えるの。モンペなんか穿きません。（洋服タンスから次々と服を引っぱり出す）あら、これ、マフラー。一応毛糸なんですけれどね、こんなものが衣料切符十九点。ついでに、と言ったらなんですけどね、先生の靴下も買っておいたの。これが三点。丁寧に穿いてね、穴があきそうだから。

仁野　（テーブルの上の雑誌に気づく）これ、どうしたの。

うらら　あっ。

仁野　「川柳どんぐり」はぼくらの雑誌だよ。だれが持ってきたの。

うらら　済みません、電話をしに行ったとき、郵便物の中に混じっていたんです。「川柳どんぐり社」って書いてあったし、先生宛になっていたから、悪いと思ったんですけど開けてみちゃったんです。本当に済みませんでした。

仁野　困るよ、その雑誌はまずいんだ。

うらら　どうして。

仁野　誘われてうっかり入っちゃったんだが、睨まれているんだ。

うらら　真面目な雑誌じゃない。

仁野　同人の殆どは剣花坊先生や信子先生の弟子筋にあたる連中なんだが、信子先生が出していた

「川柳人」という雑誌が反社会的だという理由で問題になった。「どんぐり」だって危ないから、この号を最後にして休刊ということになったんだ。

うらら　勿体ない。

仁野　仕方ないよ、こんなご時世だから。

うらら　でも私、先生を見直した。だれにも言わずに、一人で黙々と作っていたのでしょう、そんなことを考えながら先生の川柳を読んでいたら、嬉しいのか悲しいのか、なんだか涙が出てきちゃってね、しかも五首全部が私のことばっかりじゃない。

仁野　そんなことはない。

うらら　そうよ、私のことよ。（読む）五島から帰る港へ難破船。どういう意味、これ。

仁野　意味なんかいい。

うらら　（読む）五島からうららうららと春きたる。船きたるでしょう。

仁野　もういい。

うらら　五島から、また五島からよ、五島からよいよいよいと逆戻り。先生ってよいよいよいがお好きね。

仁野　ボキャブラリーが貧弱なんだ。

うらら　五島もいいけれど、私は次の句が一番先生らしいと思ったわ。一寸の虫にもなれず虫歯抜く。今の先生のお気持でしょう、のびやかに言いたいことも言えず、書きたいことも書けず、せつないわよねえ。一寸の虫にもなれず虫歯抜く。

仁野　ぐうたら歯医者のぼやきだ、寝言だよ。
うらら　ねえ先生、お酒飲まない。
仁野　新開地へ行かないのか。
うらら　これよ。（と酒瓶を出す）
仁野　ワインじゃないか、どうしたんだ、こんな珍しいものを。
うらら　ベルトルッチさんに貰ったの。抑留所へ持って行けば取り上げられるにきまっているから、お礼に飲んで下さいって。
仁野　一九一八年、バルバレスコ、いいのか、飲んじゃって。

うららはグラスを用意する。仁野はワインの栓を抜く。
海の方から船の汽笛。

仁野　じゃ。（グラスを合わせて、一口飲む）うまい、忘れてたよ、この味。
うらら　いい香り。
仁野　時間は魔物だと言うけれど、知り合ってからあっという間の十年だ。
うらら　神田橋病院に初めてお勤めしたとき、先生にいきなり銀座へ連れていかれたわ。
仁野　風月堂。
うらら　ううん、酒場。奇麗な女給さんがいたわ。ラインゴルドって言ったかしら。

仁野　よく覚えてるな。

うらら　そのときだったか、そのあとだったか、ダンスホールに連れていかれた。踊れないから厭だ厭だと言ったのに、先生は強引なの。

仁野　筋が良かったよ、君は。

うらら　不良だと思ったわ、先生のことを。

仁野　（笑って）いい時代だったね、世の中はまだのんびりしていた。

うらら　もう一度くるかしら、ああいう時代。

仁野　二、三日前に復役届というのを出したんだ。

うらら　……？

仁野　去年の十一月から、兵役の服務年限が四十五歳まで延長されたのでね、いつでもお召に応じますという届けだ。

うらら　先生は六でしょう。

仁野　首の皮一枚で繋がっているんだ。赤紙はこないと思うけど、誠意だけは一応見せておいた方がいいと思ってね。（また飲む）ハムでもあれば言うことはない。

うらら　三ノ宮の駅前にある雑炊食堂ってご存じ。

仁野　行ったのか。

うらら　外食券が要らないというので凄い行列。一時間ちかくもならんでやっと中に入ったのはいいけれど、出された雑炊は塩味でね、たぶたぶのおつゆの中に大根の葉っぱやら芋の蔓やら皮のままのじゃが芋なんかが入っていて、御飯はほんのちょっぴり、それで三十銭。でも美味しかった。ところが食べ終ってひょいと横を見たら、支配人の小鹿さんが丼抱えてズルズル啜っているじゃない、さすがにバツ悪そうな顔をしていたけど、東条さんはこんな雑炊を食べたことがあるのですかねえって言いながら、また並びに行ったわ。

仁野　人気が落ちたからね、夜中東条さんの家に石を投げる奴が出てきたって。

うらら　見つかったら大変じゃない。

仁野　石ぐらい投げたくなるよ、おれだって、いやいや、おれはそんな馬鹿なことはしないけどね。（笑いながらまた飲む）ところで、話というのはね。

うらら　（殆ど同時に）先生、五島へこない。

仁野　む？

うらら　今迄黙っていたけれど、私はそのつもりでここへ来たの、先生をお迎えに来たの。

仁野　気はたしかか、そんなところへ行く訳はないだろう。

うらら　ホテルを追い出されたらどうなさるの、産業戦士の人たちが入ってきたら、私たちはいられなくなるのよ。

仁野　そのときはそのときだ。

うらら　神戸も大阪もいずれは空襲でやられるわ、逃げ場がなくなるのよ。

仁野　断っとくがね、おれだって日本人だ、この国を愛している、いよいよとなったら竹槍を抱えて突っ込むまでだ。

うらら　先生は兵役の義務はないのよ、わざわざ死ぬことはないじゃない。

仁野　馬鹿！　聞こえたら憲兵隊だ、二度とそんなことを言うな。

うらら　先生を助けたいのよッ。

仁野　……。

うらら　五島は昔から落人の島と言われているの。壇ノ浦で敗れた平家の落武者が小舟を操って、玄界灘から五島灘の荒波を乗り越えて五島の島々にたどり着き、そこで目立たぬように、ひっそりと暮していた、その跡が今でも島のあちこちに残っているわ。内地にくらべたら、貧しくて不便で暮し難いけれど、五島の人たちは純朴で思いやりがあるから、隠れて住むには一番いいところだと思うわ。

仁野　しかしだね、ついこの間も、下関から朝鮮の釜山へ行く関釜連絡船が、アメリカの潜水艦に攻撃されて六百人ちかい人たちが死んでいるんだ。

うらら　船が違うわ。五島へ行く船は三百トンそこそこの小さな船よ。潜水艦が狙う訳はないわ。

仁野　本気なのか。

うらら　……先生を助けたいと言ったけれど、本当は、先生と一緒に福江島で暮したいの。

仁野　……。

うらら　私の実家は曹洞宗のお寺でしょ。先生が来て下さったら境内に診療所を作って先生のお手伝いをするわ、福江の人たちもきっと喜んでくれると思うわ。ねえ先生、一緒に福江島へ行きましょう。

仁野　気持は有難いが……。

うらら　……。

仁野　おれは神戸で生まれて神戸で育った人間だ。死ぬときも神戸で死のうと思っている。剣花坊先生の川柳ではないけれど、あの船のどれにも帰る港がある。おれは神戸で、君は五島だ。そうなんだ。君はやはり五島へ帰ったほうがいい。

うらら　……判ったわ。

立ち上がってドアの鍵を掛ける。ゆっくり振り向くと上衣を脱ぐ。

うらら　抱いて。

仁野　えッ。

うらら　驚くことはないじゃない。

仁野　ちょ、ちょっと待て。いきなりそんなことを言われても。

うらら　ここへ来てからそろそろ四月よ、いきなりだなんて、そんなことは言わせないわ。

仁野　そ、そりゃ君、脅迫だよ、あまりにも一方的。

うらら　先生はどうだったの。東京のアパートで私になんておっしゃった。好きだとか愛しているとか、いずれは奥さんと別れて君と結婚するとか、それこそとろけるような甘い言葉を一方的におっしゃったわ、嘘だと判っても、田舎娘が先生を憎まなかったのは、好きになってしまったからよ。

ねえ先生、そんなに難しくお考えにならないで、一晩だけでいいんだから。

仁野　君は、自分がなにを言っているのか判っているのか。一晩というけど、それは大変なことだよ。

うらら　先生、五島の女子ばなめたらおとろしかよ。島の女子は一途ばい、惚れたら命ば賭けるばい。唄にもあるじゃんな。カカアたたき出せ子は締め殺せ、おまえのカカアにゃわしがなる。甘くみたらとんでもねえごちやつ。

仁野　脅迫だ、それは脅迫だ。

うらら　愛しているのがどうしてお判りにならないの。

仁野　そばへ寄るな。

うらら　そんなにお嫌い。

仁野　好きとか嫌いとかの問題じゃない。

うらら　そんな聞きわけのないことをおっしゃらないで、こっちへいらっしゃい。（と下着を脱ぐ）

仁野　（その隙にドアを開けようとする）

うらら　逃げたら大きな声を出すわよ。

仁野　あべこべだッ。

うらら　抱いて！

いきなり仁野にしがみつくと、ベッドに押し倒そうとする。

仁野　待て、ちょ、ちょっと待て。……いいのか。
うらら　（頷く）
仁野　（ゆっくりと上衣を脱ぐ）……二年ぶりだ。
うらら　三年よ。

仁野はうららを抱くと、そのままベッドに誘おうとする。
廊下に荒木が現れる。ドアをノック。

うらら　どなた。
荒木　失礼ですが、大関うららさんのお部屋ですね。私、海洋病院の荒木です。
うらら　えッ、事務長さん。
荒木　実は先程お電話をした就職の件がきまりました。明朝八時に院長先生のご面接がありますので、急いでお知らせにあがったのです。
うらら　きまったんですか！
荒木　きまりました、就院願いも持って参りました。
うらら　まあ、わざわざ有難うございます。ちょっとお待ち下さいませね、今開けますから。

うららは急いで髪などを整える。仁野は手真似でドアを開けるなと言う。

うらら　（構わず）済みません、お待たせしました。
荒木　よろしいんですか。
うらら　ちょっと取りこんでおりますけど……
荒木　あっ、仁野先生！
仁野　急な用事があったものだからね。
荒木　い、いえ、結構です、そういうこととは知らずにどうも失礼を……
仁野　違うんだよ、君！　違うんだ！
荒木　いえ飲み込んでおります。万事飲み込んでおりますから、ではごゆっくり。（と去る）
仁野　おいおい！　ああ行っちゃった。
うらら　飲み込みの良いお方ね。でも、よかったわ。明日から先生とご一緒の病院。ばんざーい！
仁野　馬鹿野郎。荒木さん違うんだよ！　荒木さん！
うらら　先生ッ、上衣上衣！

仁野は上衣を引ったくると荒木を追って去る。

うらら　意気地なし。

うららは椅子に坐ると、美味しそうにワインを飲む。

幕

第二幕

(一)

一九四四年（昭和十九年）五月。
深夜のロビー。
トランクを提げた仁野が懐中電灯で足元を照らしながら現れる。

仁野　小鹿さん、支配人さん、小鹿さん。

事務室から寝惚け眼の小鹿が出てくる。

小鹿　やっぱりいらっしゃるんですか。
仁野　ひとまず兄の家に身を隠しますが、残りの荷物は後で使いの者に渡して下さい。

小鹿　うららさんはどうします。
仁野　行く先は判らないと言って下さい。
小鹿　しかし病院では毎日お顔を合わせているんですから。
仁野　海洋病院は辞めます。
小鹿　え、お辞めになる。
仁野　大阪の知り合いの病院へ移るつもりですが、なにを聞かれても知らないと言って下さい。
小鹿　私も長いことホテル稼業をやっておりますが、女に追われて夜逃げをなさるお客様は初めてです。そんなにお厭ですか。
仁野　近頃は夜中に襲われるような気がしておちおち寝ていられないんだ。
小鹿　いっそのこと抱いちゃったら。
仁野　そんなことをしたら身の破滅です。
小鹿　良い方だと思うんですけどねえ。ま、今夜は夜勤だとおっしゃっていましたからそろそろお帰りになるかもしれませんよ。
仁野　あらためてご挨拶に伺うけど、彼女は神戸にはぼく以外には知っている人がいないから、なにかのときには相談にのってやって下さい。では。
小鹿　ちょっと待って下さい。帰ってきたのかもしれませんよ。（と玄関の方へ出て行くが、慌てて戻ってくる）警察です！　どこかその辺に……！

仁野は急いで身を隠す。玄関から白波瀬が巡査二人を引き連れて現れる。

白波瀬　臨検だ！（懐中電灯を突き付け）支配人だね、だれも外へ出してはならない。動いてはならない、現在の宿泊人は何名だ。

小鹿　十二人、いや十三人、ひょっとすると十四人かも。

白波瀬　どっちだ。

小鹿　中をとって十三人。

白波瀬　貴様は本官を愚弄するのか。今から宿泊人の身元調査を行なう。本官が許可をするからロビーの明りを点けなさい。

巡査二人は（臨検、臨検！）と叫びつつ廊下奥へ駆け去る。
小鹿が明りを点ける。

白波瀬　支配人、海洋病院の仁野六助という人は泊っているね。

小鹿　はい。

白波瀬　今は部屋に居るのかね。

小鹿　さあ、居るようでもあるし居ないようでもあるし。

白波瀬　どっちだ。

小鹿　どっちにしましょう。
白波瀬　下手に隠しだてをしたらあんたも同罪だよ。
小鹿　え、いえいえ、あ、居ました。いらっしゃいました！（と隠れている仁野を連れてくる）
仁野　あの、仁野ですが……
白波瀬　（トランクを見て）あんた、逃げるつもりだったのか。
仁野　え？
白波瀬　警察を甘くみたら大変なことになるぞ。届けも出さないでどこへ行くつもりだったんだ。
仁野　届け？
白波瀬　とぼけるんじゃない！　あんたは三年前の十二月八日、治安維持法違反容疑で東京で取調べを受けているね。
仁野　（緊張して頷く）
白波瀬　その際、住所を移動するときには、必ず所轄警察署へ届け出るようにと言われた筈だ。知らないとは言わせないよ。
仁野　判っております。ですから兄の家へ移ったら直ちに届けを出すつもりでおりました。
白波瀬　兄の家？
仁野　神戸市葺合区筒井町です。
白波瀬　でまかせを言うんじゃない。あんたは警察には内証で、こっそり九州へ高飛びするつもりだったのだろう。

仁野　九州！

白波瀬　長崎県の五島列島だよ、僻地も僻地、島も通わぬ五島の島へ隠れてしまえば警察の目は届かないと思っているのだろう。やることは悪質だ。

仁野　とんでもない、私はそんなところへ行くつもりはありません。

白波瀬　ではこれはなんだ、この旅行証明書。（と見せる）

仁野　旅行証明書。

白波瀬　これが目に留まったから私はやってきたんだ。いいかね、この四月一日から百キロ以上の旅行者は、切符を買うためにはこの証明書を警察へ提出して許可を受けなければならない。まして長崎までとなるとざっと八百キロ。あんたはこっそり逃げ出そうとしたのだろうが、天網恢恢疎にして漏らさず。この証明書から足がついたんだ。

仁野　なにかの間違いです。私はそんなものは出しません。

白波瀬　あんたが出したとは言わないよ、あんたの奥さん。

仁野　奥さん？　東京のですか。

白波瀬　そんなに何人もいるのかよ。仁野うららというのはあんたの奥さんだろ。

仁野　違います、断じて違います。

白波瀬　証明書にはちゃんと書いてあるんだよ。旅行先区間、神戸駅より長崎経由福江島、目的、母親の病気見舞、申請人の氏名、仁野六助ならびに妻うらら。当人が警察へ持ってきたんだ。

仁野　あの野郎！

巡査(1)が戻ってくる。

巡査(1) 警部補、不審者を連れてきました。三組です。

白波瀬 三組。

巡査(2) 来なさい。

金次郎像を背負い、幟を持った鬼河と中年の女タキ江。そのあとから巡査(2)に連れられて丸目が現れる。

巡査(1) この男です。住居侵入罪ならびに痴漢の容疑です。

白波瀬 お前さん、まだやっているのか。

鬼河 私はなにもしておりません。

タキ江 嘘言いなさい。私は富山の薬売りですけど、この先生、断っても断っても私の部屋へ入ってきて、いやらしいことばかり言うんです。

鬼河 私は二宮金次郎先生奉戴会の人間として、広く金次郎精神を普及するために……

白波瀬 夜中に女の部屋に忍び込んだという訳か。お前さんのことに就いては、すでに何度も届けが出ているんだ。金次郎精神を普及するというのなら、歌ぐらいは知っているね。

鬼河　歌？
白波瀬　二宮金次郎の歌だよ。
鬼河　勿論知っております。
白波瀬　ちょっと歌ってみなさい。
鬼河　（直立不動の姿勢で歌う）

柴刈り縄ない草鞋をつくり
親の手を助《す》け弟を世話し
兄弟仲よく孝行つくす
手本は二宮金次郎

白波瀬　人の手本になるのが二宮金次郎でしょう。夜の夜中に夜這いなんかしやがって金次郎先生に申し訳ないと思わないか。次は。
巡査(2)　闇屋です。部屋を調べたところ、白米が約一斗、砂糖が約三斤、牛肉約一貫目、少し腐っておりました。煙草、金鵄、敷島、鵬翼など四十二個、ほかにバター、ウイスキー、電球、毛糸の襟巻、靴下など多数であります。
白波瀬　怪しからん。実に嘆かわしい、今や戦局は日増しに緊迫の度を増して、つい先頃は山本元帥に続いて古賀連合艦隊司令長官が南方洋上で行方不明になられた。前線将兵のご労苦に報いるために一層の覚悟が必要だというときに、この有様はなんですか。あなた方は弛《たる》んでおる。それでも日本人ですか。支配人。

小鹿　申し訳ございません。

白波瀬　二宮金次郎。

鬼河　反省しております。

白波瀬　ほかには。

丸目　世の中は。

白波瀬　なに。

丸目　世の中は星に錨に闇に顔、馬鹿な人間長い行列。

巡査(2)　ふざけるな！（殴り倒す）

白波瀬　その男はもう一度部屋を調べた上で警察へ。

巡査(2)　はっ。

白波瀬　次。

夕子が武市恭平（海軍中尉）と共に現れる。

白波瀬　あなたでしたか、夜分恐縮です。

夕子　なにをお調べになるのです。

白波瀬　失礼ですが、そのお方は。
夕子　許婚です。
白波瀬　お泊まりになったのですか。
夕子　夕方おみえになられたのです。
白波瀬　お差し支えなければお名前をお聞かせ願えませんか。
武市　答える必要はない。
白波瀬　では、これからどちらへいらっしゃるのか。
武市　答える必要はない。
夕子　海軍中尉武市恭平様です。軍のご用で今から広島県の呉にいらっしゃいます。
白波瀬　こんな夜更けに。
夕子　神戸発零時十一分の特急富士にお乗りになります。私はご一緒に呉に参ります。これでよろしいですか。
白波瀬　ご苦労様です。ただ所轄署の者として老婆心ながら申し上げたいのは、民間のこのようなホテルにお出入りをなさったために、軍の機密が洩れるようなことにでもなったら取り返しがつかない。その点を充分ご留意頂きたいということです。
武市　私が軍の機密を漏らすとでも言うのですか。
白波瀬　はっきり申し上げましょう。ここはあなたのような将校さんがお出入りするような場所ではないということです。

武市　この人を疑っているのですか。

白波瀬　神戸市内に於ける機密保持、ならびに風紀問題に就いては警察の権限です。軍人さんと雖も特別扱いする訳には参りません。

夕子　（言い掛けようとする武市を制して）風紀問題とおっしゃいましたけど、本当は私たちを疑っていらっしゃるのでしょう。商売女が客を銜《くわ》え込んだのだと思っていらっしゃるのでしょう。

白波瀬　いいえ、決してそのようには。

夕子　大事なご用の途中ですから、なにを言われても黙って出て行くつもりでしたが、この方の名誉に関わることなので敢て申し上げます。

一同　……

夕子　予定では、横須賀から真っ直ぐ呉へ行く筈でしたが、僅かな時間が出来たので神戸へ寄って下さいました。火の気のない私の部屋でご飯を炊いて、たった一つ有った鮭の缶詰を二人で食べて、夢中でお喋りをして、気が付いたらもう時間でした。お泊めしたかったけれど、そういう訳にはいかないんです。明日の朝は呉なんです。一分でも一秒でも長く一緒にいたかったけれど、たった四時間の逢瀬でした。（涙が込みあげてくる）このまま呉までお供をしても、いつまで一緒にいられるか判らない。船にお乗りになれば、それでこの方とはお別れです。三日あとになるのか、五日あとなのか、それとも明日行ってしまいになるのか……それでも私は最後まで一緒にいたいのです。

一同　……

夕子　あなたは先程軍人さんと雖も特別扱いはしないとおっしゃいました。たしかにその通りです。

でもそれは、戦地へも行かずに、あったかい部屋で、ぬくぬくと肥え太って、作戦の会議とやらをやっている偉い軍人さんたちに、その言葉を向けて欲しいのです。戦争へ行くのは若い人です。死ぬのは若い人です。私たちの恋人です。それが判っていてもどうすることも出来ません、お国のためですから。

一同　……

夕子　取り乱して失礼なことを申し上げましたが、どうかおゆるし下さい。時間がありませんので、これで。

白波瀬　お気持は私にもよく判ります。ご武運をお祈りいたします。（挙手の礼）

武市も挙手して夕子と共に去る。

白波瀬　（見送って）立派な海軍さんだ、ああいう若者がいれば大日本帝国は大丈夫だ。それに引き換えてあなた方はなんだ。そろいもそろってろくでなしの非国民だ。支配人、廃業間近とは言え杜撰な管理は許しませんぞ。

小鹿　申し訳ございません。

白波瀬　（巡査(2)に）その男は再度部屋を調べて警察だ。

仁野　私は。

白波瀬　当分の間、ホテルからの移動は禁止します。（証明書を破いて捨てる）

夜勤帰りのうららが入ってくる。

うらら　ただ今。

小鹿　お帰りなさい。

白波瀬　（二人を見て）あなた方は時局に対する認識が甘すぎる。とくにあなたは、今回のような違反行為を繰り返せば、たとえ医師と雖もお召に猶予はないということを肝に銘じておかれるがよろしいでしょう。

白波瀬は巡査(1)を従えて去る。宿泊人たちは去ってロビーには仁野とうららの二人になる。

うらら　どうしたの。

仁野　どうしただと？（怒りが爆発する）君は自分がなにをやったか判っているのか、おかげでおれは痛くもない腹を探られて犯人扱いだ。この上警察の心証を悪くしたらおれの立場はどうなると思っているんだ！

うらら　あら、これ。（と証明書を拾う）

仁野　おれに断りもなしにそんなものを出しやがって、君はどこまでおれに迷惑をかけたら気が済むんだ、福江島へ行くなんてことはただの一言も言ってない。なぜそんなものを出した。

うらら 黙っていたのは私が悪かったわ、それは謝る。でも喜んで頂戴、新しい証明書が貰えたの。

仁野 なに。

うらら ふつうはその日のうちに許可が下りる筈なのに、私の場合は三日待ってもなんの音沙汰がないの、可笑しいと思ったから、夕方病院を抜け出して警察署へ行ってみたわ。そうしたら次長さんという人が会ってくれて、ああ、あなたのことは知っていますよ、いつぞや新聞に出た白衣の天使さんでしょう。

仁野 そんなことを聞いているんじゃない！

うらら まあ落着いて聞いてよ。次長さんが言うにはね、この間の証明書、つまりこれよね、これは調べる必要があるとか言って部下の警部補さんが持って行ってしまったけれど、許可が下りなかったのは旅行の目的だとおっしゃるの、病気見舞だなんていい加減な名目では何度出しても通らない。むだですよって言われたときに、私、ピーンときたの、だから言ったわ、病気見舞は嘘ではありませんけれど、本当の目的は、無医村にちかい五島の島に診療所を作ることなんです。

仁野 なに。

うらら いちいち大きな声を出さないでよ。島は病院が少ないんです、お医者さんが足りないんです。私たち夫婦は力を合わせて医療活動に従事しようと思っているんです。そう言ったら次長さん、なぜそれを先に言わなかったんです、僻地に診療所は国策に沿っています。立派です、用紙はここにあるから書き直しなさい。すぐに判をつきます。急いで書いたら、見ている目の前でポーン、それ

がこれ。（と証明書を見せる）

仁野　馬鹿野郎！　勝手にそんなものを出しやがってなにが診療所だ。五島には行かないって、この間も君に言った筈だ。

うらら　あのときとは事情が変ったのよ。先生には黙っていたけれど、母の様子がおかしいの、昨日きた手紙では長くてあと一月だって言うの。半年ちかくも母の顔を見ていないから、せめて最期のときだけはそばに付いていてあげようと思って証明書を書いたの、勝手なことをしたのは悪いと思うけれど、正規の手続きで五島へ行けるのは、船の都合で今月が最後だって言われたわ。

仁野　お母さんのことは前にも君に聞いていたから気の毒だとは思うけれど、おれが行ったからと言って病気が良くなる訳じゃない。せっかく新しい証明書を貰ったのだから君ひとりで帰るんだね。

うらら　先生は厭なの？　どうしても？

仁野　福江島は、君にとってはやはり帰る港なんだ。お母さんが待っているよ。

うらら　切符を買ったら、先生とはもうおしまいよ、それでもいいの。

仁野　生きていればいつかはまた会えるよ、気を付けて行きな。

うらら　（泣き出して）厭だよ、いやいや、先生と別れるなんて厭だよ、死んでも厭！　ねえ、私と一緒に五島へ行こう、先生を困らせるようなことはしないから。きっと幸せにしてみせるから。ねえ先生、戦争が終るまで私と一緒に五島で暮そう。

仁野　そんなことは出来ない。

うらら　先生のためならどんなことでもする。

仁野　いい加減にしないか！　おれは迷惑だと言っているんだ。
うらら　……
仁野　さっきのお巡りがなんと言ったか覚えているか。医者と雖もお召に猶予はないと言った。それを聞いたとたんにおれは背筋がぞーっと冷たくなった。震えがきた。
うらら　先生は大丈夫よ、お年がお年だからその心配はないわ。
仁野　連中に睨まれたら年なんか関係ない、その気になれば明日にでも戦地へ引っぱるだろう、しかもその種を蒔いたのは君なんだ。
うらら　嘘！
仁野　九州へ高飛びするのかと言われたんだ、悪質だとも言われた。それもこれも、原因は君の書いた証明書だ。
うらら　でも次長さんは判子を下さったわ。
仁野　そんな紙っきれはなんの役にも立たない。うっかり動けば、待ってましたとばかりおれは豚箱だ。その先は真っ直ぐ戦場だ。そんなことが判らないのかッ。
うらら　悪かったわ、私が浅墓だった、ごめんなさい。本当にごめんなさい。
仁野　二度とおれの前に顔を出すな。
うらら　先生と別れたら私は生きて行けないよ。お願いだから一人にしないで。（と縋りつく）
仁野　放せよ。
うらら　謝るから。ね、謝るから。

仁野　うるさい！（と突き飛ばす）

その少し前に巡査⑵に連行された丸目が出てくる。持っていた大きな風呂敷を放り出すと、矢庭に仁野に組みつく。

風呂敷は解けて米が散乱する。

丸目　なにをするんだ！　うららさん、大丈夫ですか。
仁野　余計なことをするな。
丸目　貴様はそれでも男か、女を泣かしてなにが嬉しいんだ！
仁野　黙れ、闇屋！
丸目　こんな良い人が世の中にいるか、貴様には勿体ないよ。この女蕩しの藪医者野郎。
仁野　生意気言うな。
丸目　やるか！（二人は殴り合う）
うらら　やめて、やめて！
巡査⑵　やめろ！
丸目　うるさい！（突き飛ばす）

巡査⑵の荷物から野菜やら煙草やらの闇物資が出てくる。小鹿や宿泊人たちが集まってくる。

丸目　（一撃のあと）うららさんのことは、これからはおれが面倒をみる。手を出すな。

仁野　うららはおれのものだ！　貴様なんかに渡すか！

うららは大根を握ると丸目の後頭部をしたたか打つ。

丸目　うららさん！

うらら　あんたなんか嫌いだよ、先生、大丈夫。

宿泊人たちは鍋などを持ってきて米を拾う。野菜を拾う。煙草を拾う。

巡査(2)　こら、やめろ、ご用だ、ご用だ！

うららに助けられた仁野が（畜生ッ）と言いながら猛然と丸目に襲いかかる。
玄関から白波瀬が巡査(1)と戻ってくる。

白波瀬　（笛を鳴らして）やめろ！　やめないと全員逮捕するぞ。やめなさい。

小鹿が明りを消す。

白波瀬　支配人、明りを点けなさい。命令である、明りを点けなさい。

白波瀬は懐中電灯を振り回してロビーを照らしてみるが、宿泊人たちは逃げ去って一人もいない。ソファに坐って抱き合っている仁野とうららを見つける。電灯を直射する。二人は一瞬顔を上げるが、犇《ひし》と抱き合う。

暗転

（二）

うららの部屋。

前場から十日ほど経った日の昼。

典子が廊下に現れる。部屋番号を確かめてから鍵を出し、ドアを開ける。ゆっくりと室内を見回す。洋服タンスを開けて中を見る。ベッドに近付くと毛布をのける。脱毛を摘んで見る。捨てる。

ついでにベッドと毛布に鼻を近付けて匂いを嗅ぐ。

仁野が八重と共に急いでやってくる。

仁野 なにをしているんだ。人の部屋に失礼じゃないか。

典子 見ているだけよ。

仁野 兄貴がくるまで待っててくれと言ったのに、なぜ一人で上がってきた。

典子 あなたが立ち会って下されば構わないとおっしゃったからよ。

八重 そんなことは言いません。鍵はお渡しするけど責任は持てないと申し上げたんです。

仁野 出なさい。

典子 あなたのお部屋にいらっしゃるんじゃないの。

仁野 疑うのなら調べたらいいだろう。（八重に）何時頃出て行ったの。

八重 二時間程前です。

仁野 海洋病院ではないね。

八重 楠町にある日赤神戸支部だとおっしゃってました。

仁野 日赤？

八重 今朝早くに、長崎のご実家から電報がきたんです。（一礼して去る）

仁野 兄貴を交えて三人で話し合おうと言った筈だ。とにかくロビーへ行こう。

典子　あら。（机の上の写真を手に取る）
仁野　よしなさい。
典子　いつお撮りになったの、二人とも随分お若いわね。これ、江の島でしょう。
仁野　……
典子　長い桟橋の向うに江の島が見えるもの。パラソルなんか差しちゃってうららさん嬉しそう。
仁野　もういいだろう、失礼だよ。
典子　私に隠れてこうやって遊んでいたのよね。失礼なのはどっちかしら。
仁野　十年も前のことじゃないか。
典子　今でも続いているのでしょう。だから同じホテルで暮していらっしゃるのでしょう。
仁野　疑われるようなことはなにひとつやってない。嘘だと思うのならホテルのみんなに聞いてみてくれ。
典子　こんなところに住んでいる人間が本当のことを言うものですか。それより、今日私が来たのは弥生の結婚のことなの。
仁野　決めたのか。
典子　是非にという話なので、実家の両親とも相談をして決めました。
仁野　この間京都で会ったときには、弥生はまだ早いと言っていた。私もそう思う。女学校を卒業したばかりじゃないか。
典子　ぶらぶらしていたら、女子挺身隊で軍需工場へ動員されるのよ。先様は、もし進学の希望があれば在学中にお式を挙げたっていいじゃないか、そこまで言って下さっているの。

仁野　軍関係の仕事だと言っていたね。

典子　海軍水路部の設計技師なの。身分は軍属だから召集されることはないだろうって、お仲人さんはおっしゃっていた。ただお年がね、三十二ですから、それさえ我慢すればこの上ない良縁だと思うわ。

仁野　弥生は納得したのか。

典子　こんなご時世ですもの、あの子だって判っていますよ。弥生は、せめてもう一年ぐらい延ばしてもらえないかと言ってましたけど、先様のご都合もありますからね。

仁野　いつに決めたの。

典子　今年の秋、十一月。

仁野　十一月。

典子　あなたがそばにいて下されば、日取りのことも含めてご相談出来たのですけれど、いらっしゃらないのですからね、弥生だって可哀相ですよ。

仁野　……

典子　そこであなたにお願い、というよりはご相談があるんです。お式のときには是非出席して頂きたいんです。

うららが廊下に現れる。典子来訪のことは知らず、手にした書類（実は令状）を見ながらやってくる。室内の話し声で足が止まる。

典子　当日は私の両親や兄弟たちも揃って顔を見せます。お気が重いのは判りますけれど、なんと言ってもあなたは花嫁の父親ですからね、もし欠席なんかなすったら弥生がみじめです。可哀相です。それに別居生活が続いているとは言え、戸籍の上では私たちは夫婦なんです。夫婦が揃って出席しなければ先様に対しても失礼です。

仁野　……

典子　その代りと言ってはなんですけれど、出席さえして下されば、兼ねてからお兄様からお話のあった離婚届に、私、判をつきます。愛情もない形だけの夫婦なんて私だってもう沢山です。（突然鋭い声で）うららさん！　そんなところで立ち聞きをなさってないでお入りなさい。構いませんのよ、お入りなさい！

うららがドアを開けて入ってくる。

典子　無断でごめんなさいね、お久しぶり。

うらら　……（黙って頭を下げる）

典子　お国にお帰りになったと聞いていたから、今頃はいい奥様におなりになっていると思っていたのに、相変らずね。

うらら　……

典子　神田橋病院に勤めていた頃は、私も随分面倒をみたつもりだけれど、今となっては飼い犬に手を噛まれたって感じよ。

仁野　そんな言い方をするものじゃない。悪いのは私なんだ。

典子　この人の肩を持つおつもり。

仁野　責任は私にあると言っているんだ。

典子　謝りなさい。

うらら　……

典子　迷惑をかけて悪かったと謝ったらどうなの。

仁野　いい加減にしなさい。

典子　あなたに聞いているんじゃないわ。どうなの。

うらら　なにを謝るんですか。

典子　（いきなり頬を張る）

仁野　なにをするんだ。

典子　（仁野に）あなたのお気持次第では、お式に出たからと言って判をつくとは限りませんよ。それだけは覚えといてね。

仁野　それとこれとは話が違うじゃないか。

典子　（写真を手に取る。うららに）あなたは十年間私を騙し続けたのよ。二度とお会いしたくない

わ！（写真を投げ捨てると足早に去る）

仁野　済まなかった。東京からいきなりやってきて君に会わせろと言うんだ、ロビーで引き止めていたんだが止めることが出来なかった。ひどい思いをさせて本当に悪かった、この通り謝る。

うらら　奥様とはご縁が続いていたのね。

仁野　打ち明けようと何度も思ったんだが、つい言いそびれてしまった。世間体ばかり気にしているおれの嫌らしさ、いい年をして独り者を気取っていたおれの嫌らしさ、結果的には君の心を弄ぶことになった。本当に済まなかった。

うらら　もういいわよ、これでなにもかも終ったわ。

仁野　どういう意味だ。

うらら　先生は東京へお帰りになるのよ。そして私は神戸を離れるわ。

仁野　そんなことはさせない。

うらら　……

仁野　弥生の結婚式には、むろん父親として出席する。離婚の条件だと典子は言ったけど、そんなことは関係なしに、おれはやっぱり弥生の花嫁姿が見たいんだ。そして式が終ったら神戸へ飛んで帰ってきて、改めて君にお願いするよ、おれと一緒に暮してくれないかって。いや、秋まで待つことなんかない、おれはそう決めたんだ。

うらら　むりよ。

仁野　なにがむりだ。このホテルだって今月一杯で廃業だ。君は長崎の実家へ帰ると言っているけど、もしよければ、この近くに一軒家を借りて君と一緒に暮そうと思っているんだ。自分の蒔いた種とは言え、長い間彼女に首根っ子を押さえつけられてまるで日陰者だ。いっそ頭を下げて東京へ帰ろうかと思ったが、どうしても出来ない。あやふやでいい加減でどっちつかずのおれという人間にほとほと愛想が尽きていたんだが、今日典子が来たことでおれの心は決まったんだ。もう先のことなんかどうでもいい。こんな世の中、おたがいにどうなるか判らないのだから、好きな女と好きに生きた方がいい。場合によっては君と一緒に福江島へ渡って、戦争が終るまで君のふるさとで一緒に暮してもいいと思っている。

うらら ……本気なの。

仁野 嫌いで別れた訳ではないのだから、おれは君のために尽す。いずれ東京へ行ったら、典子の前に土下座をしてもよいから、二人の結婚を認めてもらう。それがおれの、君への償いだ。愛しているよ。

うらら ……

廊下に章吾が現れる。ドアをノック。

仁野 はい。

章吾 （入ってくる）おそくなって済まなかった。典子さんは。

仁野 帰りましたよ。肝心なときに遅れてくるなんてひどいじゃないですか。

章吾　用事があったんだ。
仁野　電話をくれたのは兄さんですよ。ぼくは三十分もロビーで待っていたんだ。
章吾　（手で制して）うららさん、大変なことになりましたね。出発はいつですか。
仁野　そんなことは決めてないよ。
章吾　決める決めないの問題じゃない。日にちは指定されている筈だ。（うららに）そうでしょう。
仁野　なんの話。
章吾　……弟にはなにも言ってないのですか。
仁野　なんだよ。
章吾　（うららに）今朝受け取ったのでしょう。聞いてきたのです。
うらら　（無言で令状を出す）
仁野　（読む）戦時召集状、救護看護婦大関うらら。特別救護班要員として召集す、依って五月三十日火曜日午後七時長崎県長崎市日本赤十字社長崎支部に参着し、なんでこんなものが君のところにきたんだ、なんでぼくに黙っていたんだ！
うらら　……
仁野　やめなさい！　行くのはやめろ！　君は海洋病院の看護婦だ、日赤なんかとは関係ない。おれが突き返してきてやる！（部屋を飛び出そうとする）
うらら　駄目よッ。（腕を掴む）
仁野　こんなものに強制力はない。

うらら　赤紙と同じよ、断れないわ。

仁野　……

うらら　今朝早くに実家から、召集の件で日赤から問い合わせがあったって電報がきたの。まさかと思ったわ。私が日赤の養成所にいたのは十七年も前のことだから、召集と言われてもピンとこなかった。ところが神戸支部へ出向いてご苦労様と言われたとき、思わず足が震えたわ。もうどこへも逃げることは出来ない、そう思ったら目の前が真っ暗になったわ。

仁野　いや、逃げようと思ったら逃げられる。男の赤紙とは違うのだから方法はいくらでもある。

うらら　私はともかく、両親を非国民にしたくないわ。

章吾　うららさん、お気持は判りますが、令状がきたからと言って、なにものめのめと従うことはない。

うらら　……

章吾　兵庫県下の看護婦さんに、かなり大掛りの動員令が下ったという情報をゆうべ遅くに、私は日赤のお医者さんから伺いました。気になったので問い合わせてみたところが、あなたのお名前が判りました。日赤の決まりでは、養成所を卒業したあと、十七年間はどこの病院に勤務していても応召の義務があるそうですが、うららさんの場合は、この五月で十六年九カ月だそうです。満期に三カ月足りないだけなんです。八月になったら満期で応召の義務から解放されるのに、わずか三カ月がそれを拒んでいる。いくら規則とはいえ、これはひどいと私は思いました。

うらら　……

章吾　私はね、こんなことを言うと非国民だと言って処罰されるかもしれないけれど、あなたを戦地なんかに送りたくない。弟だって同じ気持でしょう。そこで今朝早くに、懇意にしている日赤の担当者に会って相談してみました。答えは次のようなものでした。

うらら　……

章吾　一度出した令状を取り消すことは出来ない。しかし本人若しくは家族に特段の理由があれば、一時保留にすることを得る、そういう返事でした。うららさん、あなたのお母様がご病気だということは弟から聞いておりました。そこでご相談ですが、看護のために帰国を認めて欲しいという嘆願書をお出しになったら如何でしょう。幸いあなたは日赤からも表彰されているので支障なく通るでしょう。あとのことは私が責任を持って処理します。

仁野　兄さん、それは確かなことなの。

章吾　人の生き死にに係わる問題だ。いい加減なことが言えるか。うららさん、令状を避けるためには、あなたが福江島にお帰りになることです。それしか方法はないのです。

うらら　……先生はどうなさいますの。

章吾　弟よりも、あなたの問題なんです。

うらら　でも先生は。

仁野　行きますよ！　君と一緒に福江島に行きます。

章吾　馬鹿なことを言うな。

仁野　なにが馬鹿なことです。うららと約束したんです。

章吾　そんなことは許さん。お前は東京へ帰るのだ。
仁野　なんですって。
章吾　典子さんと一緒に暮すのだ。
仁野　兄さん！
章吾　お前は東京へ行く、うららさんは福江島へ帰る、それで万事丸く収まるのだ。
仁野　兄さんはぼくたちを騙したんだね、東京へは絶対に帰りませんよ！
章吾　（構わず）うららさん、早ければ早い方がいい。今すぐこの場で嘆願書をお書きになって下さい。あなたのためです。
うらら　先生のことを忘れろとおっしゃるのですね。
章吾　福江島までの切符の手配、その他一切私の方でします。失礼ですが、これは些少ですが、お母様へのお見舞金です。お納め下さい。
仁野　兄さん。
章吾　お前は黙っとれ。
うらら　……私、生きているうちに、もう一度母の顔を見たいと思っていましたけれど……福江島には帰りません。
仁野　……
うらら　先生にお会いしたくて、好きでたまらなくて、はるばる福江島から出てきたのに、このまま帰ってしまったら、なんのために神戸にやってきたのか……哀れです。みじめです、そんなの厭です。好きだと先生はおっしゃって下さったのですから、私はその言葉を大事にして……看護婦として戦地に行きます。ご迷惑をおかけして申し訳ございませんでした。

章吾　……あなたは馬鹿だ。お前もだ。勝手にせい！

章吾は言い捨てて去る。

仁野　本当に行くのか。

うらら　もし東京にお帰りになりたければ、いいのよ。

仁野　なにを言うんだ、おれは神戸にいる。神戸にいて君の帰るのを待っている。

うらら　私、令状を頂いたとき決めたの。看護婦として立派に務めを果そう。兵隊さんの命を救うために、私は若い看護婦たちの先頭に立って働こう。それがお国に尽す看護婦の使命なんだから……

仁野　……

うらら　ただね、ホテルへ戻ってくる道々、どうしてこんな時代に私は生きたのだろうと思った。人間は生まれてくるとき、親を選ぶことは出来ない。同じように時代を選ぶことも出来ない。でも親は、暖かい心で子供を慈しみ、育て、大事に成長を見守ってくれるわ。でも時代は、人間が作るのに、私たちを慈しんでもくれなければ育ててもくれない。無慈悲で冷酷で無責任で、だれがこんなに悲しい時代を作ったのか、なぜ私はこんな時代に生きなければならないのか、今でも私の心の中に熾火のように残っている。戦地へ行っても、きっと消えることはないでしょう。

仁野　……

うらら　先生とお別れしたくはないけれど、でも私のことを愛していると言ってくれた。嬉しかったわ。私、きっと帰ってくるわ。どこまでも追いかけるわ。好きよ、大好きよ。

仁野はうららを抱き締める。

暗　転

(三)

同・ロビー。

前場暗転と同時に楽団演奏（加藤隼戦闘隊）が始まる。

「さやうなら北ホテル」と書かれた横幕の下で、精一杯着飾った宿泊客たちが右の歌を歌っている。その中には丸目や宮代や赤岩のほかに新子もりえもいる。演奏しているのは丹沢と晴美の夫婦と下平、そして新参加の小鹿がトランペットを吹いている。八重が皿やグラスを運んでいる。

ホテルは今日かぎりで営業を停止し、数日後から産業戦士の宿舎になる。伝え聞いた一般客や病院の看護婦たちが会の進行中に入ってくる。
演奏が終る。拍手。小鹿が挨拶に立つ。

小鹿　神鷲去って再び還らず。パレンバン奇襲成功の感激もあらたに、神兵いまぞ天降る、嗚呼、軍神加藤建夫少将。只今演奏いたしましたのは映画加藤隼戦闘隊の部隊歌でございます。途中音の合わない者が一人おりましたが、如何でございましたか。（拍手）有難うございます。有難うございます。さて長年ご愛顧頂きました当北ホテルも、本日をもちましていよいよ幕を閉じることになりました。創業以来五十一年、数々の歴史を刻んで参りましたが、明日からはお国のために産業戦士の皆様方の宿舎として新しく生まれ変ることになりました。お名残惜しうはございますが、お時間の許すかぎり、最後までごゆるりとご歓談下さいますようにお願いを申し上げて、ご挨拶に代えさせて頂きます。長い間有難うございました。

一同　（拍手）

丹沢　済みません、私からも一言。ええ、皆さん方もすでにご承知のように、二〇七号室の大関うらさんが、従軍看護婦として明日早朝戦地に向われることになりました。突然のことでしたが、我々としてはこの良き友人のために、のちほどみんなで壮途を祝いたいと思います。ご協力のほど、よろしくお願いいたします。

一同　（拍手）

八重や新子たちがビールや食物を運んでくる。りえは千人針を縫っている。

新子 水団《すいとん》はどなたですか。

赤岩 おれだ、おれだ。

八重 かぼちゃです、ここへ置きます。

晴美 （ビールを三本運んでくる）これ、どうします。

小鹿 ああ、こっちこっち！

下平 ビールじゃないか、どうしたの。

小鹿 特配です。但し三本しかありませんので、お一人様コップ一杯です。（歓声）

八重 これも出しますか。（と丸瓶を出す）

小鹿 皆さん、仁野先生より差し入れの薬用アルコールです、水で割って下さい。

丸目 そんなもの飲んだら目が潰れるぞ。おれが良い物を持ってきてやる。（去る）

赤岩 （りえに）看護婦も千人針を持って行くのか。

りえ 戦争へ行くんですもん。

タキ江 五銭玉を付けた方がいいよ。

りえ 五銭玉？

タキ江 （五銭を出して）おまじないよ。四銭《よんせん》を越えて、つまり死線を越えて五銭。

りえ ああ、そういう意味。

下平　りえちゃんたちは今なにをしているの、お店は廃業だろ。
りえ　軍需工場で働いています。
新子　潜水艦のシャフトを作っているの。ごとんごとんって凄いですよ。
下平　あんたがやっているのか。
新子　油差し。
一同　（笑う）

宮代や赤岩たち四、五人が、手拍子をとりながら「火筒《ほづつ》の響き遠ざかる」と婦人従軍歌を歌い出す。丸目が一升瓶を持って現れる。（酔っている）

丸目　やめろ！　そんな陰気臭い歌は歌うな。
赤岩　あんたは知らんのか。これは婦人従軍歌だよ。看護婦さんの歌だぞ。
丸目　だから言っているんだ。あんたらはうららさんが出征するのが嬉しいのか。
宮代　めでたいじゃないか。
赤岩　私らはみんなで、うららさんを激励しようと言っているんだ。
丸目　男は仕方ねえや。だが女まで駆り出してこの戦争勝てると思っているのか。
丹沢　（飛びかかる）言うな！　それ以上は言っちゃいけない。
小鹿　また豚箱ですよ。

丸目　豚箱が怖くて闇屋をやっていられるか、神国日本はどうなっちゃうんだ！
丹沢　馬鹿、やめろ！（下平たちと隅へ連れて行く）

廊下より仁野がやってくる。紙袋を持っている。

小鹿　先生、なにしていたんです。
仁野　部屋の中を片付けていたんです。
小鹿　あとで手伝いますよ。それよりだれか、先生にビール一杯ッ。
仁野　八重ちゃん、悪いけど、これを始末してくれないか。
八重　なんです。
仁野　本。
八重　燃やしちゃうんですか、勿体ない。
小鹿　（見て）ゴーリキー「どん底」。エミリ・ブロンテ「嵐が丘」。
仁野　べつに怪しい本じゃないんだが、著者の名前が片仮名だと、それだけで引っ掛っちゃうんだ。
八重　これは日本の物ですよ、小林多喜二「蟹工船」。
仁野　（慌てて）それが一番危ないんだ。持って帰る訳にはいかないんだ。
小鹿　いいですよ、私が責任を持って仕末をします。それよりうららさんはどうしたんです。
仁野　荷物を纏めているんです。明日の朝は早いからね。

荒木　（少し前に来ていたが、近付いて）仁野先生。
仁野　あ、事務長さん、おいそがしいのに済みません。
荒木　行先が判りました。台湾だそうです。
仁野　台湾。
荒木　高雄の陸軍病院だそうです。途中さえ無事なら、大陸なんかへ持っていかれるよりずっと増しです。
仁野　福江島には……
荒木　長崎へ集結後、真っ直ぐ台湾だそうです。
丸目　（一升瓶を持って近寄ってくる）先生、飲まないか。
丹沢　よしなさい。
丸目　お別れだからあとでうららさんにも飲んでもらおうと思っているんだ。どう。
仁野　ほう、白馬とは珍しいね。
丸目　どぶろくだよ。
仁野　白馬とも言うんだ、折角だが今夜は遠慮するよ。（離れようとする）
丸目　あんた、どうして止めないの。
仁野　……
丸目　惚れているんだろ、指咥えて黙って見送るのか。
仁野　どういう意味だ。

丹沢　（丸目に）やめろったら。
丸目　あんたは医者だろ。名前を書いて判子を押せば召集は免除になるんだ。証明書一本で彼女は助かるんだ。
仁野　そんなことは出来る訳はない。
丸目　おれの姪っ子が看護婦として召集されたとき、知合いの医者が結核の診断書を書いてくれて助かったんだ。男と違って女はゆるやかなんだ。そんなことぐらいあんただって知っている筈だ。
仁野　証明書を書くのは簡単だ。しかし検査の結果、嘘だと判った場合は、医者は勿論、看護婦だって懲役だ。人の苦労も知らないで軽々しいことを言うな。
丸目　歯医者らしい言い草だ。
仁野　なに。
丸目　本物の医者ならうららさんは助かったんだ。おれは可哀相で仕様がねえ。
仁野　医者に本物も偽物もない。
丸目　あるよ、昔から言うだろ。目医者歯医者が医者ならば、蝶々トンボも鳥のうち。
仁野　この野郎、歯医者を侮辱するのか！
丸目　なに！
丹沢　やめろ、二人ともやめろ！
小鹿　いい加減にして下さい。
夕子　丸目さん、あんた馬鹿よッ。（と前に出てくる）

新子　ママ！

りえ　いつお帰りに？

夕子　姫御さんの話というのは、四、五年も前の日支事変の頃の話でしょう。今はそんな悠長な時代ではないの、もっときびしいの。

一同　……

夕子　呉の水交社で彼と一緒にお昼を食べていたとき、突然呼び出しがかかって急いで出て行ったわ。べつに珍しいことではないから、訓練が済めばその日のうちか、遅くても二、三日うちには戻ってくるだろうと思って下宿で待っていたわ。四日目になって出航したって知らせをうけた。それきりよ。下宿には私が仕立てた大島と、まだ一度も被ったことのないカンカン帽が残されていたわ。それきりよ。

仁野　戦地ですか。

夕子　せめて出航の時間だけでも教えてもらえれば、陰ながら見送りができたのだけど、そんな時代ではないの。呉の町では二、三日前から、サイパン島に敵が上陸したという噂が流れているわ。

一同　（騒然となる）

夕子　喧嘩なんかしている場合ではないでしょう、戦地の兵隊さんに申し訳ないわ。

丸目　（仁野に）……ひどいことを言って済みませんでした。

仁野　いや、ぼくの方こそ。

丸目　明日からはみんなバラバラになっちゃうんですもんね。飲んで下さい、白玉。

仁野　白馬。
丸目　どっちでもいいよ。（と注ぐ）
仁野　（飲む）
一同　（拍手）

それを切っ掛けにして楽団演奏（ソロでもよし）が始まる。

小鹿　途中ではございますが、ちょっと皆様方にご報告申し上げたいことがございます。兼ねてから当ホテルにご宿泊のヴァーシャさんが、仁野先生のご尽力により、このほど海洋病院の職員寮にお移りになることになりました。ヴァーシャさんの落着き先が決まったので私もこれで一安心、肩の荷をおろしたような気分です。
一同　（拍手）
小鹿　時局柄、あまり騒ぎますとお叱りを受けるかもしれませんが、なんと言っても今夜が最後、皆様方のご希望があれば北ホテル最後の舞踏会などもおよろしいのではないかと考えております。（八重が近付いて小声で告げる）ええ、今、うららさんとヴァーシャさんがこちらへおみえになったようでございます。皆様、拍手でお迎え下さい。

うららがヴァーシャの手を取って、ゆっくり現れる。一同拍手。

小鹿　うららさんにはのちほどご挨拶をお願いしますが、ヴァーシャさん、大丈夫ですか。

ヴァーシャ　大丈夫です。有難うございます。

うらら　夕子さん。

夕子　間に合ってよかった。支配人さんに電話を貰ったので急いで帰ってきたの、本当にいらっしゃるの。

うらら　（頷いて）あとでゆっくりお話をするわ。

荒木　うららさん、海洋病院の看護婦たちからです。（と花束を出す）

うらら　有難う。みなさん方によろしくね。

小鹿　では、そろそろご挨拶をお願いしますが、その前にヴァーシャさん、なにか一言、如何でしょう。

ヴァーシャ　（日語と露語を交えて）上海へ行くことはできませんでしたけれど、仁野先生のおかげで海洋病院でお世話になることになりました。祖国ロシヤを離れて二十年、私に寄せられた皆様方のご親切は一生忘れません。この戦争、日本が勝つように、私、神様にお祈りします。アーメン。さようなら。

一同　（拍手）

小鹿　では、うららさん。

うらら　お召しを頂いて、だれよりも一番驚いたのは私でございます。私のような者がなぜ選ばれたのであろう、そう思って、おそるおそるお伺いしましたところが、かつての軍医総監様のお言葉として三つのことが判りました。その第一は技倆の優れたる者、光栄でございます。次は年を取りたる者。三番目は美貌に非ざる者。なぜ美人ではいけないのか、という点に就きましては皆様方のご想像にお任せいたしますが、私の場合は、以上三点がすべて基準を満していた、ということになろうかと思います。その年を取り、美貌に非ざる私が、令状を頂戴したとき真っ先に考えたことは、どんなことがあっても生きて帰ろう。生きてこの日本へ、懐かしい故郷《ふるさと》福江島へ、そして私の好きな人のところへ、元気に、只今と言って帰ってくることだ。そう考えて、自分にしっかりと言い聞かせました。看護婦の仕事は患者さんを介抱して生かすことです。その看護婦が、むざむざ死んではならない。私はそう考えております。いつかこの戦争が終り、世の中が平和になったとき、私はもう一度この北ホテルに戻って、懐かしい皆様方とお会いできる日を楽しみにしております。どうか皆様方もお元気で、ご無事に平和の日をお迎えになられますように心からお祈りして、出征のご挨拶に代えさせて頂きます。半年間有難うございました。元気に行って参ります。

　一同拍手、女性たちは泣いている。
　演奏が始まる。

仁野　疲れたろ。なにか食べるかい、と言ってかぼちゃぐらいしかないけどね。

八重　水団如何ですか。

うらら　あとで頂くわ。胸が一杯。

丸目　（近付いて）うららさん、明日は何時？

仁野　三ノ宮発、五時四十七分、長崎行。

丸目　お別れだね。

うらら　丸目さん、四国へお帰りになるの。

丸目　ああ。これ一杯飲んで。

仁野　どぶろくだよ。

うらら　ああ、白馬。

丸目　あんたに飲んでもらおうと思って、加古川の友達に分けてもらったんだ。これで飲んで。（と丼を出す）

仁野　そんな大きな物で。

丸目　どぶろくは丼に限るんだ。これの方がうまいんだ。

うらら　頂くわ。

丸目　（丼になみなみと注ぐ）

仁野　大丈夫かい。

うらら　（一息に飲む）美味しかった！

丸目　（急に泣き出す）

うらら　有難う、丸目さん、忘れないわ。

丸目　さよなら。（泣きながら去る）

この間に何組かが踊り始める。

うらら　先生、踊って。

仁野　いいのかな。

うらら　いいわよ、最後の夜ですもの。

仁野　神田のダンスホール、覚えているか。

うらら　何度も先生の足を踏んづけたわ。楽しかった。

仁野　踊ろう。

二人は踊り始める。

八重が小走りに来て小鹿に耳打ちをする。入口に白波瀬が巡査を従えて現れる。巡査は踊りをやめさせようとするが、白波瀬は止める。その間に小鹿は楽器を放り出して、ヴァーシャに近寄る。

抵抗する彼女を巡査が連れ出す。諦めたヴァーシャは、気が付かないで踊っているうららに向って頭を下げて、白波瀬たちに連行される。

仁野とうららは楽しそうに踊っている。

暗転

（四）

病院船。
霧が漸く晴れてきた五島灘の海上。
汽笛を鳴らして航行する船の舳先に、従軍看護婦の正装をしたうららが立っている。
背後から船員(1)の声。

船員(1) 看護婦さん！　海が荒れていますから船室に入って下さい。看護婦さん！

うらら はーい。

うららは戻ろうとする。と、船員(2)の声。

船員(2) 右前方、福江島！……通過！

うららは立ち止まり、目を凝らして福江島の方を見る。

うらら　（呟くように）あの船のどれにも帰る港あり。……帰る港あり。

汽笛が鳴る。

幕

どろんどろん

——裏版「四谷怪談」——　二幕

登場人物

長谷川勘兵衛（大道具師）
長吉（勘兵衛の倅）
お幸（勘兵衛の女房）
お粂（勘兵衛の娘）
おとり（勘兵衛の母）
半次（勘兵衛の職人）
東六（勘兵衛の職人）
千松（勘兵衛の職人）
熊吉（勘兵衛の職人）
お米（勘兵衛の女中）
おせん（絵師見習）
尾上菊五郎（三世・役者）
松助（菊五郎の養子）
伝七（菊五郎の弟子）
鶴屋南北（作者）

お露（鐘撞き堂の娘）
佐平（お露の父）
お里（お露の母）
小針（稲荷社の禰宜）
治作（百姓）
お倉（仏壇屋の女房）
金毘羅参りの男

第一幕

(一)

文政八年(一八二五)五月。

砂村隠亡《おんぼう》堀。(現江東区北砂一丁目、岩井橋付近)

舞台は土手の一本道、上手に橋の袂。枯蘆《かれあし》、石地蔵、下手に松の木。荒涼たる砂村十万坪の風景。

四世鶴屋南北がうなぎ掻きの男治作と話をしている。南北は、菅笠を無雑作に被り杖を曳いている。百姓の親爺の如き風体だが、眉毛は太く濃い。七十一歳。かたわらに長谷川家の長吉。職人風のこしらえにて、丸にはの字を染め抜いた半纏を引っかけている。

遠くで雷鳴。

長吉は不安そうに空を見上げている。

南北　戸板の大きさはどれほどだった。
治作　雨戸の寸法なんて、どこでも同じだべ。六尺に三尺よ。
南北　長いこと水に浸っていたそうだから腐っていたろ。
治作　腐ってたのは人間の方だ。二目と見られたものじゃなかった。
南北　顔は判ったか。
治作　二人とも鼻や口に砂がいっぱい詰まっていたが、とくに女の方は、小魚が目ん玉を突っつき回したとみえて、しゃれこうべみたいに穴が空いてた。
南北　すると、戸板の表と裏に男と女が。
治作　表だけだ。
南北　表に二人一緒に括られていたのか。
治作　首のあたりと股のあたりを細引でぐるぐる巻きにしてな、その上から荒縄で戸板ごと縛ってあった。不義を働いたとかいう噂だが、それにしてもむげえことをするじゃねえか。

落雷やや近くなる。

南北　どこへ運んだ。
治作　うっちゃっとく訳にもいかねえから、この先の極楽寺、（訝し気に）おめえさん方は身寄りの者か。
南北　む、いや、あの……
治作　村の迷惑になることだから、滅多なことを言っちゃならねえと庄屋さんから口止めされているんだ。
南北　その女というのは、どうやらこの男の母親らしいんだ。
長吉　（思わず南北を見る）
南北　一月ほど前から行方が判らなくなったので捜していたら、二、三日前に、この砂村の堀割に死骸が上がったと聞いたので飛んできたんだ。いくら不義を働いたとは言え、産みの母親を無縁仏にしておく訳にはいかねえとこの男はそう言うんだ。
治作　そいつは気の毒になあ。この道を真っ直ぐ行けば極楽寺さんの森が見える。そこが砂のおんぼうだ。
南北　焼場か。
治作　灰になっちまって身元は判らねえが、ま、くわしいことはお寺さんで聞くんだな。（と去ろうとする）
南北　あの。
治作　……
南北　戸板はどこからこの堀割へ入ってきたんだ。
治作　そこの小名木川よ。

南北　……

治作　上げ潮にのってここへ流れ着いたんだ。小名木川は、わしら地元の人間はうなぎ川と呼んでるくらいによく捕れるんだが、おどさが入ってきたためにわやだ。（見上げて）降ってきたな。海が近いからつむじ風に気をつけろ。（と去る）

落雷近くなる。

南北　行くぞ。

長吉　南北師匠、ひどいじゃないですか。

南北　……

長吉　おれのおふくろは元気ですよ。不義を働いただなんて言っていいことと悪いことがありますよ。

南北　おかげで話を聞かせてもらえたじゃないか。嘘も方便、世渡りの手管。

長吉　どこへ行くんです。

南北　砂のおんぼう。厭なら帰ってもいいぞ。（と去る）

長吉　（一瞬迷っていたが）師匠！

半纏を頭から引っ被って後を追う。

暗転

(二)

長谷川勘兵衛の家。

日本橋堺町（現中央区芳町二丁目付近）にある住居を兼ねた仕事場。

天井が高く、間仕切りのないがらんとした建物である。上手の紺暖簾を潜ると奥は住居。下手の出入口は、芝居町へ通じ、中村座の楽屋へ行けるようになっている。正面奥は裏の河岸へ出られるが、通路に板材や丸太や張物などが置いてあるために暗くて狭い。仕事場の上手に足付きの細工台。下手前に低い台。壁に刀剣類がならび、小道具の馬の首や仏像などが置いてある。（当時小道具類は長谷川が扱っていた）

上手細工台の上に神棚。柱に「火の用心」の貼札。天井から八間が吊るしてある。下手入口の脇に名入れの小田原提灯が三張。

前場より十日後。そろそろ夕景。

職人の東六が熊吉を相手にして、葛籠《つづら》の中の小道具類をたしかめている。台の所では千松が、刀を抜いて刀身を調べ、鞘に下げ緒を付けている。女中のお米は土間の片付けをしている。

東六　山刀一本、火縄銃に縞の財布、素草鞋に煙管《キセル》が一本。縞の財布だよ、違うだろ、これは。

熊吉　違いますか。

東六　縞の財布に五十両。勘平の台詞ぐらい覚えとけ。

千松　忠臣蔵をやるんですか。

お米　夏はお化けの芝居だって言ってますよ。

東六　いざとなったら忠臣蔵だ。用意だけはしておけって親方から言われているんだ。よし、仕舞っておけ。

熊吉　でもこんな小道具類まで、おれたち道具方がやることはねえと思うんですけど。

東六　いずれは木挽町の蔦米《つたよね》に小道具類は任せるそうだが、ま、生意気言ってねえで片付けろ。

熊吉　へい。

下手より長谷川勘兵衛（大道具師、四十四歳）が現れる。一同は口々に「お帰りなさいまし」「親方、お帰りなさい」と言う。

勘兵衛　戸板はどうした。

東六　戸板？

勘兵衛　隠亡堀の戸板だ。

東六　持って帰りました。
勘兵衛　突っ返されたんだろう。
東六　違いますよ。あんまり訳の判らないことを言うものですから、半次さんが引き揚げちまえと言ったんです。
勘兵衛　どこにいるんだ。
お米　お客様に呼ばれて今奥に。

上手より赤ん坊を抱っこしたお粂が現れる。

お粂　お父つあん、お帰り。
勘兵衛　だれが来ているんだ。
お粂　杉ノ森稲荷の禰宜さん。
勘兵衛　神主がなにしに。
東六　親方、このたびはおめでとうございます。
一同　（口々に）おめでとうございます。
東六　神主さんのお仲人で、半次さんとお粂さんが近く祝言を挙げることになったそうで。
勘兵衛　祝言？
お粂　違うわよ、あんたたちいい加減なことを言わないで。

千松　照れることはないでしょう。

お粂　まだはっきりきまった訳じゃないのに、よしてよ、そんな。いえ、じつはね、禰宜さんにお祓いを頼んだの。

勘兵衛　お祓い？

お粂　近頃変なことが続くものだから、お婆ちゃんは気味が悪いって。

勘兵衛　まだそんなことを言ってるのか。気の迷いだ。

お粂　この子だって二晩続けて夜泣きするのよ。

勘兵衛　気の迷いだ。

お粂　赤ん坊が気の迷いですか。へーっ。

勘兵衛　戸板を持ってこい。

上手より半次が現れる。

半次　どうも気がつきませんで。お帰りなさいまし。

勘兵衛　おれは今楽屋に呼ばれて、音羽屋に散々嫌味を言われたんだ。道具方が役者を怒らせてどうするんだ。

半次　べつに怒らした訳じゃありません。こんな仕掛けには出られないと言うものですから、ああそうですか、結構ですと言ったまでです。なあ東六。

東六　そうです。

千松と熊吉が戸板を運んでくる。

千松　親方。

勘兵衛　幕を外せ。

黒布を取ると、男女の人形の死体が縄で括りつけられている。

勘兵衛　音羽屋はなにをやるんだ。

半次　とりあえず人形を貼りつけておきましたが、菊五郎なら、ま、女でしょうね。

勘兵衛　男の方は。

半次　それはまあ、団十郎はやらないでしょうから、染五郎か川蔵ってとこでしょう。

勘兵衛　南北師匠の図面にはどう書いてあったか判っているのか。女は表、引っくり返して裏には男だ。一緒に並べろとは書いてなかった。

半次　可笑しいですよ、それは。あたしは長吉さんからも一応話は聞いているんです。

お粂　そうよ。長吉はわざわざ砂村まで行ってたしかめてきたのよ。

勘兵衛　仕掛けを作るのはおれたち大道具だが、図面を考えるのは作者の領分だ。勝手なことをするんじゃねえ。

半次　するとなんですか、裏表になった男と女を菊五郎が一人でやるって言うんですか。

勘兵衛　役者ってものはな、客に受けるとなったら良い役は全部一人でやりたがるんだ。まして音羽屋は、天竺徳兵衛韓噺《てんじくとくべえいこくばなし》の昔から怨霊劇の大目玉だ。奴さえ出れば大入り間違いなしと言われる看板役者だ。南北師匠だってそれが判っているから図面を書いたんだ。

半次　図面通りに行けば道具方なんて要りませんよ。そりゃ役者はいい気分でしょう。しかしこんな戸板で二役早替りだなんて出来る訳ないじゃありませんか。

勘兵衛　無理を通すのが役者なんだ。その無理を通してやるのがおれたち道具方の仕事なんだ。おれは木挽町の打合わせがあったからあとは頼んだが、こんなものを楽屋へ運ぶ前に、なぜ一言おれに相談してくれなかった。

半次　親方の前ですが、あたしだって長谷川の小頭を十年もやっているんです。南北先生がどんなに偉い作者でも、役者の顔色窺いながら筆を使っているようじゃ碌な道具帳は出来ませんよ。

勘兵衛　口が過ぎるぞッ。

上手より禰宜の小針某（神主の衣裳。御幣を持つ）が、老母のおとり、女房のお幸と一緒に現れる。

おとり　禰宜さんが来て下さったんだよ。お帰り。

勘兵衛　（頭を下げる）

小針　さきほど、となりの中村座の前を通ったら、櫓の上に真っ赤な振り袖を咥えた女の生首が、これ見よがしに吊るしてあった。狂言の外題はきまったのですか。

勘兵衛　番付のカタリはまだ出来ておりませんが、どうやら東海道四谷怪談にきまるようです。

小針　怪談？

勘兵衛　怨霊劇です。

おとり　禰宜さんがおっしゃるには、やはり奥の台所がいけないいんだって。丑寅の方角で鬼門にあたるから、この際作り直した方がいいって。

お幸　仕事場の奥にも影があるって。ね、そうですよね。

小針　いやいや、そんなふうには申し上げておりません。古いお家なので、とかく魍魎が現れ易いと。

勘兵衛　せっかくお越し頂いたのに申し訳ございませんが、私どもは仕事が仕事ですからあまり細かいことを気にするとなにも出来なくなってしまうのです。お婆ちゃん、勝手なことをしないでくれよ。

おとり　ご祈禱をお願いしたのがいけないって言うのかい。ご近所では、うちのことをなんと言ってるか知ってるのかい。長谷川の化物小屋と言ってるんだよ。

勘兵衛　そんなことはおれの餓鬼の時分から言われている。だがただの一度だって化物の出た験《ため》しはないじゃないか。

おとり　出たのよ。

勘兵衛　またそんな嘘っぱち。
お幸　お米ちゃんがゆうべ見たんだって。
勘兵衛　なにを見た。
おとり　親方の前ではっきり言いな。
お米　……ゆうべ石町の鐘が暮れ六ツを打ったので、いつものように廊下の雨戸を閉めようとしたら、庭の灯籠のうしろに真っ白な浴衣を着た若い女の人が立っていたんです。あたりはもう薄暗くなっていましたから顔はよく判らないんです。気味が悪いので、どなたって声を掛けたら、なにも言わずにすっと消えました。前にも一、二度あったんです。あれは化物ではありません。人間の姿をした亡霊です。
勘兵衛　滅多なことを言うもんじゃないぜ。灯籠のうしろには罌粟《けし》の花が咲いているんだ。おめえは芥子坊主を人間の顔と間違えたんだ。
お米　違います！　あれは人間です。真っ白な顔の真ん中に真っ赤な口がありました。私を見て笑ったんです。（泣き出す）
お幸　世間体ということもありますからね。お前さんも本気になって考えておくれ。
勘兵衛　馬鹿ぬかしやがるな。怪談劇の仕掛けを作っている長谷川の家に、化物が出るなんて噂をされたらそれこそ世間のいい笑いものだ。みっともなくて芝居町を歩けなくならあ。
おとり　じゃ、歩けるようにしたら。
勘兵衛　……

おとり　化物芝居はやめるのよ。

勘兵衛　なんだと。

おとり　私はこの家で生まれてこの家で育った人間だから、大道具の仕事がどんなに大事かということは、お前に言われなくったってよく判っている。でも源蔵さんの芝居だけはやめなさいと何度も言ってる筈だよ。

小針　源蔵さん？

お粂　南北先生です。

おとり　あの人は隣町の乗物町の生まれでね、実家は染物屋だから、みんなは紺屋の源さんと言ってたのよ。子供の頃からませた子でね、私に文を付けたりしたんだから。

小針　付け文ですか。

おとり　相手にもしなかったけどね。ところがお化けの芝居を書くようになってから急に有名になっちゃってさ、芝居町をふんぞり返って歩いてる。大体私はお化けの芝居というのは嫌いなの。お化けを見世物扱いにすれば、いつかはきっと崇りがあるって町の年寄はみんなそう言ってたけど、本を書いた源さんに崇らないで、長谷川に崇るのだからこんな間尺に合わない法はない。

勘兵衛　崇りなんかない。

おとり　それじゃこの春の騒ぎはなんだったんだい。中村座の天井からうちの若い者が落っこったんだよ。千松、お前だろ。

千松　雪籠を直していて、うっかり足を滑らしたんです。

熊吉　私がその真下にいて、千松さんを頭で受けたんです。
おとり　それごらん。今に死人でも出たらどうするんだい。
半次　まあま、ご隠居さんがご心配なさるお気持はよく判ります。あたしも小頭として、充分気をつけますから、あまりお気を遣わないほうがいいですよ。
小針　そうですな。さっきも申しあげたように、朝晩、神棚とお荒神様にはお水とお榊を、お仏壇にはお花を欠かさぬように上げて下さい。なにごとも報本反始の心をお忘れなく。
おとり　有難うございます。

入口よりおせんが駆け込んでくる。

おせん　親方、南北師匠が音羽屋さんの楽屋でお待ちになっています。戸板を持ってすぐに来て下さいって。
勘兵衛　戸板？
おせん　（見て）これ、ひどいですよねえ。音羽屋さんは、下に取っ手を付けたらお化けの羽子板だって言ってました。
半次　羽子板とはなんだ。
おせん　私が言ってるんじゃありません。南北師匠は型紙を作って仕掛けの説明をするとおっしゃっています。

勘兵衛　舞台の方はどうなっている。
おせん　初冠《げんぷく》曽我が終って、二番目の浄瑠璃もあと小半刻で跳ねます。ゆっくりお話が出来ると言ってました。
勘兵衛　長吉は一緒じゃないのか。
おせん　屋台の組立てをやっています。急いでお願いします。（駆け去る）
小針　女の道具方ですか。
おとり　見覚えありませんか。以前うちの大頭をやっていた藤兵衛さんの娘です。
小針　ああ、おせんちゃん。
勘兵衛　絵師になりたいと言うので引きとったのです。
小針　そうでしたか。では私はこれで。
お幸　お粂たちのこともよろしくお願いします。
一同　（口々に礼を言う。小針は去る）
半次　厄介なことを言ってくるじゃありませんか。わざわざ親方が出向くには及びません。あたしが代りに行きます。
勘兵衛　待て。（東六たちに）お前たちは急いで楽屋へ運ぶんだ。半次は残れ。
半次　一緒に行きますよ。
勘兵衛　話があるんだ。（東六たちに）あとからすぐに行くけど、いいか、楽屋へ入るときにはきちんと廊下に手を突いて、音羽屋さんの旦那さんと言うんだ。間違っても菊五郎なんて言うんじゃねえぞ。

東六　へい。（一同は戸板を持って去る。女たちも上手へ去る）

お粂　お父つあん、お茶は。

勘兵衛　要らねえ。

お粂　（去る）

勘兵衛　お前はこの間、お粂と一緒になりたいと言っていたが、今でもその気持に変りはねえか。

半次　へい。

勘兵衛　訳があってうちへ戻ってきちゃいるが、あの通りの出戻りのコブ付きだ。お粂も満更でもなさそうなのでお前が貰ってくれるというのなら、おれに異存はねえ。

半次　本当ですか、親方！

勘兵衛　ただひとつ、お前に聞いておきたいことがある。いや、はっきり言っちまえば、どうにも腑に落ちないことがひとつある。お前はお粂以外にも付き合っている女がいるんじゃねえのか。

半次　えッ、いえ、いません、そんな女はいません。

勘兵衛　隠しちゃいけねえ。石町の鐘撞き堂の娘で、たしかお露さんとか言った。そのお露さんとお前がいい仲だという噂はおれだって耳にしているんだ。いくら子飼いの職人でも、二股掛けてるような男に可愛い娘を娶《めと》らせる訳にはいかねえんだ。

半次　親方、それはひどい。とんだ濡れ衣だ。近所ですから会えば口ぐらいは利きますが、いい仲だなんてとんでもねえ。

勘兵衛　嘘だと言うのか。

半次　噂なんてものは根も葉もねえことですから、腹は立っても聞き流すしかないんです。だが親方にまで疑われたんじゃあたしの立つ瀬はありません。

勘兵衛　話ぐらいは聞いていると思うが、別れた亭主というのは、芝神明の材木屋の倅だった。気っぷもいいし働き者だから、お粂よりも先におれが気に入って、一緒にさせた。

半次　……

勘兵衛　ところが父親が死んだとたんに、がらっと人間が変った。変ったんじゃねえ猫を被ってたんだ。博奕だ。二両三両の手なぐさみのうちはまだしも、負けが込んで身代を賭けるようになった。悪いことに女も出来た。金の無心にくるたびに何度も意見を言った。酒や女道楽は年がたてば止むけれど、博奕だけはそうはいかねえ。だが馬の耳に念仏でな、気がついたときには店は人手に渡って、奴は女と二人で上方へ逃げちまった。おれが勧めた縁組だけに、お粂が不憫でならねえ。

半次　親方、あたしを信じて下さい。きっとお粂さんをしあわせにしてみせます。

勘兵衛　約束できるか。

半次　あたしはね、裂けるものならこの胸を裂いて親方にお見せしたいくらいです。心の底からお粂さんただ一人と思っている人間が、どうしてあんな轆轤っ首と言われている化物娘にちょっかいを出すんです。

勘兵衛　轆轤っ首？

半次　近所ではみんなそう言ってます。

勘兵衛　相手は若い娘だぞ、冗談にもそんなことを口にするもんじゃねえ。あすこの家は時の鐘を打つのが商売だから、朝晩耳元でがんがんやられたら人間の神気は可笑しくなる。そのために轆轤っ首とかのっぺらぼうとかひどいことを言われているが、会えばごく普通の娘さんだ。二度と口にするな。

半次　親方、こうなったらあたしも正直に言います。以前鐘撞き堂の親爺さんから、砂時計を直してくれないかと頼まれて何度か出向いたことがありますが、それが縁でお露さんと口を利くようになりました。口を利くと言っても他愛のない世間ばなしです。それだけのことなんです。親方、もしお粂さんと一緒になれれば、あたしは若親方長吉さんの片腕となって長谷川大道具を盛り立ててみせます。身を粉にして働きます。どうかお粂さんをあたしに下さい。お願いします。

勘兵衛　判った。あとはおれに任しておけ。

半次　有難うございます。

お粂が現れる。

お粂　お父つあん、そろそろ行かないと。

勘兵衛　どうせ長丁場だ。茶漬けぐらい食って行こう。お前は先に行け。（と去る）

半次　へい。

お粂　心配だからそこで聞いてたの。よかったわね。

半次　親方も判ってくれたんですよ。あたしもこれでほっとしました。
お粂　あとでお酒を用意しておくわ。これ、着て頂戴、半纏。
半次　いいですよ。
お粂　長吉とおそろいで作ったの。はい。
半次　悪いね、いつも。（と着せてもらうと黙ってお粂の手を握る）
お粂　駄目よ。
半次　お粂さん、頼みがあるんだ。一両でも二両でもいいから融通してもらえないだろうかね。
お粂　また。
半次　出方の連中に振舞わなきゃならねえんだ。付き合いだからね、ことわれねえんだ。頼むよ。
お粂　半次さん、仲門前の賭場ってなあに。
半次　！
お粂　若い男が何度か訪ねてきたことがあるの。まさか博奕じゃないでしょうね。
半次　おれがそんなところへ出入する訳がないじゃねえか。東六なんだよ。奴はおれの名前を騙って手なぐさみをやっているんだ。いや、無理にとは言わねえ。付き合わなきゃいいんだ。おれが器量を下げればいいんだから。

鐘撞き堂の鐘。暮れ六ツを打つ。

半次　いけねえ。暮れ六ツだ。今の話、親方には内証だよ。（行こうとする）
お粂　待って。たんとは出来ないけど、ちょっと待ってね。（上手へ去る）

鐘が鳴っている。半次は安堵の表情で縁台に腰を下ろす。が、気配に気付いて奥に視線を移す。材木置場の間から髪を島田に結い、なでしこ絵柄の真っ白な浴衣を着たお露が姿を現す。

半次　お露さん。
お露　どうして来てくれなかったの。待っていたのよ。
半次　（上手を気にしつつ）ここへは来ないでくれと言ったじゃないか。
お露　お父つあんが心配しているのよ。
半次　急に用事が出来ちまったんだ。夜にはきっと行くから。
お露　お金のことなら気にしなくてもいいの。お父つあんはね、これから先どうするつもりなのか、あんたの口からじかに聞きたいと言ってるの。
半次　おれの気持に変りはねえ。だが十両も借りちまっているんだから握り拳って訳にはいかねえじゃねえか。
お露　お父つあんが証文なしでお金を貸したのは、私と世帯を持つとあんたが約束してくれたからよ。それなのに今になって急に逃げたりするから。

半次　逃げた訳じゃねえ。こっちにもいろいろ都合があって。

お露　半次さん、私だって子供じゃないんだから、あんたとお粂さんのことは聞いているわ。本当はお婿さんになるつもりなんでしょう。

半次　馬鹿なことを言っちゃいけねえ。

お露　女中のお米さんからも聞いているわ。今ではお二人とも夫婦気取りだって。

半次　冗談じゃねえ。あんたという人がいるのに、どうしておれがあんな出戻りに心を移すんだ。お米の阿媽は法界悋気《ほうかいりんき》で口から出まかせを言っているんだ。ひとつ家に寝起きしちゃいるが、滅多に口を利いたことはねえ。

お露　ゆうべ私、裏の庭木戸のところでお二人を見たわ。抱き合っていたでしょう。

半次　人違いだ。

お露　違うとおっしゃるのならお粂さんに合わせて頂戴。あの人だって私と半次さんのことは知っている筈よ。

半次　ちょ、ちょっと待ってくれ。たしかにゆうべはお粂さんと庭で話をしていた。しかし抱き合っていただなんてとんでもねえ。藪っ蚊がひどくて追っぱらっていただけなんだ。

お露　お粂さん、いらっしゃるんでしょう。

半次　おれの言うことを信用しねえのかッ。

お露　お粂さん！（と叫ぶ）

半次　いい加減にしろ。あの人を呼び出せば話が余計にこじれるだけだ。判ったよ、判った。あんたにこれ以上心配かけちゃいけねえからお父つあんに会いに行こう。
お露　ほんと。
半次　痛くもねえ腹を探られておれだって辛えや。改めてお父つあんに頼んでみるよ。それでいいだろう。
お露　嘘じゃないわね。
半次　一生のことだぜ。信用してくれよ。
お露　嬉しいわ。迎えにきてよかった。
半次　あんまりおれを困らせるなよ。好きなのはお露さん一人なんだ。さ、涙を拭いて。
お露　ごめんなさい。

お露が涙を拭いているあいだに、半次は傍らに束ねられている下げ緒から一本引き抜く。扱く。

お露　なにしているの。
半次　いや。急ぐに越したことはねえ。裏から出よう。

半次はお露と一緒に正面奥から去る。
上手よりお粂が急いで出てくるが、半次がいないので辺りを見回す。そのとき下手より千松が駆け込んでくる。続いて額を割られて顔中血だらけになった長吉が、おせんに抱えられてくる。

千松 親方、おかみさん！　ちょっと来て下さい。

お粂 どうしたの。

千松 長吉さんが松助さんを殴っちゃったんです。

おせん いい加減なことを言わないでよ。先に手を出したのはあちらさんじゃないの。お粂さん、焼酎に手拭。傷口洗います。

上手より勘兵衛とお幸が出てくる。

勘兵衛 松助を殴ったって本当か。

おせん 長吉さんは謝ったんです。芝居の最中、世話木戸がぐらぐら動くのが気に入らないって、跳ねてからいきなり松助さんが木刀で殴ったんです。それでも長吉さんは済みません済みませんって。

勘兵衛 そんなことはどうでもいい。お前は手を出したのか。

長吉 ああやりましたよ。かねがねいけ好かない野郎だと思っていたから、鼻の頭をがーんと一発。

勘兵衛 馬鹿野郎。相手は音羽屋の倅だ。御曹司だ。顔に傷が付いたらどうするんだ。

長吉 おたがいでしょう。

勘兵衛　ふざけるな！（頬を張る）道具方の代りはいるけど、御曹司の代りはいねえんだ。そんなことが判らねえのか。羽織！

お幸　どこへ？

勘兵衛　座元と音羽屋に詫びに行くんだ。こいつは表に出すな。

東六と熊吉が戸板を抱えて戻ってくる。

勘兵衛　どうしたんだ。

東六　また突っ返されました。

勘兵衛　運んだばかりじゃないか。

東六　音羽屋さんは、人形なんかどうでもいいから、お岩さんの衣裳を早く決めろっておっしゃるんです。

勘兵衛　だから、これから相談に。

熊吉　仕事がおそ過ぎると言うんです。

東六　戸板をどうやって裏に返すか、その仕掛けも聞きたいと思っていたのに、こんなことでは話にならない。持って帰れって。

長吉　お父つあん！　嫌がらせだよ、放っときゃいいんだ！

勘兵衛　うるせい。

長吉 やめろ、お父つあん、謝りに行くことはない。悪いのは向うだ。いてて……。
おせん 静かにしなさいよ。

勘兵衛は羽織を引っかけると飛び出して行く。おせんは焼酎の霧を吹きながら長吉の手当をしている。

暗転

(三)

勘兵衛の家。前場の数日後。
だれもいないがらんとした仕事場に、勘兵衛と南北。そして風呂敷包を持ったおせんが現れる。

南北 休みかい、今日は。
勘兵衛 中村座が終りましたので、うちの連中は今、河原崎座の道具調べに行っています。
南北 演し物はなんだっけ。

勘兵衛　団十郎と紫若の五大力です。終るといよいよ中村座の四谷怪談になります。

南北　道具帳だがね、この子に手伝ってもらったので半分がとこ出来た。勘兵衛さんに見せておやり。

おせんは包から南北手書きの装置図を七、八枚出して並べる。

おせん　これは序幕の浅草境内の場と裏田甫の場です。裏田甫は二枚あります。それから藪の内地獄宿と伊右衛門の家と伊藤屋敷の場。えーと、これが十万坪隠亡堀の場で、これも二枚あります。

勘兵衛　骸骨が書いてありますな。

南北　戸板に背負わせてみたらどうかと思ってな。

勘兵衛　どういう風に。

南北　それは道具方の工夫だ。とにかく本を上げないことには残りの道具帳もまとまらない。この子にやいのやいのと言われて頭を抱えとるよ。

おせん　あの、お伺いしてもよいでしょうか。

南北　もう結構だ。

おせん　いいえ、ひとつだけ。四谷怪談というのは、むかし四谷の左門町に住んでいたお先手同心の娘のお岩という娘を主人公にして書くのだと、この前も師匠はおっしゃっていました。それはそれでいいのですけれど、お岩の事件にどうして忠臣蔵が出てくるのですか。そんなものを出さなくても、そんなものなんて言っちゃいけないのでしょうけれど、でもお岩の事件だけに絞った方がお客には面白くて判り易いんじゃないでしょうか。

南北　道具方も変ったな。（と笑う）

勘兵衛　済みません。余計な口出しをするな。

南北　芝居という奴は、前評判がどんなに良くても幕を開けてみねえことには判らねえ。南北の怪談劇は面白いと世間様は囃し立てて下すっても、そんなものを真に受けていたら、いつ地獄へ落されるか判ったもんじゃねえ。そういうものなんだ、芝居の世界っていうのは。四谷怪談は自信もあるし客に受けるとは思うが興行の世界は判らねえ。そこで、ま、だれもが知っている忠臣蔵の話をないまぜにして、判り易く仕組んだって訳だ。いずれみんなに配るカタリにもそんなふうに書くつもりだ。これでいいか。

おせん　生意気なことを言って済みませんでした。

南北　お父つあんの藤兵衛さんは無口で職人気質の道具方だったが、娘は違うな。

勘兵衛　済みません、もう口を利くな。

南北　ところで、おれに見てもらいたいものがあると言っていたけど、なんだ。

勘兵衛　道具方として、どうしても師匠にお伺いしたいことがあるんです。お気を悪くなさらないで、ちょっとこれを見て下さい。

勘兵衛はおせんに手伝わせて、大きな紙に墨で描いた深川（小名木川）周辺の手書き図を貼り出す。

勘兵衛　これが大川です。これが新大橋。永代橋。ここに萬年橋があって、小名木川が深川に入って、このあたりが砂村の隠亡堀になります。戸板の死骸はこの辺に流れ着いたと師匠はおっしゃっていました。念のため私も歩いてみましたからよく判りましたが、ただどうにも解せないのは、戸板の死骸が逆流して再び萬年橋近くの猿子橋に流れ着いて、ここで引き上げられたと師匠はおっしゃいました。いや、御本にも、まだ途中までですが、そのように書いてありました。潮の都合で隠亡堀まで流れたのは納得しますが、引き返して、もう一度萬年橋の方に流れ着くというのは、どうにも不思議に思えるんです。

南北　大道具を作る上で、それがなにか差し障りになるのかね。

勘兵衛　なりますとも。戸板の傷み具合、死骸の着物、髪の毛など、水に浸かっている長さによって道具や衣裳は変ります。

おせん　しかもその戸板は、

勘兵衛　お前はいい。

おせん　でも小石川の姿身の川に流したと言うのでしょう。それが大川を突っ切って、どうして萬年橋から小名木川に。

勘兵衛　それは師匠のお考えだ。道具方がとやかく言うことではない。

南北　おれの師匠の桜田治助というお方は、かつて古今の稀者なりと言われたほどの名作者だったが、その師匠がよくこんなことを言っていた。芝居というのは、嘘は書いてもよいけれど、間違ったことは書いてはいけない。嘘は知ってて書くものだが、間違いは無知からくる恥ずべきもの。ということを前置きにして、ま、あとの話を聞いてくれ。

二人 ……

南北 二十年ほど前に、永代橋が落ちて大勢の人が大川で溺れ死んだという事件があった。

勘兵衛 覚えています。八月の暑い盛りでしたよね。深川八幡の祭礼で、霊岸島へ向うお練りが橋の途中に出来た大穴から次々に大川へ落ちて、八百人とも九百人ともいう人が溺れ死んだと聞いています。芝居町でも大騒ぎでした。

南北 橋の板材が腐りかけてたそうだが、前の行列が落ちるのに気の付かないで、あとからどんどん突っ込んで行ったというんだからたまったもんじゃねえ。大川めがけてばらばらと人は落ちた。落ちた人たちは溺れてそのまま流されたが、死体が一番多かったのが萬年橋の辺りだったそうだ。地元の海辺町の人たちが総出になって河岸へ引き上げてくれたが、じつはその中に、当時十三歳になったおれの可愛い姪っ子がいたんだ。知らせを聞いて駆けつけたが、その子は、河岸の草むらに眠るように横たわっていた。透き通るほどの真っ白な顔に、ほんのりと紅い頰紅がなんとも言えず哀れだった。あの辺りは、おれにとっては、そういう苦い思い出のある場所なんだ。

おせん （涙ぐんで）可哀相……。

上手奥にて長吉とお幸の争う声が起り、二人のあとからお粂も出てくる。

長吉　どこへ行こうとおれの勝手だろ。
お幸　今日はおやめ。
長吉　うるせい。
お幸　お待ちったら。まあ先生、気がつきませんで。
勘兵衛　どうしたんだ。
お条　お酒飲みに行くって言うのよ。昼間っから。
勘兵衛　今度のことでは師匠にも仲に入って頂いたんだ。お礼を申し上げろ。
南北　礼なんかいいけど、勘兵衛さんに聞いたら道具方をやめるんだってな。やめてどうするんだ。
お幸　大工になるって言うんです。
南北　大工？
お幸　長谷川のご先祖という人はもともとが宮大工でしたから、おれはその跡を継ぐって。
南北　喧嘩といったっておめえ、松助のおでこに瘤が出来たくらいなもんだろ。騒ぎは収まったんじゃねえのか。
勘兵衛　座元さんは何も言いませんが、周りの役者が、道具方なんかにでけえ面をされたんじゃ示しがつかねえと言いまして。
長吉　だからやめると言ってるんだ。悪いのはいつも裏方で、奴らはふんぞり返って頭を下げたことはねえ。
お条　あんたは我儘なのよ。お調子者なのよ。

お幸　もしやめちまったら跡継ぎはどうするんだい。長谷川の十二代目はだれがやるんだい。
長吉　半次さんがいるじゃねえか。なあ姉さん。
おとり　私は認めないよ。

声があって、上手より現れる。

お条　お婆ちゃん。
おとり　半次だなんてとんでもない。あら源さん。
南北　暫くだな。
おとり　やな人だね。どこの家にだって見せたくない楽屋裏ってものはあるものなのよ。
南北　見たくて見ていた訳じゃねえよ。それにしても達者だね。
おとり　耄碌してたら芝居町では生きちゃいけませんよ。いいかいみんな、職人というのは腕も大事だけれど人間も大事なんだ。口のうまい奴に碌な職人のいたためしはない。
お条　半次さんは腕のあるいい職人よ。
おとり　長吉が跡を継ぎたくないと言うのなら長谷川の暖簾を下ろしちゃえばいいのよ。
お幸　それは言い過ぎですよ。
おとり　こんな揉めごとが起きるのも、もとはと言えば狂言なんだよ。昔はお芝居と言えば、金閣寺にしても道成寺にしても錦絵でも見るように、そりゃ奇麗なものだった。私なんかは道具を見るのが楽しみだった。ところが近頃は、当るからってお化けの芝居ばっかりだ。売れればなにを書いてもいいというのかい、源さん。

南北　おいおい、勘弁してくれよ。（笑う）

勘兵衛　まま、跡継ぎはともかくとして、お前がやめたら歌舞伎はどうなるんだ。中村座、森田座、市村座の江戸三座を、うちの長谷川は代々請け負わして頂いているんだ。座元や役者は大事だが、未だ明けきらない七ツどきから、駕籠で船で、そして歩いて、久しぶりの骨休めに、わざわざ見にきて下さる客のことをお前は考えたことがあるか。道具方の勝手な都合で柝が入らなかったら、舌嚙み切って死んだって間に合わねえんだぞ。

長吉　そんなことを言っているから道具方は馬鹿にされるんだ。

勘兵衛　なに。

長吉　大道具がそんなに大事なら、なぜ向うから謝りにこねえんだ。お父つあんは相手が御曹司だから頭を下げに行ったのか。並の役者なら頬かむりするつもりだったのか。

勘兵衛　こ、この野郎。

長吉　人間のやることだから、たまには失敗《しくじ》ることだってあらあ。だがそのたんびにいちいち舌嚙み切っていたら命はいくつあったって足りやしねえや。大体そんなにご大層な仕事か。見た目は本物そっくりに出来あがっちゃいるけど、種を明かせば、木と紙に泥絵と膠を使った紛い物だ。俄づくりの見世物だ。興行が終れば、たったの四十二日でお払い箱だ。そんな仕事のためにおれは大事な命を棒に振りたかあねえ。どうせ命を賭けるんなら、たとえ九尺二間の小っぽけな家でもいいから、人間様の住む生きた家を造りてえんだ。本物の家を作りてえんだ。
勘兵衛　生意気言うな！（と殴る）
長吉　なにしやがる。
勘兵衛　道具方の苦労がてめえなんかに判るか、出て失せろ、勘当だ！
長吉　頼まれたってこんな家にいるものか、あとで吠え面かくな。おせんちゃん、行こうぜ。
勘兵衛　おせんちゃん？
長吉　向後親《きょうこう》でもなければ子でもねえや。おれたちは勝手に暮して行くからな。行こう。（とおせんの手を握る）
勘兵衛　待て。おめえたちはいつからそんなふうになっちゃったんだ。お幸、おめえは知っていたのか。
お幸　知りませんよ。まあ呆れたもんだね。野良犬だってくっ付くときは、周りの様子を窺うもんだよ。おせんちゃん、よくも私たちを騙してくれたね。長吉をそそのかしたのはお前さんだろ。
おせん　違います。駆け落ちしようと言ったのは長吉さんの方です。
お幸　駆け落ち。
おせん　野良犬だなんて言われたら黙っている訳にはいかないわ。私、道具方をやめるなんてことは一言も言ってません。
長吉　しかしあんたは、おれの立場はよく判る、泣き寝入りすることはないって。
おせん　初めは長吉さんに同情しました。でも今、お話を聞いているうちに、私、悔しくて涙が出てきました。舞台の道具は木と紙と泥絵と膠を使った紛い物だ、俄づくりの見世物だ、そんな仕事のために大事な一生を棒に振りたくない、長吉さんはそう言いました。でも私のお父つあんは、四十年間、大事な一生を道具作りに賭けたんです。名もない職人だけれど芝居が好きだから、顔も手も泥絵で真っ黒に汚しながら本物そっくりの道具を作っていたんです。私はそんな父親を誇りに思っていました。だれにでも出来る仕事ではないから、長吉さんにもう一度考え直してもらいたいんです。生意気なことを言ってごめんなさい。（南北に）師匠、黒船町のお宅に伺って残りの道具帳を見せて頂きます。（去る）

長吉　おせんちゃん。（追おうとする）

お幸　およし！

おとり　いいこと言ってくれるねえ。お前は惚れているのかい。

長吉　大きなお世話だ。

おとり　きっと尻の下に敷かれるね。

長吉　うるせえ。くそ婆あ。（奥へ去る）

南北　女を取るか、てめえの了見を通すか、ここは思案のしどころって奴だ。（笑う）

お米が下手より現れる。

お米　ただ今、おかみさん、職人衆が帰ってきます。

お幸　お婆ちゃん、お昼の仕度は。
おとり　どうせまたすぐに出て行くんだろ、火事弁当《かじべん》にしたよ。
お幸　塩むすびに油揚ですか。
おとり　佃煮と沢庵。源さん、よかったら一緒にどう。
南北　ありがとよ。話が済んだらごちになる。

おとりとお幸は奥へ去るが、お粂はお米と隅で話をしている。

勘兵衛　私に、まだなにか話が。
南北　面倒なことだが、さっき言った骸骨のことだ。
勘兵衛　骸骨？
南北　隠亡堀の場に出してみようと思っているんだ。
勘兵衛　どういうふうに。
南北　だからそいつは工夫だ。戸板を引っくり返したときに、骸骨がべったり貼り付いているという趣向だ。
勘兵衛　出来ますかね。
南北　菊五郎からのたっての註文なんだ。お前さんのとこに骸骨はなかったかね。
勘兵衛　ありますよッ。

南北　ある！
勘兵衛　役に立つかどうか判りませんけど、以前うちの藤兵衛さんが作った骸骨があります。
南北　見てえな。どこにある。
勘兵衛　裏の物置です。埃をかぶってますけど、薄気味わるい代物ですよ。
南北　頼む、見せてくれ。

二人は奥へ去る。

お粂　本当に佐平さんだったの。仲門前の男じゃなかったの。
お米　鐘撞き堂の小父さんです。お露ちゃんに会わせてくれって。
お粂　うちに来てる訳がないじゃない。
お米　四、五日前から姿が見えないって。
お粂　表に来ているの。
お米　さっきまでうろうろしていたんですけど、どうやら帰ったみたいです。
お粂　今度来たら私が会うからね、あんたは余計なことを喋るんじゃないよ。

千松と熊吉が帰ってくる。

お粂　あら、お帰り。

千松　お粂さん、えらいこった。音羽屋が来たんです。

お粂　音羽屋？

熊吉　菊五郎ですよ！

お粂　なに寝呆けたことを言っているの。お昼の仕度がしてあるから早く食べちゃいなさい。

千松　本当に来たんですよォ。

半次が東六と現れる。

半次　お粂さん、親方をよんできてくれ。（お米に）おめえは奥へ行っておかみさんたちを呼んでこい。熊、がらくたを片すんだ。

お粂　音羽屋が来たって本当？

半次　横丁曲ったところでばったり会ったんだ。旦那さん、これからどちらへって言ったら、うすっとぼけ、てめえのところへ押しかけるんだ。勘兵衛にそう言っとけ。いや、胆が潰れた。てめえたち、さっさとこの辺を片付けろ。

お粂　なにしに来たの。

東六　仕返しですよ、あのままで済むとは思わなかった。

奥からおとり、お幸が出てくる。

おとり　来る訳ないだろう。馬鹿々々しい。
半次　本当なんです。
お粂　長吉は。
お幸　嫌だってさ。
半次　困った坊やだ。おれが実の兄貴なら首縄付けてでも引きずり出すんだ。
東六　半次さん、来た！

入口より三世尾上菊五郎。当代の人気役者として倨傲《きよごう》なる半面、無邪気な面もあった。四十一歳。弟子の伝七が角樽を提げて従う。

菊五郎　ごめんよ。勘兵衛さんはいるかい。
半次　先程はどうも失礼しました。親方は今呼びに……
菊五郎　やあ、お婆ちゃん、暫くだね。
おとり　このたびは、孫がご無礼をいたしまして。
菊五郎　その話はなし。勘兵衛さんは。

奥から、骨を吊るした天秤棒を担いだ南北と勘兵衛が現れる。

勘兵衛　師匠、ゆらしちゃいけねえ。骨が落ちる。

南北　ゆらしてねえよ。おっ、辰ちゃん。

菊五郎　おめえさんたち、年寄りにあんなことをさせていいのか。

職人達　（駆け寄って手伝う）

菊五郎　これかい、師匠。

南北　これだよ。

菊五郎　うまくばらせるかね。

南北　勘兵衛さんは名人だぜ。

菊五郎　手間食っちゃいけねえ。あっというまにばらばらと崩れる奴だ。

勘兵衛　急ぎますか。

菊五郎　明日の朝ってなどうだ。

勘兵衛　明日の朝。

南北　お前さん、今休みだろ。

菊五郎　明日っから旅に出るんです。親方、無理言って済まねえ。なんとか頼む。

勘兵衛　ようがす。夜明かしでやってみましょう。ところで音羽屋さん、このたびはうちの馬鹿野郎がとんでもねえこと仕出かしましてお詫びの申し上げようもございません。若旦那はその後如何ですか。

菊五郎　お前さんが何度も詫びにくるので、こっちは気が引けて仕様がねえ。どうせ若い者の喧嘩だ、うっちゃっとくがいいや。それより仲直りの印だ。みんなで飲んでくれ。

勘兵衛　済みません。

菊五郎　（伝七から角樽を受け取ると）松助はどうしたんだ。

伝七　行きたくないとおっしゃいまして。

菊五郎　親の心子知らずだ。困ったもんだ。（と笑う）

お幸　（茶を持ってくる）わざわざお越し頂きまして。なにもございませんが。

菊五郎　おかみさんだね。すぐ帰《けえ》るから構わねえでおくんなさい。

おとり　みんな、今のうちにお昼にしな。

勘兵衛　ちょっと待った。音羽屋さんがおみえになったから言う訳じゃねえけど、来月の四谷怪談は前景気も上々だそうだ。とくに今度の狂言では、戸板返しに提灯抜け、髪梳きに化物鼠と仕掛け物が盛沢山で、これが売り物になっている。そのためにも兎の毛で突いたほどの隙も見せちゃならねえ。

菊五郎　おい、口を挟んじゃ悪いけど、売り物は道具じゃねえよ。役者だよ。

勘兵衛　へ、へい。それはよく判っております。ですから役者衆に迷惑をかけないためにも見事な仕掛け物を作らなきゃならねえ。こういうことなんです。

菊五郎　その通りだ。

勘兵衛　そこで今度の中村座の大頭は、半次、おめえがやるんだ。
半次　え、あたしですか。
千松　長吉さんは。
勘兵衛　あいつは下回りだ。いいな、半次。
半次　有難うございます。
勘兵衛　手始めに骨のばらしをやってくれ。
半次　これですか。
勘兵衛　おめえは藤兵衛さんの助をやったんだ。おめえ以外にはいない。音羽屋さん、仕事はこいつに任せますので、よろしく目をかけてやって下さい。
半次　未熟者でございますが、道具師冥利に尽きます。よろしくお願いいたします。
菊五郎　頼むよ。
伝七　旦那、明日のこともありますので、そろそろ。
菊五郎　判ってる。

その間に半次は待っていたお粂に伴われて上手に去る。

南北　旅と言っていたが、どこへ。
菊五郎　静岡、浜松と半月ほど回って、帰ってきたらお岩様に取りかかろうと思っていますが、いいところで師匠にお目にかかれた、伺いたいことがあるんです。

南北　……

菊五郎　正本の書抜きは、昨日半分だけ狂言部屋から届けてもらいました。あっしがお岩、小仏小平、與茂七の三役。成田屋が伊右衛門、高麗屋は直助権兵衛。これでなんとか収まるでしょうが、師匠に伺いたいのは役のことではなくて、ま、なんと言うか、性根のことです。

南北　性根。

菊五郎　世間ではよく化物と幽霊をごっちゃにしていますけど、あっしは違うものだと思っているんです。お岩様は化物じゃねえ、幽霊だと思っているんですが、師匠はどう考えてますか。

南北　厄介なことを言い出したな。

菊五郎　元はと言えば、師匠がお書きになったんだ。

南北　別物だと思うよ。化物というのは、狐狸妖怪の類いでな、どこにでもいる。山の中、川の中、橋の下、家の中の天井裏、台所の竈の中。お化けという名前で人間が作ったものだから、人間と一緒に暮している。あまり怖いものじゃない。だが幽霊は違う。幽霊は全く別の世界からやってくる精霊だ。これは怖い。

二人　……

南北　この世のものではないけれど、この世とあの世とはひとつらがりにつながっているから、人間が死んでも霊は残る。ではどういう形で現れるかというと、死者の思いもあるから、いちがいには言えないけど、たいがいの場合はまっすぐ人をみおろすようにして現れる。それが幽霊だ。

菊五郎　なるほど、勘兵衛さんは。
勘兵衛　先代のおやじからよく言われていたんですが、化物はぱっと出てぱっと引っ込む。だが幽霊は、すーっと出てすーっと消える。仕掛けもそれを心得て作れと言われました。
南北　おもしれえな、お前さんは。
菊五郎　あっしはね、お化けというのは、あまり難しく考えないで心易くやった方がいいと思っているんです。だが幽霊は、なんで手前が死んだのか、なんで殺されたのか、そこのところを念を入れてやらなきゃいけねえと思っているんです。念を入れなきゃ幽霊はただの道具になっちまう。それじゃお岩様は浮かばれねえ。見終った客に亡霊のおそろしさ、因果応報のおそろしさを判ってもらうためには、役者が一心籠めて念を入れなきゃいけねえと思っているんです。
南北　えれえ。
菊五郎　茶化しちゃいけねえ。
南北　えれえからえれえと言っているんだ。お前さんはやっぱり天下の亡霊役者だ。
菊五郎　なんだい、それは。
三人　（笑う）
勘兵衛　いま旅とおっしゃいましたけど、隠亡堀の戸板はどうしましょう。
菊五郎　そうそう、この前わざわざ運んでくれたのに戻して悪かったが、出来たのかい。
勘兵衛　衣裳もいくつか用意しましたし、鬘《づら》も友九郎さんに頼みましたが、一応はお目を通して頂かないと。

菊五郎　勝手を言って済まねえが、頭取部屋にでも運んどいてくれねえか。帰ってきたらすぐに見るから。じゃ、あっしはこれで。
勘兵衛　どうもお構いもしませんで。
南北　おれも一緒に帰ろう。

入口より佐平が無言で入ってくる。

勘兵衛　佐平さんじゃないか。
佐平　ちょっとお尋ねをしたいことがありまして。
勘兵衛　あとじゃ駄目かい。お送りをしなきゃならねえんだ。
菊五郎　勝手に帰るからいいよ。
勘兵衛　済みません、どうも。

菊五郎と南北は去る。

勘兵衛　なんだい、鐘の時料はまとめて払っている筈だぜ。
佐平　そんなことじゃないんです。娘のことなんです。
勘兵衛　お露さん？

佐平　四日前から姿が見えないんです。

勘兵衛　……

佐平　心当りのところはあらかた聞いて回ったのですが、いないんです。親方はご存知ないでしょうか。

勘兵衛　せっかくだが、ここ暫くは、会ったこともなければ見たこともねえ。

佐平　では、半次さんに会わせてもらえないでしょうか。

勘兵衛　半次？

佐平　夕方半次さんに会うと言って出て行ったんです。いえ、会ったのかどうか、それだけでも聞かせてもらえればと思いまして。

上手より昼を済ませた半次や職人たちが談笑しながら出てくる。お粂も付いて出てくる。

東六　大頭だからね、後光が射すよ。

半次　お土砂かけるな、馬鹿。はははは。

佐平　半次さん！

半次　よう、父つあん。なんだ、今時分。

勘兵衛　お露さんがいなくなったそうだ。

半次　へえ、そいつは初耳だ。

佐平　四日前に、お前さんはお露に会っているだろう。知らないとは言わせねえぞ。

半次　藪から棒に、なんだその言い草は。会ったこともねえや。

佐平　嘘だ。お前を連れてくると言って出て行ったんだ。いいか半次、お前が正直に言ってくれれば、祝言の話は取り消したっていい。借金も忘れよう。その代わりお露をどこへ連れて行ったのか、それだけは包み隠さず言ってくれ。一生の頼みだ。

半次　知らねえったら知らねえよ。

佐平　せめて生きているのか死んだのか。

半次　ふざけんな、この爺い！　そこまで言われたんじゃ黙っている訳にはいかねえ。おい東六、おめえはお露さんを見たか。おれが会っていたと言うが、おめえは見たか。

東六　見ませんよ。

半次　熊吉。

熊吉　知りません。

お粂　うちには来なかったわよ。

半次　判ったか、父つあん。お露さんはここへは来なかった。おれは会ってねえんだ。

千松　四日前でしょう。

半次　なに。

千松　長吉さんが喧嘩をした晩ですよ。あの日、みんな中村座の楽屋へ駆けつけたのに、半次さんだけ一刻ちかくも遅れてやってきました。
半次　だからなんだって言うんだ。
千松　いえ、あの、可笑しいなと思って。
半次　馬鹿野郎。（と殴る）あとの片付けをしていたんだ。つまらねえことを言うな。
勘兵衛　佐平さん。お前さんが心配なさる気持はよく判るが、半次も今ではおれの片腕だ。長谷川大道具を背負って立つ出世前の人間だ。知らねえと言う以上は、おれはこいつを信用する。お露さんのことに就いてはおれたちも手分けをして四方八方を当ってみるから、気を落さずに待っててておくんなさい。どこかできっと、元気にしていると思いますよ。
佐平　とんだお騒がせをいたしまして、済みませんでした。（去ろうとする）

入口より女房のお里が血相変えて駆け込んでくる。

お里　お前さん、判ったよ！
佐平　みつかったか。
お里　すぐに来ておくれ。足袋屋のおかみさんが教えてくれた。
佐平　どこにいたんだ。場所はどこだ。
お里　大川。
佐平　大川？

お里　水に浸かってたんだって。
佐平　大川のどの辺だ。はっきり言え！
お里　小名木川の入口。萬年橋の下だって。
佐平　萬年橋。
お里　足袋屋のおかみさんが、深川の霊巌寺さんへ朝参りに行った帰りに、萬年橋の袂に人だかりがしているので覗いてみたら、お露が寝かされていたんだって。顔見知りだったからね。おかみさんは船を仕立てて急いで知らせてくれたんだ。
佐平　なんで大川なんだ。水に飛び込んだって言うのか。
お里　そんなこと私が知るもんかい。御役人が出張《でば》ってきたそうだけど、あの子の首に刀の下げ緒が巻き付いてあったって。
佐平　下げ緒？
お里　とにかく急いで萬年橋へ行っとくれ。お露は殺されたんだよ。
佐平　（矢庭に半次に襲いかかる）お前がやったんだ、お前がお露を殺したんだ。来い。おれと一緒に来い！
半次　放しやがれ！（と突き倒す）下げ緒というからには相手は侍だ。証拠もねえのになにが人殺しだ。これ以上人を虚仮にしやがったら父つあんと雖も容赦はしねえぞ。失せやがれ。
佐平　畜生。

佐平はお里に抱えられて去る。

半次　耄碌しやがって、とんだ迷惑だ。親方、お聞きになったように、あたしは疚しいことはなにひとつしてません。それだけはどうか信じて下さい。東六、熊吉、さ、仕事だ仕事だ。みんな行くぜ。

半次は空元気を出して戸口より去る。

職人たちも後に続く。

長吉が少し前に出てきて、勘兵衛やお粂と一緒に半次たちの去った方を見ている。

暗転

(四)

夜更けの仕事場。

入口と中央のあたりに掛行灯。後者は仕事用なので傍らに骸骨が吊るされてある。初め明りは消えて真っ暗。

突然奥で心火（焼酎火）がチラチラ瞬き、やがて明滅しながら近付いてくる。

半次が姿を現す。

半次　待て。熊吉、明りを入れろ。

熊吉は行灯に火を点す。心火の「ばれん」を扱っているのは東六と千松。

半次　何度言ったら判るんだ。心火が弱い。

東六　これで一杯です。

半次　まるで蛍じゃねえか。心火というのは幽霊の先触れだ。客をぞっとさせる仕掛けだ。焼酎をもっと入れろ。

東六　入れてます。

千松　消えちゃうんです。

半次　おめえたちのやり方が悪いんだ。いいか、明日の朝音羽屋がこの骸骨を見にくるが、ついでだから心火も一緒に出して見せようと思っているんだ。おめえたちがへまをやったら笑われるのは大頭のおれなんだぞ。もういっぺん奥から出てこい。ぐずぐずしてねえでもういっぺんやるんだ。

東六　今夜はやめましょうよ。

半次　なに。

東六　焼酎火なら何度もやってますけど、変なんです。

千松　天井から水が垂れるんです。

東六　材木のうしろを風がふいてましてね、ひやーっと冷たい風が頬っぺたを撫でて行くんです。そのたびに心火が消えるんです。

半次　気のせいだよ。

東六　藤兵衛さんがよく言ってました。夜中に仕掛けものをやっていると、幽霊さんが通り過ぎるから、そういうときは切り上げろって。

上手より手燭を持ったお粂がお茶を運んでくる。

お粂　お疲れさま。ひと休みしたら。

半次　お前たちは寝ていいい。

東六　半次さんは。

半次　もう一息だからな。

東六　お先に。

東六たちは挨拶をして去る。

半次　親方は寝たのか。

お条　（頷いて）さっきお父つあんに呼ばれてね、今度のことがはっきりするまでは一緒にする訳にはいかないって。
半次　疑っているのか。
お条　世間体があるから気にしているのよ。
半次　あんたはどうなんだ。
お条　私は半次さんを信じているわ。好きよ。今でもその気持に変りないわ。だって私のことを選んでくれたんですもの。そうでしょう。
半次　迷惑かけて済まねえな。有難う。
お条　今夜はずーっと起きているから、用事があったら言って頂戴。無理しないでね。
半次　お条さん、済まねえが酒を一杯持ってきてくれねえか。冷やでいい。
お条　大丈夫。
半次　酒の勢いで一気に片付けちゃおうと思っているんだ。頼む。

お条は去る。
半次は骸骨に向うと仕事を始める。森閑と静まり返った仕事場は行灯の明りのみがポッと点っている。片腕が外れる。半次は手首を外しにかかる。何度やってもうまく行かない。行灯の明りが鈍くなり、そのうち消えて闇になる。入口の掛行灯も消えている。首を傾げた半次は慌てて傍らの火打箱より火打金と火打石を取り出して点火しようとする。点かない。不意に奥で心火が点る。一つ二つと数を増してくる。半次は漸く事の異常に気付いて火打ちを夢中になって叩く。奥の一点が俄かに赤味を帯び、その輪の中に、なでしこ絵柄の真っ白な浴衣を来たお露が姿を現す。半次目を凝らす。

半次 だれだ。だれだ！　あっお前は。

上手より手燭を持ったお粂が酒を運んでくる。とたんに行灯は点り、心火もお露も消える。

お粂 どうしたの。

半次 行灯の明りが。

お粂 なんともないじゃない。お酒。

半次 （一息に飲む）

お粂 もう臥《やす》んだら。変よ。

半次 ……

お粂 体をこわしたらなにもならないじゃない。そうなさい。

半次 ……あんた、知っているだろ。

お粂 ……

半次　おれのやったこと、知っているだろう。
お粂　半次さんはなにもしてないわ。それでいいじゃない。
半次　おれと一緒に逃げてくれないか。そこの行徳河岸から夜船が出る、行徳にはおれの爺さんがいるんだ。
お粂　子供を置いて出て行く訳にはいかないわ。大丈夫よ。ここにいるかぎり、私があんたを守ってあげる。心配することはないわ。
半次　お粂さん、おれはね、おれは、
お粂　言わないで、なにも言わないで。（抱き締めて）あんた独りにはしないから。

上手奥で赤ん坊の泣く声。

お粂　おっぱいを上げてくるから軽はずみなことをしないでね。すぐ戻るから、いいわね。（と去る）

半次は虚脱した表情でお粂の去った方を見ていたが、やがて仕事を切り上げるつもりで立ち上がる。入口の行灯に近付き、消そうとして天井から落ちてくる水音に気がつく。怪訝な面持ちで頭や首を手拭いでふく。振り向いて中央の行灯に正対したとき、骸骨のうしろから髪ふり乱したお露の亡霊が姿を現す。首に下げ緒が巻き付いている。半次は

恐怖で叫び声をあげる。雨音激しくなる。

半次　失せろ。失せやがれ、失せろ！

半次は小道具の刀を引き抜くと滅茶々々に振り回す。亡霊は奥へ奥へと移る。半次は半狂乱になって追う。突然板材がどさどさと倒れる。そのとき入口の戸を叩く音、次第に激しくなる。

声　開けろ。北町奉行所である。長谷川方雇人半次、御用である。開けろ！

雨音消え、最前の仕事場になる。奥から勘兵衛がお幸や長吉、東六と一緒に出てくる。茫然としている半次。

声　あけないと蹴破るぞ。御用である。

勘兵衛　只今、只今開けます。少々お待ち下さい。半次、男らしく覚悟をきめろ。おれも一緒に付いて行ってやるから神妙にお裁きをうけろ。長吉、戸を開けろ。

長吉は急いで下手に駆け寄る。半次はその隙に奥へ逃げようとする。

勘兵衛　半次、どこへ行く！

東六や千松たちが追いかけて捕まえようとするのを刀で叩く。

半次　邪魔するな。こうなったら手前たちも容赦はしねえ。ぶっ殺してやる。

声　なにをしている、開けないか！

上手よりお粂が走り出てくる。

お粂　半次さん、連れて行って！

勘兵衛　お粂、やめろ。

長吉　（矢庭にお粂に抱きつく）いけねえ、姉さん、行っちゃいけねえ。

お粂　お放し、お前なんかに私の気持は判らないよ。お放しったら。

長吉　いけねえ、いけねえ、奴は人殺しだ。

半次は足を止め、一瞬、お粂を見る。

半次　世話になったね。あばよ。（と去る）

長吉は泣き崩れるお粂をしっかり抱き抱えている。不意に表で呼び子の笛。

勘兵衛　出るな、みんな外へ出るんじゃない。動くな。

奥から団扇太鼓を手にしたおとりが出てくる。

おとり　だれか来ておくれ、仏壇が燃えているんだよ。
勘兵衛　なんだって。
おとり　鼠が蠟燭を倒したの。仏壇が燃えちゃうよ。
勘兵衛　お幸！
お幸　（おとりと一緒に奥へ駆け去る）
勘兵衛　みんな、動くな。

表で呼び子鋭く。
勘兵衛は無言で立っている。

幕

第二幕

(一)

文政八年(一八二五)七月二十二日。

中村座舞台。

中央に「蛇山庵室《へびやまあんじつ》」の場の一部を切り取った庭塀。程よきところに大きな盆提灯が吊るしてある。いわゆる提灯抜けの仕掛けである。塀の下手には墓石と立木、そして植込み。提灯の下の塀は観音開きになっている。午後。

塀の前の舞台に長吉を中心にして、東六、千松、熊吉を初めとして数名の職人が正座している。

上手よりおせんが現れる。

おせん　おみえになります。

一同畏まっているところへ南北が出てくる。

南北　（道具を見て）提灯抜けだな。

長吉　上手に蛇山庵室の障子屋体が付きますが、今日はとりあえず盆提灯だけで。

南北　出来るのか。

長吉　段取りはついています。師匠に見てもらいたいんです。

南北　初日までにあと五日しかねえんだよ。勘兵衛さんがいないのに、どうやって仕掛けを作るんだ。

長吉　細かいことはおやじから聞いてきました。

南北　仕掛けは長谷川の秘伝物だろ。本人抜きにして出来ますと言ってもだれが信用するものか。

東六　親方のお咎めも、今日明日には解けると言われておりますので。

南北　お上はそんなに甘くねえよ。とくに芝居者にはきびしいんだ。ふつうならお叱りくらいで済むところを過料だけでは済まなかったんだろ。いくら持って行かれた。

長吉　過料五貫文に、戸締め十五日です。

千松　人を殺したのは半次さんで、その半次さんも捕まって死罪になりました。すべてはそこで、終った筈なのに親方は、取締り不行届きとかでお咎めを食らったんです。ひでえもんです。

長吉　銭の方はともかくとして、困ったのは戸締めって奴です。仕事場の出入口を、ばたばた十文字に板をぶっけられたもんだから、おやじは一歩も外へ出られないんです。

南北　とんだ災難と言いたいところだが、本当の災難は芝居の方だ。道具方が手を上げちまったら四谷怪談はおしまいだ。言っておくが、この芝居は仕掛けで持っているんだ。仕掛けが命だ。座元さんも頭取もそれが判っているから二、三日前から寄り集まって相談していたが、ここへきて、どうやら腹を括ったらしい。

長吉　とおっしゃいますと。

南北　ほかの道具師を使うんだ。

長吉　だれですか。

東六　木挽町の蔦米じゃないんですか。

南北　おれの口から言う訳にはいかねえが、音羽屋と相談した上で決めるらしい。

長吉　困ります。そいつは困ります。

千松　仕掛けはおれたちがやります。

南北　提灯抜けだけじゃない。壁抜けもあるし、戸板返しだってある。

長吉　仕掛けを抜きにしたら長谷川は潰れます。

南北　長年の付き合いだから、おれも長谷川にやってもらいたいと思っている。だが情の通る世界じゃない。てめえの本が生きるか死ぬかとなったら、冷たいことを言うようだが情は殺さなきゃならねえ。

長吉　師匠。

南北　客のことも考えなきゃいけねえよ。千人詰の中村座が毎日札留めになるらしくて、東西の桟敷は動かす訳にはいかねえから、櫓下の立見をひろげようとまで言っている。初日に向って動き出している四谷怪談という船を、もうだれの力でも止めることは出来ねえんだ。

おせん　あの、音羽屋さんはなんとおっしゃっているんですか。

南北　あの男はゆうべ旅から帰ってきたそうだ。旅先には頭取から、こと細かにこちらの様子を知らせたそうだが、いくら義理堅い菊五郎でも仕事となれば話はべつだ。ま、そういうことだから。

（立去る）

長吉　師匠、せめて見るだけでも。

南北　ここまできたら、おれの一存ではどうにもならねえ。

長吉　駄目だと言われたら諦めます。もしこのまま仕事を取り上げられたらおやじが可哀相です。お願いします。

南北　おめえは大工になるんだろう。

長吉　長谷川を継ぎます。大道具をやります。

おせん　お願いします。

一同　お願いします。

南北　見るだけだよ。

長吉　有難うございます。（一同に）それじゃさっき言った段取りで始めるからね、熊さんは箸箱を出してくれ。千さんは切り出しをたしかめたあと裏へ回って後見。東六さんはツケ打ちやって。

東六　やっぱりやるの。

長吉　形だけでいいよ、パタパタパタ！　きっかけは出す。

上手より台車に載せた箸箱を押して熊吉と職人が出てくる。

長吉　師匠に見てもらうので箸箱は舞台に出したけど、本番のときは塀のうしろでやるんだから、なるべく音を立てないように。おせんちゃんは、今日はお岩さんの役だから、そのまま箸箱に横になってくれ。狭いけど我慢してね。いいか、みんな。提灯抜けは、お岩さんがこの提灯からぬーっと顔を出す仕掛けだ。提灯のうしろには首穴が切ってあるから、熊さんたちは台車ごと箸箱を押して塀の裏へ回る。回したら首穴のところにぴたりと着ける。本番では提灯に火が点いて、ぱっと燃え上がるのをきっかけにしてお岩さんが出てくるんだが、今日は火なしだ。その代りきっかけは、うすどろどろに一つ鉦だ。どろどろどろ、チーン、これで首を出す。判った。

おせん　はい。

長吉　横に寝ちゃまずいよ。ぬーっと顔を出すんだから、腹這い。そう、それでいい。じゃ、始めるよ。

南北　口を挟んじゃ悪いが、提灯が小さ過ぎねえか。

長吉　これですか。

南北　音羽屋が出てくるんだから、もっと大きな盆提灯じゃなきゃ無理だろう。見場も悪いや。

長吉　お言葉ですが、これはおやじの秘伝物です。大きい提灯はだれでも考えますが、小さい物から出てくるから客は驚きます。喜びます。それが本当の仕掛けだとおやじは言っておりました。

南北　（笑って）違えねえ。

台車はその間に塀の裏へ回る。

長吉　みんな、いいね。箸箱大丈夫か。返事くれ、返事！

熊吉　（声）大丈夫です。

長吉　ツケのあとで、おれが伊右衛門の台詞をちょっと言うからね。それがきっかけだ、いいか。

一同　（返事をする）

長吉　ツケ！

東六がツケを打つ。

長吉　（書抜けを見ながら）戒名つけても俗名も、やはりお岩と印置《しるしおき》、世上の人の回向など。

南北　ちょっと、その台詞は成田屋だよ。

長吉　そうです。

南北　聞かせ台詞だぜ。団十郎の声色でやってくれなきゃ気分は出ねえや。

長吉　どういうふうに。

南北　（声色で）戒名つけても俗名も、やはりお岩と印置き。あとなんだっけ。

長吉　ご自分がお書きになったんでしょう。

南北　忘れた。ま、続けて。

長吉　えーと、産後に死んだ女房子の、せめて未来を。いいかい、どろどろどろ、チーン、はい、提灯に火が点いた。燃える燃える、提灯が燃える。そこで首！　首はどうした。

提灯の下の観音開きがあいて、おせんが顔を出す。

長吉　そこ違うだろ。

おせん　違いますよね。

長吉　提灯は上だぜ。

おせん　（後見たちに）だから違うって言ったでしょう。元へ戻して下さい。

下手より猫が走り出ておせんに飛びかかる。

おせん　きゃーっ。

続いて巨大なる鼠が追って出て猫に襲いかかる。おせんは再び悲鳴を挙げる。

この間、パタパタパタパタと、ツケの乱打。

長吉　なんだ今のは。

千松　猫を食う鼠です。

長吉　場面が違うだろ。

おせん　戻して。戻して。

長吉　箸箱を戻せ。

戻そうとしたとき塀が倒れて裏側が丸見えになる。おせんはまた悲鳴。

勘兵衛　馬鹿野郎、おせんちゃんが怪我するぞ。

一同が驚いて見ると、坊主頭になった勘兵衛が塀を直そうとしている。

長吉　お父つあん。

勘兵衛　道具を直せ。おせんちゃん、大丈夫か。塀を起したら支木をしっかり打て。立木や墓石は元へ戻せ。提灯は大丈夫か。

東六　大丈夫です。

勘兵衛　こんな不様を客に見せられるか。気を付けろ。
長吉　済みません。
勘兵衛　師匠、このたびはご迷惑をおかけいたしまして申し訳ございませんでした。
南北　面白い頭をしているな。
勘兵衛　こんなことで許して頂けるとは思いませんが、おかげさまでお咎めが解けました。
南北　そりゃよかった。
勘兵衛　仕掛けが気になって毎日やきもきしていたんですが、戸締めが解けてすっ飛んできたら、うちの馬鹿どもが道具を始めたって聞いたもんですから。
南北　いいところへ来てくれた。しかし本当に解けたのか。
勘兵衛　音羽屋が口をきいてくれたそうです。
南北　楽屋へ入っているのか。
勘兵衛　頭取さんが今朝お宅へ伺ったんだそうです。いよいよとなったら、ほかの道具師にやらせると言ったら、音羽屋は、道具は長谷川に決めたんだから変えないでくれと、言ってくれたそうです。その代り初日の挨拶には出るからって。
南北　挨拶？
勘兵衛　ご存知のように、芝居の初日には、八丁堀のお役人方が、お役桟敷と言われる二階正面の東桟敷の二枡にお入りになります。それはまあ、毎度のことですからみんな承知しておりますが、困っているのは、芝居が跳ねたあとで主だった役者衆が幕の外に出て、舞台に正座をして旦那方にご挨拶申し上げなきゃならねえことです。音羽屋も成田屋も厭がって、いつも頭取と揉めているんです。

南北　みじめな姿だ。熊谷陣屋の直実も、義経千本桜の碇知盛も、あの扮装のままでお役桟敷に向って平身低頭しなければならねえ。役人どもはふんぞり返って連れてきた芸者に酌をさせていたが、見ているおれたちまでが辛かった。

勘兵衛　音羽屋は頭取さんに言ったそうです。初日の舞台には、おれ独りでも幕外に出て挨拶をするから、その代り長谷川の戸締めを今日かぎりで勘弁してやってもらえねえか。そうお役人に頼んでみてはもらえねえか……そう言って頭取さんに頭を下げたそうです。（泣き出して）それを聞いて、ああ有難え、そこまでおれのことを考えてくれたのか、道具師冥利に尽きると……

南北　我儘で鼻持ちならねえところもあるんだが、根はやさしいんだ。

勘兵衛　ご心配をおかけしましたが、これでどうやら目鼻がつきました。きっといい仕掛け作ってごらんに入れます。

南北　安心したよ。みんな頼んだぜ。

長吉　有難うございました。

一同　（口々に礼を言う）

南北は去る。

勘兵衛　みんな、迷惑かけて済まなかった。
一同　……
勘兵衛　今も聞いた通り、音羽屋は花も実もある日本一の役者だ。おれは音羽屋の恩義に報いるためにも、命をかけて良い道具を作ろうと思っている。提灯抜けや壁抜けはともかく、仕掛けで一番の難物は戸板返しだ。これは役者の意見も聞かなきゃならねえが、八分通り出来上がっているから初日までには充分間に合う。そこで今日は提灯抜けを当ってみるけど、その前に段取りの間違いがある。箸箱の位置だよ。
熊吉　済みません。首穴に着けます。
勘兵衛　当りめえだ。提灯から出るから提灯抜けだ。ただそのときお岩さんは体ごとそっくり出てこなきゃいけねえ。そのための観音開きなんだ。おせんちゃん、格好だけでいいからちょっとやってみてくれ。
おせん　どういうふうに。
勘兵衛　こうだよ。こう。（と泳ぐような格好をする）
おせん　こうですか。
勘兵衛　もっと前へつんのめって。
おせん　こう。
勘兵衛　だれか撞木を持ってこい。撞木。
千松　（撞木を持ってくる）

勘兵衛　それで体を支える。杖代りだ。
おせん　持って出るんですか。
勘兵衛　床下から出てくるんだ。
東六　音羽屋がやりますかね。
勘兵衛　やってもらうんだ。つまり提灯から顔を出すと同時に観音開きから体も出てくる。が、そのままでは前に落ちるから撞木が出てきて体を支える。植込もあるし明かりも落してあるから、撞木は見えない。それが提灯抜けの秘伝だ。ま、口で言っても判らないと思うから、とにかくやってみよう。

上手より大星力弥の扮装をした白塗りの尾上松助が現れる。

松助　いいかしら。
勘兵衛　おや、若旦那。
松助　お仕事中ごめんなさい。お父つあんが呼んでいるのよ。
勘兵衛　音羽屋さん、楽屋へお入りになったんですか。
松助　親方にどうしても聞きたいことがあると言って。
勘兵衛　それはそれは、私もご挨拶に伺わなければと思っていたんですが、若旦那はお稽古ですか。
松助　舞台を見にきたんです。どんな道具が飾られているか、役者なら当然でしょう。

勘兵衛　ごもっともさまで。しかしその扮装《こしらえ》は大星力弥では。
松助　そうよ。
勘兵衛　四谷怪談に力弥は出ましたか。
長吉　出ねえよ。
勘兵衛　若旦那のお役は、たしか序幕にお出になる奥田庄三郎だと思いましたが。
松助　あんな役やれますか。お薦《こも》さんよ。乞食よ。顔を真っ黒にして出てきて、それで消えちゃうのよ。
勘兵衛　ご本にはそう書いてあるのでしょう。
松助　だから大詰めのときだけでも力弥で出たいと思っているの。お客だって承知しないわよ。
勘兵衛　ま、ごらんになるのは結構ですが、お顔もお衣裳も埃をかぶるかもしれませんよ。
長吉　天井からとんかちが落ちてきたって泣きごと言うな。
勘兵衛　そんなことは言うもんじゃない。
松助　（長吉に）あんたは餓鬼ね。ゆくゆくは私の仕掛けを作ってもらおうかと思っていたけど、そんな了見じゃ駄目ね。（と去る）
勘兵衛　済みません。（一同に）すぐ戻ってくるから、みんなは溜まりへ行って一服しててくれ。（と去る）

長吉とおせんを残して一同は去る。

長吉　野郎、なんであんな格好して出てきたんだ。
おせん　見せにきたのよ。
長吉　だれに。
おせん　長吉さんよ。
長吉　どうして。
おせん　判らない。好きだからよ。
長吉　冗談じゃねえ、おれのことを餓鬼ってぬかしやがった。
おせん　でも長吉さんを見る目が、なんとなくねとーっとしていた。
長吉　おお気持悪い。
おせん　（笑う）……松助さんはともかくとして本当は私も長吉さんを見直した。
長吉　……
おせん　黒船町の師匠の前で、長谷川の跡を継ぐと言ったでしょう。大道具をやると言ったでしょう。
　本気よね。
長吉　本気だ。
おせん　この前、宮大工になりたいと言ったとき、私は父親のことを思い出して反対したけれど、あとになって、なんて浅墓なことを言ってしまったんだろうと、私、後悔したの。
長吉　……

おせん　普通の職人なら途中で辞めることも出来るけれど、長吉さんは立場が立場だけにそういう訳にはいかないわ。一生、裏方を通さなければならないんですものね、いくら立派な仕事でも、人さまにはなかなか認めてもらえない。そんな心の中の苦しさにまで、私は考えが及ばなかった。済まなかったと思っているわ。

長吉　おやじが戸締めになっていたとき、一晩二人きりで話し合ったことがあった。道具師というのはどんなにいい仕事をしても手柄はみんな役者に持っていかれてしまう。気持の中ではそういうものだと思いながらも、やっぱり悔しい。とくに良い道具が出来たときには、柱の根元でもいい、戸障子の裏側でもいい、いや、立木の隅っ子でもいいから、てめえの名前を刻んで残しておきたいと思った。若いとき、本当にそういうことをしたらしい。

おせん　……

長吉　ところが、死んだ先代の爺さんからこっぴどく叱られたらしい。職人というのは名前なんかどうでもいい、生涯名なしの権兵衛でいい、舞台に飾られた道具がてめえの名前なんだから。名前を残そうだなんて卑しい了見を起すな。職人とはそういうものだ。おやじは、そんな話をしながら泣いていた。おれが跡を継ごうと思ったのはそのときだ。

おせん　（涙ぐんでいる）……でも、親方もおかみさんも嬉しかったでしょうね。私も嬉しい。

長吉　ところで、おれのことはどうでもいいが、おせんちゃん、辞めるって本当か。

おせん　……

長吉　おやじから聞いたんだ。どうして辞めるんだ。

おせん　内弟子のおゆるしが出たの。
長吉　だれの。
おせん　鳥居清満先生。
長吉　鳥居っていうと、小屋の看板絵や番付絵を描いている絵描きか。
おせん　もともとは美人画をお描きになっていたし、お若いときは清長さんにも習っていたから絵柄が細やかで、色使いが美しいの、私もいずれは看板絵を描かせて頂こうと思っているから、この上ないお師匠さんだと思っているわ。
長吉　随分勝手なことを言うじゃないか。おれには長谷川を継げと言っておきながら、自分はさっさと辞めてしまうなんて。
おせん　むりなのよ。大道具はやはり男の仕事だわ。それに暮しのこともあるし。
長吉　だからこのまま長谷川にいれば。
おせん　厭よ、おなさけで置いてもらうなんて。
長吉　そんなことは言ってない。おれの仕事を手伝ってくれと。
おせん　私は小さいときから芝居の世界で働きたいと思っていたわ。でも仕事がないのよ。中村座には今でも百人以上の人が働いているけど、狂言部屋にしてもお囃子方や札売りにしても、みんな男の人よ。女の人もいることはいるけど、株を持っているの。だからこの世界で生きようと思ったら手に職を持たないと駄目だ。そう思って好きな絵で身を立てようと考えたの。いずれはおっ母さんや弟の面倒をみなければならないから、今が辛抱のしどきだと自分に言い聞かせているの。

長吉　本当に辞めちゃうの。

おせん　なによ、そんな顔をして。内弟子と言ったって、たまには帰ってくるわよ。会えるじゃない。

長吉　おれ、おせんちゃんが好きなんだ。惚れているんだ。

おせん　私だって、長吉さんは好きよ。

長吉　おれのかみさんになってくれねえかなァ頼むよ。

おせん　長吉さんはお粂さんのことを考えたことがある。

長吉　……

おせん　半次さんはいけない人だったけど、いけない人を好きになったお粂さんを責めることは出来ないわ。私も女だからよく判る。毎日、どんな思いで暮しているか、針の筵に坐らせられたような気分でおうちの中にいらっしゃるんでしょう。せつないだろうと思うわ。長吉さんの気持は嬉しいけど、今の私はそういう気にはなれないの。

長吉　……

おせん　長い間じゃないわ。私が絵師の修業をしている間には、お粂さんの気持も落着いてくるでしょう。それからでもいいじゃない。

長吉　逃げないよな。

おせん　逃げませんよ。馬鹿みたい。（笑う）

上手より千松と東六が戸板を抱えて出てくる。戸板の上部に丸い穴が開いている。

長吉　どうしたの。
東六　引き上げです。
千松　見て下さいこれ。穴を開けやがったんです。
おせん　だれが。
千松　音羽屋にきまっているでしょう。いくら気に入らないからといっても道具に当ることはないんです。馬鹿にするにも程がありますよ！

勘兵衛が憤懣やる方ない表情で現れる。
そのうしろから熊吉が衣裳を山と抱えて付いてくる。

勘兵衛　道具をばらせ、稽古はやめだ。
長吉　お父つあん。
勘兵衛　あんな馬鹿野郎だとは思わなかった。この戸板、行ったり来たり、これで三度目だ。みんな帰るぞ。
長吉　音羽屋さんになにか言われたの。
勘兵衛　あんな奴は音羽屋で沢山だ。いくら説明しても、これじゃ出来ねえ、気に入らねえって、もう二度とあんな大根役者の仕掛けはやらねえ。

長吉　お父つあんは、花も実もある日本一の役者だって。
勘兵衛　そんなことは言わねえ。
長吉　音羽屋のためには命をかけるって。
勘兵衛　道具師にも一分の魂があるんだ。みんな、帰るぞ！
長吉　そいつはまずいよ。四谷怪談はどうなるんだ。日本の歌舞伎はどうなるの。お父つあん。

長吉は、去る勘兵衛を追って行く。
一人残っているおせんも追いかける。
庭塀が崩れ落ちる。

暗転

(二)

中村座の舞台。
夕暮れの迫った舞台にはだれもいない。
前場の道具も片付けられていて、ない。

南北と菊五郎が現れる。
楽屋の方から三味線や鼓の音が聞こえてくる。

菊五郎　壁抜けや提灯抜けは長谷川の言う通りにやります。ま、提灯抜けの仕掛けは十年ほど前に、たしか河原崎座で使ったことがあります。

南北　『甦紅葉汗顔見勢《はじもみじあせのかおみせ》』だったな、あれは奴の仕掛けだった。

菊五郎　よく出来てました。流石に長谷川だと思いました。ですが今度の戸板返しは初めての仕掛けです。小屋では狂言番付の中にわざわざ絵を描いて刷り込むとまで言っているんです。四谷怪談の売り物が戸板返しなんだ。あの大馬鹿野郎にはそれが判らないんです。

南北　判っているから、却って依怙地になっているんじゃないのか。

菊五郎　師匠は奴の肩を持つの。

南北　そんなことを言っているんじゃない。長谷川だって、道具師としての意地もあれば名聞もある。

菊五郎　では、役者としてのおれの名聞はどうなるんです。世間の人間はたかが戸板一枚と思うかもしれねえけど、そのたった一枚の戸板が、菊五郎という役者を生かしもすれば殺しもするんだ。おれはなにも自分の案を無理強いするつもりはありませんよ。もともとは師匠のお考えになったことだけど、面白えと思ったからおれは飛びついたんだ。ところが奴は出来ねえと言って帰っちまった。

南北　もう少し長谷川と話をすればよかったと後悔している。

菊五郎　話し合ったって無駄です。

南北　いやいや、今度の芝居は型破りの組み方で、初日は三幕目の隠亡堀の場で終って、二日目はその隠亡堀から始まって、大詰の蛇山庵室の場まで行くことになっている。つまり隠亡堀が四谷怪談では要の場になっている。小屋主からの注文とはいえ、出る役者も大変なら道具方だって気を使う。長谷川はあの通り生真面目の人間だから、従来のようながっちりした戸板を作っちまったんだと思う。
菊五郎　直さねえと言ったらどうします。
南北　だから、そこはよく話し合って。
菊五郎　それでもきかねえと言ったらどうします。
南北　おめえさんはどうする。
菊五郎　道具師を替えます。
南北　そいつはちょっと待ちな。
菊五郎　私は待っても、初日は待っちゃくれませんよ。

下手より伝七が入ってくる。

伝七　旦那、行って参りました。
菊五郎　来るってか。
伝七　話があるのなら、そちらから来いって。

菊五郎　なんだと。
南北　（制して）勘兵衛はなにをしていた。
伝七　戸板の前で、腕組みして睨んでました。（と去る）
菊五郎　蔦米に頼みます。（行こうとする）
南北　ちょ、ちょっと待ってくれ。
菊五郎　道具師に呼びつけられるようになったら役者はお仕舞いだ。あっしはなにも事を荒立てようとは思っちゃいませんが、向うがそういう了見ならこっちだって手を打たなきゃならねえ。
南北　判る。よく判る。だが今お前さんは蔦米と言ったな。木挽町の蔦米か。
菊五郎　あすこは小道具屋だけれど、腕の良い職人が揃っているし、仕掛けもうまいという評判だ。楽屋にもちょいちょい顔を出していた。
南北　長谷川に、その蔦米の名前を言ったのか。
菊五郎　言いましたよ。
南北　なんて言った。
菊五郎　おれの案に不服なら、あとは蔦米に頼むって。
南北　そいつはまずい。二階へ上げといて梯子段をとっぱらっちまうようなもんだ。奴はお前さんのために長谷川の暖簾を賭けているんだぜ。
菊五郎　師匠、単簡に聞くけど、師匠は奴の案とおれの案と、どっちを採る。
南北　お前さんだ。

菊五郎　それで話は決まりだ。意見はもう勘弁してくれ。
南北　待ちなったら。

上手よりお条が現れる。

菊五郎　だれだ、お前さんは。
南北　お条さんじゃねえのか。
お条　突然に申し訳ございません。
南北　（菊五郎に）勘兵衛さんの娘さんだ。なにしに来なすった。
お条　お詫びに参りました。このたびは私のことから、小屋の皆様方にご迷惑をおかけ致しまして申し訳ございませんでした。
南北　済んじまったことだ。そのことはもういいやな。
お条　いいえ、私のことだけではなくて、父の勘兵衛が音羽屋さんに大層ご無礼なことを申し上げたそうで、本当に済みませんでした。
菊五郎　……
お条　どうかご機嫌を直して、もう一度勘兵衛と話をして頂けないでしょうか。お願い致します。

お条は深々と頭を下げて去る。

南北　どうする。
菊五郎　親の喧嘩に餓鬼が出てくることはねえ。
南北　出てきちまったんだから、ここはなんとか了見しねえと……。
菊五郎　……行くよ。
南北　行ってくれるかい。それでこそ天下の菊五郎だ。
菊五郎　師匠、あんたは狸だね。
南北　狐だ。
菊五郎　狐。
南北　今住んでいるところは、黒船稲荷の境内だ。

二人笑う。

暗転

(三)

長谷川勘兵衛の家。

仕事場のほぼ中央に土手の役目をする開帳場を用意し、その前に戸板が横に寝かして置いてある。戸板には、のちに人が添い立ち出来るように紐や足留めが付いている。真上には八間と呼ばれる大行灯が吊るしてあるが、明りは点ってない。少し離れた台の上に大風呂敷に包まれた仏壇が置いてあり、丸椅子に仏壇屋の女房お倉が坐って、扇子を使っている。あたりは暗い。

上手よりおとりが出てくる。

おとり お待たせしました。出来ましたか。

お倉 もっと早くにと思ったのですが、昨日も一昨日も戸が閉まっておりましたので。

おとり 噂はお聞きになっていると思いますが、今日やっとお咎めが解けました。早速ですが見せて頂きましょうか。

お倉 どうぞごらん下さい。（と風呂敷を取る）扉と須弥壇を少し手を入れまして、あとはすっかり色を塗り直しました。如何でしょう。

おとり ほう、焼ける前よりは奇麗になりました。よく出来てます。

お倉 よろしゅうございますか。

おとり 新しいお仏壇と買い換えようとも思ったのですが、何代も前から使っているのでこのお仏壇にはご先祖様の霊が宿っておりますからね。

お倉　そうですとも。粗末に扱ったら罰が当ります。
おとり　これでやっと安心しました。お位牌も喜んでくれるでしょう。
お倉　いいご供養になります。では、奥にお運びしましょう。
おとり　それがね、今奥に音羽屋が来ているんです。
お倉　音羽屋というと、あの役者の菊五郎。
おとり　倅に詫びを言いにきたんです。
お倉　なにか揉めごとでも。
おとり　いくら偉い役者でも、倅に臍を曲げられたら舞台には立てませんからね。四谷怪談の幕だって開きません。
お倉　まさか、そんな。
おとり　まさかとはなんです。役者の代りはいくらでもいるけど、道具師の代りはいません。それが判っているからわざわざ挨拶にみえたんです。
お倉　親方はそんなにお偉いんですか。
おとり　倅の機嫌を損ねたら大変なことになっちゃうんです。
お倉　まあ！

上手よりお米が駆けて出てくる。

お米　ご隠居さん、音羽屋さんがお帰りになります。
おとり　もうお帰り？

菊五郎が伝七を従えて現れる。

菊五郎　お婆ちゃん、邪魔をしたね。
おとり　お帰りでございますか。
菊五郎　言いたかねえけど、お前さんの倅はよくよくの馬鹿だね。あんな唐変木はみたことはねえ。
おとり　なにかあの。
菊五郎　頭の出来が悪いのか、育て方が悪いのか、呆れてものが言えねえ。あれほどの大馬鹿野郎だとは思わなかった。

後を追って勘兵衛が出てくる。

勘兵衛　まだ話の途中じゃありませんか。私は直さないとは言ってない。
菊五郎　言ったじゃないか。
勘兵衛　売り言葉に買い言葉で、つい言ってしまったけど、お気に障ったらこの通り謝ります。しかしこの図面だけでは判らないと言っているんです。（と図面をひらひらさせる）図面と現物とは違うんだ。
菊五郎　なにが違う。それは師匠の図面だぜ。
勘兵衛　（振り向いて）おい、八間に灯を入れろ。戸板を立てろ。開帳場に棕櫚《しゅろ》を載せろ。骸骨の用意、早く早く。
菊五郎　話はさんざん聞いた。
勘兵衛　現物を見て下さい、早くしろ。

東六、千松、熊吉の三人はそれぞれ用意をする。八間に灯が点いて、仕事場は明るくなる。上手よりお岩の衣裳を着けた長吉が現れる。

勘兵衛　細かいことは抜きにして段取りだけお話しします。（開帳場に駆け上がり）ここは隠亡堀の土手です。下は川です。お岩さんの死骸は戸板にぴったり貼り付いたまま引き上げられます。（長吉は戸板を背にして立つ）いいですか。後見が下に隠れていて上に上げる。そこで伊右衛門は引き上げて、南無阿弥陀仏、南無阿弥陀仏の台詞があって戸板を沈める。次に浮き上がってきたときには、お岩さんが、ということは音羽屋さんが小仏小平の死骸になって出てきます。お主の難病、薬を下され。と、こうなる訳です。
菊五郎　ちょっと待った。小平への早替りはどこでやるんだ。
勘兵衛　土手の下です。客席からは見えません。

菊五郎　そんなまだるっこいことはやってられねえ。
勘兵衛　慣れれば。
菊五郎　馬鹿言うな。そんな手間ひま掛けるより、おれが言うように穴を開ければいいんだ。
勘兵衛　出来ません。
菊五郎　なにが出来ねえ。おい、もう一枚おれが首穴を開けた戸板があったな。
千松　これです。（と戸板を運ぶ）
菊五郎　（開帳場に駆け上がり）持ってこい。しっかりおさえておけ、いいか勘兵衛さん、何度も言うようだが、お岩さんの衣裳はあらかじめ戸板に貼り付けておく。（長吉に）兄ちゃん、ここへ来て戸板の前に立ってくれ。そうそう、それでいいが、首が邪魔だ。首！
長吉　えっ。
菊五郎　衣裳を見せたいんだから、兄ちゃんは下を向いてろ。顔を上げるな。大事なのはここのところだ。戸板を引き上げたときに、お岩さんになったおれが、この穴から、こういうふうに顔を出す。（台詞）民谷の血筋、伊藤喜兵衛が根葉を枯らしてこの恨み、と。こうなる。すると裏には小平の衣裳が縄付きになっていて、顔を直したおれが小平になって穴から顔を出す。これだけだ。現物々々とお前さんが言うから、おれも現物を見せてやったが、こんな簡単なことがなんで判らない。いいや、これこそが本当の仕掛けというものだ。
勘兵衛　冗談言っちゃいけねえ。あんたの言っていることは手抜きだよ。
菊五郎　手抜き。

勘兵衛　見た目は面白いかもしれないが、首と衣裳は別々でしょう。いくら亡霊でも人三化七《にんさんばけしち》は頂けません。
菊五郎　お岩さんをやるのはおれだぜ。そのおれを摑まえて人三化七はねえだろう。
勘兵衛　衣裳というのは、人間が身に纏って初めて衣裳と言えるんです。古着屋の店先じゃあるまいし、だらりと下がった衣裳が首に付いていたら、笑われるのは音羽屋さん。あんたですよ。
菊五郎　そこを見場よく作るのが道具方の腕じゃねえか。
勘兵衛　みっともないと言っているんですよ。仕掛けというのは道理があるから見る方も納得するんです。いくら芝居でもまやかしはいけません。
菊五郎　おれをまやかしと言うのなら、お前さんのはなんだ。着せ替え人形じゃねえか。
勘兵衛　着せ替え人形。
菊五郎　その辺の横丁で、おかめ団子を囓ってる子守りっ子でも考えるよ。道具師にしては芸がなさ過ぎらあ。
勘兵衛　てめえの芸を棚上げしてよく言えたもんだな。
菊五郎　なに。
勘兵衛　お岩さんは亡霊だが生き物だよ。手間が掛からないからと言っても、首だけでどうやって芝居をするんです。あんたは以前、幽霊をやるときには念を入れると言った。顔だけの芝居でどうやって念を入れるんです。
菊五郎　へっぽこ道具師から役の講釈なんか聞きたくねえ。いいか勘兵衛さん、道具師というのは、役者が機嫌よく芝居が出来るように、役者第一に道具を作るのがお前さんたちの仕事なんだ。客は道具を見にくるんじゃねえ。役者を見にくるんだ。

勘兵衛　そんなことは判ってます。でも貶《けな》されるのは、いつも道具方なんだ。役者衆の言われた通り作っても、鉄砲玉はこっちへ飛んでくるんだ。

菊五郎　思い上がっちゃいけねえよ。芝居の出来が悪かったら叩かれるのは役者の方なんだ。客は道具なんか気にしてねえ。

勘兵衛　音羽屋さん、あんたがそこまで言うのなら、私も言わせてもらうが、道具というのはあとあとまで残るんだ。役者の芸はその場その場で消えてしまうけど。

菊五郎　なに。

勘兵衛　消えてしまうけど、道具はあとまで残るんだ。四谷怪談が十年さき二十年さき、いや、もっと先までやるか判らないが、おれの作った道具は残るんです。代々続いた大道具長谷川勘兵衛の暖簾を、おれは汚したくないんだ。

菊五郎　判った。よく判った上で言わしてもらうが、どうだろう、もう一度考え直してもらう訳にはいかねえか。

勘兵衛　……

菊五郎　おれはやっぱり、着せ替え人形よりは人三化七の方がずっと良いと思う。見た目も変っているし、早変りするにも手間は掛からねえ。菊五郎が、こうして頭を下げて頼む。

勘兵衛　勘弁しておくんなさい。

長吉　お父つあん。

勘兵衛　黙ってろ！　……無理に作って作れない仕掛けじゃありませんけど、嗤われるのは厭です。おことわりします。

菊五郎　……お前さんは役者の立場を考えたことがあるか。

勘兵衛　……

菊五郎　役者というのはな、一度看板が上がっちまったら、降りたくても降りられねえんだ。もし降りたら中村座は潰れちまう。坊主になったぐらいじゃ済まねえんだ。それが役者と道具方の違いだ。

勘兵衛　……

菊五郎　暖簾が汚れるだなんてご大層なことを言ったが、それを言うのなら、おれたちがあっと驚くような仕掛けでも作ってみろ。そうしたら頭を下げて頂戴すらあ。

勘兵衛　作りましたよ。

菊五郎　着せ替え人形なんかは仕掛けじゃねえ。おれが言ってるのは、だれも見たことも考えたこともねえ、言ってみればエレキテルみてえなもんだ。

勘兵衛　エレキテル？

菊五郎　知らねえだろう。

長吉　なんですか、それは。

菊五郎　親子揃って無学だね、電気だよ。

勘兵衛　電気？

菊五郎　電気もしらねえのか。それでよく道具師が勤まるな。エレキテルを作ったのは芝居の作者だよ。神霊矢口渡《しんれいやぐちのわたし》、むかし桐座でやったんだ。

おとり　知ってる！　平賀源内さん。

菊五郎　お婆ちゃん、知ってるの。

おとり　子供の時分に爺さんに連れて行かれてエレキテルを見ましたよ。大伝馬町の丁字屋さんの店先でお金を取って見せていた。布を擦っているうちにパッと火が出るの。みんなはキリシタンのバテレンだと言っていた。

菊五郎　一時は江戸中の評判になって、両国の見世物小屋が仕掛けを買いにきたそうだ。エレキテルとまでは言わねえが、見た客が吃驚して引きつけを起すような仕掛けを考えてくれたら、おれは頭を下げる。這《へ》いつくばってお願いする。ま、無理だろうけどな。あばよ。（去ろうとする）

長吉　音羽屋さん、おれにやらして下さい！

菊五郎　なに。

長吉　その仕掛け、おれやります。

勘兵衛　長吉！

長吉　音羽屋さんの言うことはなんでも聞きます。お願いします。

菊五郎　しかし勘兵衛さんが。

長吉　この人は駄目です。頭が古過ぎます。

勘兵衛　て、てめえ。

長吉　お父つあんは間違っている。仕事を投げたら職人は遊びだ。蔦米なんかにやらしていいのか。

勘兵衛　生意気言うな。

長吉　名前とか暖簾とかそんなことを言ってる場合じゃない。どっちの仕掛けが面白いかってことなんだ。

勘兵衛　仕掛けは見世物じゃないんだ。おれたち玄人は、ガキ喜ばせるために道具を作っている訳じゃない。

長吉　そんな了見だから音羽屋さんに逃げられちまうんだ。戸板の穴から代りばんこに首を出すなんて仕掛けは玄人じゃなくてお素人が考えたんだよ。お父つあんは恥ずかしいとは思わないか。

勘兵衛　こ、この野郎。てめえには跡を継がせねえ。

長吉　ああ結構だ。お父つあんこそ今日かぎり隠居してもらう。

勘兵衛　もう勘弁ならねえ。（と殴りかかる）

長吉　なにしやがる。

菊五郎　おい、よしなよ、よしなったら。

勘兵衛　放っといて下さい。

菊五郎　親子喧嘩はまずいよ。まま、落着いて、落着いて。

長吉　音羽屋さん、おれは人三化七が気に入ったんだ。あれこそが本当の仕掛けというものだ。おれに仕事を下さい。

菊五郎　出来るのか。

長吉　出来ます。
菊五郎　そ、そりゃまあ、長年の付き合いだから、長谷川にやってもらいてえとは思っているけど。
勘兵衛　音羽屋さん、おれがやりましょう。
菊五郎　えっ。
勘兵衛　こんな半ちくな野郎にやらしたら長谷川の恥だ、おれが受けた。
菊五郎　厭だと言ったじゃねえか。
勘兵衛　厭だけどやる。
長吉　お父つあん、これはおれの仕事だぜ。盗人《ぬすっと》の真似はやめろ。
勘兵衛　親つかまえて盗人だと。
長吉　十一代目は引っ込んでいろ。
勘兵衛　もういっぺん吐《ぬ》かしてみろ。
おとり　（大喝）二人ともおやめ。
二人　……
おとり　まあ、みっともない。長吉も長吉なら親方、お前もお前だ。着せ替え人形であろうとなんであろうと、一旦こうと決めたからには、それで通したらいいじゃないか。音羽屋さんがどんなに偉い役者さんでも、道具師は召使じゃない。家来じゃないんだよ。道具師がいい仕掛けを作るから、役者衆だって人気が出るの。見巧者と言われる本当の芝居好きは、役者より仕掛けを見にくるんだ。道具師あっての役者だよ。よく覚えておき。

お倉　それ、違うんじゃないの。
おとり　なんだい。
お倉　お客はご本尊を見に行くんです。
おとり　ご本尊。
お倉　役者さんですよ。尾上菊五郎というご本尊がいるから、みんなは有難がって手を合わせるんじゃないですか。
菊五郎　おれはまだ死んじゃいねえよ。
お倉　いえ、たとえばの話、空っぽのお仏壇なんかだれも見向きもしませんよ。役者衆あっての道具です。
おとり　帰ってくれ。
お倉　ええ、帰りますとも。ふん、道具々々って何様のつもりだい。音羽屋さん、私はきっとお芝居を見に行きますからね。ああいい男。（と去る）
おとり　バカ。（と奥へ去る）
勘兵衛　（追いかけて戸口で）ちょっと、おかみさん仕掛けの話はだれにも言わないで下さいね。幕内だけの秘密なんですから。（戻ってくる）音羽屋さん、年寄りがとんでもねえご無礼なことを申し上げて、さぞお気を悪くなすったと思うけど、ま、堪忍してやって下さい。
菊五郎　おれも言い過ぎた。お婆ちゃんの台詞じゃねえが、道具師がいい仕掛けを作るから役者衆も人気が出る。その通りだ。道具がいいから役者の芸も映えるんだ。お婆ちゃんによろしく言っといてくんな。

勘兵衛　有難うございます。

菊五郎　ところで仕掛けだが、本当にやってくれるのか。

勘兵衛　やります。

長吉　やります。

菊五郎　どっちがやるんだ。

勘兵衛　（長吉と顔見合わせて）二人でやります。

菊五郎　よかった。親子が力を合わせてやってくれれば、四谷怪談はきっと良い芝居になる。ついでに言っとくが、戸板返しの仕掛けは十一代目長谷川勘兵衛が作った。ということにするぜ。

勘兵衛　い、いや、それは。

菊五郎　師匠やおれでは、なんの手柄にもならねえんだ、いいね。

勘兵衛　へい。

菊五郎　そうと話がきまったら、おれは小屋へ戻って頭取と相談する。じゃ、いずれ明日でも。（去ろうとする）

勘兵衛　待って下さい。明日から道具調べに入りますが、せっかくお顔を見せて下さったんですから、如何でしょう、前祝いのつもりでお付き合い願えないでしょうか。

菊五郎　いいところに気がついた。飲ましてもらおう。

勘兵衛　東六、職人をみんな集めろ。

奥から職人たちと共にお幸やお米が酒を運んでくる。入口から南北が現れる。

菊五郎　師匠。
南北　気になって見にきたんだ。
菊五郎　ご心配かけて済みません。仕掛けの方はうまい具合に。
南北　今そこで仏壇屋のかみさんから聞いた。揉めているそうだな。
勘兵衛　音羽屋さんの言う通りにしました。
南北　きまったのか。
菊五郎　（頷く）
南北　それはよかった。（振り向いて）お入り。

松助が例の力弥の扮装にて入ってくる。

菊五郎　な、なんだ、てめえはまだそんな扮装《なり》をしているのか。
南北　怒っちゃいけない。おれに執り成してくれと言うから連れてきたんだ。
松助　お父つあん、一生懸命勤めるからどうか舞台に出して下さい。お願いします。
長吉　出られないの。

菊五郎　大星力弥なんて役は脚本のどこを探してもないんだ。馬鹿野郎。
松助　だからせめて本役だけでも。
長吉　奥田庄三郎も駄目になっちゃったの。
松助　楽屋番をしてろって。
長吉　可哀相。
菊五郎　御曹司で候の言われても、腕がなくてはこの世界では生きていけないんだ。今のお前を舞台に出したら嗤われるのはおれなんだ。音羽屋の看板に傷がつくんだ。芸というのは甘いもんじゃねえんだ。
松助　（泣き出して）これからは心を入れ換えて、芸に励みますから。
勘兵衛　音羽屋さん、勘弁しておやんなさいよ。そりゃね、そりゃ松助さんは下手です。言ってはなんですが、大根も大根、真ん中まで鬆《す》入りの大根です。でも真面目です。熱心です。昼間提灯抜けの道具を見にきた役者は松助さんだけでした。出過ぎたことを申し上げるようですが、なんとか舞台へ出られるようにお図らい願いませんか。
南北　そうしておやりよ。看板は大事だが若い役者の芽をつんじゃいけねえよ。
菊五郎　……お二人によくお礼を申し上げろ。
松助　（頭を下げて）有難うございます。
お幸　親方。（仕度が出来たことを告げる）
勘兵衛　（南北に）これから音羽屋さんを囲んで前祝いの真似ごとをやろうと思っているんです。お手間はとらせませんから、師匠もちょっとの間お付き合い下さい。

南北　(松助に) お前さんも入れてお貰い。

松助　へい。

勘兵衛　(一同に) 夏の暑い盛りを、四谷怪談一本に絞って道具作りに励んできたが、いよいよあと四日で初日の幕が開く。もう一息だからみんな頼むぜ。

職人達　(返事をする)

勘兵衛　音羽屋さん、なにか一言、お願いします。

菊五郎　知ってのとおり肚に収めておけねえ性分だから、言いたいことはすっかり言っちまった。気に障ったところがあるだろうが、それもこれも少しでも面白い芝居を客に見せてえからなんだ。勘兵衛さんを始めお職人衆、至らねえ野郎だが、どうか菊五郎を助けてやっておくんなさい。お願いします。

勘兵衛　こちらこそよろしくお願いします。

一同　お願いします。

お幸　さあさ、なにもありませんが、お酒だけはたんと用意してありますから、お米。師匠や音羽屋さんに。

お米　はい。

勘兵衛　うちの連中はほどほどにしとけ。今夜は仕事だぞ。

千松　それはないでしょう。(一同笑う)

菊五郎　（松助に）お前も一杯頂け。

松助　へい。

南北　こんなことくらいでめそめそしていたんじゃ、いい役者になれねえよ。

松助　……

南北　先代の松助さんというお方は、芸も良かったがお人柄も立派だった。おれが未だ南北を名乗る前、勝俵蔵《かつひょうぞう》の時代に、その松助さんに大変世話になったんだ。いや、その方のお陰で一人前の作者になれたんだ。

菊五郎　聞いてますよ。天竺徳兵衛じゃないんですか。

南北　おれが未だ四十そこそこ、松助さんはもう六十を過ぎていた。名人と言われても芸が渋い、そこへ持ってきておれの本というのが異国の物語を下敷にしているものだから前評判は散々で、小屋主からはやめろやめろと言われ続けた。ところが幕が開いてからわっと人気が出た。一つは松助さんの芝居だ。そしてもう一つが初めて見せた仕掛け（と言って口を噤む。そして、仏壇を見詰める）

勘兵衛　なにか？

南北　なんで仏壇があるんだ。

お幸　火を出したものですから直したんです。

南北　仕掛けじゃねえんだな。

勘兵衛　違います。

南北　奇妙だ。これで評判を取ったんだ。
菊五郎　天竺に仏壇を使ったんですか。
南北　お岩が出てきたらどうだ。
菊五郎　おもしれえ。
勘兵衛　道理がありますね。
南北　どうやって出す。
勘兵衛　長吉、仏壇のうしろを叩き壊せ。
長吉　はいよ！（金槌で裏の板を叩き始める）
お幸　なにするんだい！　お婆ちゃん、お婆ちゃん！
勘兵衛　細かい仕掛けはあとで考えます。どんどん壊せ。

おとりが団扇太鼓を持って駆けてくる。

おとり　おやめ、おやめ！　この罰当り、罰当り！（長吉を叩く）
長吉　うるせい、エレキテルだ。
おとり　なにがエレキテルだ。おやめったら。
長吉　お父つあん、婆あを縛ってくれ。
勘兵衛　千松、手伝え。（二人でおとりを縛る）

おとり　なにするんだい。親不孝者！

この間に長吉は仏壇の背板を壊して正面に顔を出す。

長吉　師匠、これでどうですか。

南北　仏壇返しだ。

菊五郎　きまった。

おとり　（縛られたままで叫ぶ）お前たちはみんな罰当りだ。四谷怪談なんかやめろ！　罰当り、罰当り！

一同は仏壇を見詰めている。舞台は急速に暗くなる。

（四）

深川萬年橋。

橋の袂の道は左右に分かれている。下手は大川である（見えない）。辺りは暮色が漂い始めているが、空はまだ明るい。花を持ったお粂が、背中の子供をあやしながら人待ち顔に立っている。

上手より勘兵衛が現れる。

お粂　どこへ行ってたの。急にいなくなっちゃったから探したわ。

勘兵衛　これだ。（と袋を見せる）

お粂　なあに。

勘兵衛　子供が蜆を売っていたから、つい買っちまった。

お粂　どうするの。

勘兵衛　さあ、それよりどの辺だ。

お粂　鐘撞き堂のおばさんは、お前なんかが行ったらお露が成仏しないからやめとくれって。でもおじさんが、萬年橋の下ならどこでもいいよって言ってくれた。

勘兵衛　お前が恨まれる筋合いはないのだが、親にすればそういうもんだろうな。

お粂　……

勘兵衛　ちょうど今、潮が満ちてきたところだから、その辺でどうだ。

お粂　（橋に近寄り）お露ちゃん、可哀相ごめんなさいね。（花を投じようとする）

勘兵衛　ちょっと待て。おせんちゃんだ。

下手よりおせんが現れる。

おせん　ああよかった。親方、すぐに小屋へお帰り下さい。
勘兵衛　どうしたんだ。
おせん　喧嘩です。収まりがつかないので親方を呼んでこいと言っています。
勘兵衛　おれがここにいるのがどうして判った。
おせん　おかみさんに聞いてきたんです。お粂さんと一緒に萬年橋へ行った筈だって。船を待たしてありますから一緒に来て下さい。
勘兵衛　行くのはいいが、芝居はもう跳ねているだろう。だれが喧嘩をしているんだ。
おせん　音羽屋さんと長吉さんです。
勘兵衛　またか。
おせん　戸板返しのときに、お岩さんが首穴から出なかったんです。
勘兵衛　衣裳は？
おせん　戸板にぴったり張り付いていましたけど、首が出ないから穴が開いたままなんです。ところが裏に引っくり返ったら、小仏小平の衣裳のときに、お岩さんの首が出てきたんです。
勘兵衛　客は怒ったろう。
おせん　大笑いでした。音羽屋さんは道具方の手順が悪いからだと怒っているんですが、手順が悪いのはそちらじゃないかって、長吉さんも負けていないんです。そうしたら黒船町の師匠がやってきて、おれの芝居を滅茶苦茶にしやがってどうするつもりだ。

勘兵衛　師匠も来てたの。
おせん　来なければなんとか収まったんです。ところがお三方が顔を合わせたものですから話がどんどん広がって、結局は一番悪いのは、顔を見せない長谷川勘兵衛だって。
勘兵衛　冗談じゃねえ。
おせん　みなさんはお待ちになっていますから、お願いします。
勘兵衛　行かねえよ。
おせん　どうしてです。
勘兵衛　そんなところへ飛び込んでみねえ、火に油を注ぐようなもので大火傷をする。昔から芝居の世界ではな、役者と裏方とは喧嘩ばかりしている。喧嘩をしては仲良くなり、仲良くなってはまた喧嘩をする。その繰り返しだ。そして因果なことに、揉めた芝居ほど評判が良い。
おせん　大入りです。日延べが決まったそうです。
勘兵衛　お帰り、勘兵衛は見つからなかったってことにすればいいんだ。
おせん　私、なんだか馬鹿みたいですね。
勘兵衛　そんなことはねえ、いずれ長谷川を仕切ってもらうんだから、裏も表も心得といてもらった方がいい。
おせん　……
勘兵衛　おせんちゃん、あんなでこぼこ野郎だが、よろしく頼む。
お粂　長吉から話は聞いたわ。でも私はもう大丈夫だから、弟をよろしくね。

おせん　仲良くやります。では私……

勘兵衛　ちょっと待て。大川に波が出てきた。船頭はだれだ。

おせん　入船屋の庄八さんです。

勘兵衛　奴なら大丈夫だ。じゃ気を付けてな。

おせん　失礼します。

おせんは去る。

お粂　いいの、お父つあん。

勘兵衛　明日になればみんなけろりとしているさ。それより船で思い出したが、その先の船番所の近くから行徳へ行く船が出ているらしい。

お粂　……

勘兵衛　半次の道具と荷物の残りは、行徳にいる奴の爺さんの家へ送ったが、気になるのなら一度行ってみるがいい。その代り奴のことごとはすっぱり忘れるんだ。

お粂　お父つあん、ご迷惑をかけて済みませんでした。

勘兵衛　日が落ちたな。筑波が紫色に染まっている。行くか。

お粂　お父つあん、これ。（花を見せる）

勘兵衛　おお、そうだった。じゃ蜆も放してやろう。

お粂は花を川に投げ入れる。勘兵衛も袋の蜆を川に投じる。

勘兵衛 せっかく深川まで出向いたんだから。ちょっと足を延ばして、芝居に出てくる法乗院と三角屋敷の辺りまで行ってみよう。大丈夫か。

お粂 はい。

勘兵衛 帰りにどこかでうまい物でも食おう。

上手より鐘を鳴らしながら白装束の金毘羅参りが出てくる。大きな天狗の面を納めた箱を背負っている。勘兵衛は小銭を袋に入れてやる。

男 有難うございます。

見送った勘兵衛は箱を見て声を挙げる。

勘兵衛 おい、おれの仕掛けによく似ているじゃねえか。

お粂 およしなさいよ、もう。

親子は笑いながら歩き出す。

幕

上演記録

喜劇の殿さん　二幕
掲載　二〇〇六年（平成十八年）「悲劇喜劇」十二月号
上演　劇団民藝公演（二〇〇六年十二月六日―二十一日　東京・三越劇場／十二月二十三日・二十四日　神奈川）
スタッフ　演出＝丹野郁弓　装置＝勝野英雄　照明＝前田照夫　衣裳＝緒方規矩子　効果＝岩田直行　舞台監督＝武田弘一郎　制作＝大庭剛幸・菅野和子
キャスト　古川ロッパ＝大滝秀治　道子＝津田京子　松江＝塩屋洋子　遠野まよ＝樫山文枝　田川徹＝伊東理昭　笹弥生＝花村さやか　菊田一夫＝山梨光國　浦＝三浦威　杉田司郎＝和田啓作　角倉茂＝武藤兼治　大路三四郎＝山本哲也　矢島元＝平松敬綱　月野弘子＝大越弥生　山路あけみ＝前田真里衣　白根＝鈴木智　小山＝神敏将　憲兵＝梶野稔　魁継周＝みやざこ夏穂　中沢＝吉岡扶敏　ミヤコ蝶々＝奈良岡朋子　悦子＝細川あゆみ　邦江＝小倉恵美子

坐漁荘の人びと　二幕
掲載　二〇〇八年（平成二十年）「悲劇喜劇」一月号
上演　劇団民藝公演（二〇〇七年十二月五日―二十日　東京・三越劇場）

スタッフ　演出＝丹野郁弓　装置＝勝野英雄　照明＝前田照夫　衣裳＝緒方規矩子　効果＝岩田直行　舞台監督＝武田弘一郎　制作＝大庭剛幸・菅野和子
キャスト　片品つる＝奈良岡朋子　矢祭ぎん＝樫山文枝　海堂あぐり＝加藤絹子　新免糸＝中地美佐子　大高ふじ＝大越弥生　倉田そめ＝小倉恵美子　沖中礼子＝川岸紀恵　間島たつ＝細川ひさよ　しげ乃＝水原英子　西園寺公望＝大滝秀治　谷村弥十郎＝鈴木智　木暮喬＝千葉茂則　外折進次＝武藤兼治　広畑東一郎＝山本哲也　坂東洋介＝梶野稔　仙石正夫＝平松敬綱　川島義之＝里居正美　氏家匡＝境賢一　海堂治平＝杉本孝次　豊子＝別府康子　是草庄吉＝伊藤孝雄　初枝＝河野しずか　幸助＝今野鶏三

神戸北ホテル　二幕

掲載　二〇〇九年（平成二十一年）「悲劇喜劇」十一月号
上演　劇団民藝公演（二〇〇九年十二月五日―二十日　東京・三越劇場／二〇一〇年五月二日〜七月五日　神奈川、九州地方、岐阜、京都、福井、大阪）
スタッフ　演出＝丹野郁弓　装置＝石井みつる　照明＝前田照夫　衣裳＝緒方規矩子　音楽監督＝日高哲英　効果＝岩田直行　舞台監督＝武田弘一郎　制作＝大庭剛幸・金本和明・菅野和子
キャスト　大関うらら＝奈良岡朋子　仁野六助＝西川明　典子＝箕浦康子　章吾＝三浦威　小鹿啓四郎＝稲垣隆史　森口八重＝望月ゆかり　丹沢伸夫＝和田啓作　晴美＝大越弥生　内村咲男＝齊藤尊史　下平洋一＝行田旭　宮代卯吉＝今野鶏三　赤岩仙次＝角谷栄次　鬼河俊男＝境賢一　内沼タキ江＝別府康子　丸目勘十＝杉本孝次　片桐夕子＝細川ひさよ　深見新子＝船坂博子・藤巻るも（地方）　中原りえ＝庄司まり　ベルトルッチ＝里居正美　妻＝前田真里衣　ヴァーシャ夫人＝入江杏子　白波

瀬晃＝吉岡扶敏　貫名＝高橋征郎　佐近＝児玉武彦　荒木＝天津民生　武市恭平＝高野大　巡査＝岡山甫・吉田正朗

どろんどろん　―裏版「四谷怪談」―　二幕

掲載　二〇一〇年（平成二十二年）「悲劇喜劇」十一月号

上演　劇団民藝公演（二〇一〇年十月十五日―二十七日　東京・紀伊國屋サザンシアター）

スタッフ　演出＝丹野郁弓　装置＝勝野英雄　照明＝前田照夫　衣裳＝緒方規矩子　効果＝岩田直行　舞台監督＝武田弘一郎　制作＝大庭剛幸・金本和明・菅野和子

キャスト　長谷川勘兵衛＝鈴木智　長吉＝齊藤尊史　お幸＝白石珠江　お粂＝吉田陽子　おとり＝塩屋洋子　半次＝和田啓作　東六＝山梨光國　千松＝早川祐輔　熊吉＝行田旭　お米＝大黒谷まい　おせん＝桜井明美　尾上菊五郎＝稲垣隆史　松助＝天津民生　伝七＝山本哲也　鶴屋南北＝大滝秀治　お露＝前田真里衣　佐平＝松田史朗　お里＝別府康子　小針＝田口精一　治作＝角谷栄次　お倉＝船坂博子　金毘羅参りの男＝本廣真吾

〔解説〕

遺言

演劇評論家
渡辺　保

小幡欣治は、私にとって立場こそ違え同じ職場（東宝演劇部）でともに困難な状況と闘った、かけがえのない先輩の一人であった。その死に遭った今、私は深い喪失感のなかにいる。その深さのために泣くことも出来ない。

すでに死を覚悟していた小幡欣治は、病院に私を呼んで二つのことを言い遺した。一つは、自分の最近の戯曲四本を早川書房の早川浩社長に頼んで出版してほしい。もう一つは著作権継承者は長男小幡聡史にすること。

この本はその遺言にもとづいて出版された戯曲集である。四本いずれも劇団民藝で初演されたものであり、その上演時に雑誌「悲劇喜劇」に掲載されたが、単行本には未収録であった。小幡欣治の戯曲はすでに処女作「畸型児」から最近作までの多くが単行本になっているが、晩年のこの四本を出版することによって、小幡欣治は自分の劇作家としての仕事を完結させ、自分の人生に終止符を打ちたかったのだと思う。

それは分かっている。しかしこの解説だけは書きたくなかった。小幡欣治の死以来、私はあらゆる追悼文を書くことをお断りしてきた。どうしても書く気になれなかったからである。その理由はあの深い喪失感のためであり、小幡欣治の仕事に製作者として付き合ってきたことがもはや自分の人生の一部だったからであるそのために小幡欣治の仕事を客観視することが出来ないと思ったからである。。

しかしこの本の出版は小幡欣治の遺言であり、それを完結させる義務が私にはあるのかもしれない。そう思って重い筆を取ることにした。その分主観的な文章であることを読者にまずお許し願いたい。

小幡欣治は現代演劇――当時の新劇の作家として出発した。

そして私とほぼ前後して東宝演劇部の専属作家になった。そこで「あかさたな」「横浜どんたく」「三婆」「にぎにぎ」「遺書」はじめ多くの名作を書いた。菊田一夫没後、東宝演劇の窮地を救ったのはこの人であった。しかし晩年に及んでその仕事の舞台を東宝から劇団民藝に移して、「熊楠の家」から絶筆「どろんどろん」に至るまで九本の戯曲を書いた。

東宝から劇団民藝への移行は、決して単なる仕事場の移動ということではなかった。東宝は一公演十万人近くの観客を動員する商業演劇の会社であり、そうである以上は当然スターシステムが全てに先行し、商売の政策も重要になる。日本の商業演劇のスターは、実は歌舞伎以来の伝統で、その個人の魅力をいかに観客にアッピールするかを基本としている。つまり方法論としての個人の「芸」に生きている。「芸」は必ずしも戯曲優先ではない。

それに対して民藝は、今日では数少なくなったけれども、近代リアリズム演劇を継承する劇団であって、その俳優は「芸」ではなく近代リアリズムの「演技」を基本としている。当然作品本位であり、演出、アンサンブルを重視している。戯曲優先なのである。

小幡欣治は、スターシステムである東宝から戯曲中心の民藝に移ることによって、そのスターシステムの重圧から解放されることになった。自分の企画で、書きたいように書く自由を掌中にしたのである。むろん芝居の複雑な現場では制約がある。それは東宝も民藝も同じである。しかし基本的には書きたいものを書く自由が東宝にはなく民藝にはあった。民藝の戯曲九本は全て小幡欣治自身の企画であり、書きたいように書いたものであった。そこに東宝から民藝への移行の本質的な意味がある。

むろん小幡欣治の東宝時代の作品は本数も多く、優れた作品も多い。しかし民藝時代には東宝では書けなかった、長年自分の筐底に温めていた題材、テーマが含まれている。ここに収められた四本もそうであり、そうであるからこそこの劇作家の円熟を示すものでもあった。

一つ一つ見て行こう。

「喜劇の殿さん」

この企画ははじめ古川緑波と榎本健一について書かれるはずであったが、榎本健一に適当な俳優がいないために緑波に焦点が絞られることになった。それも晩年の緑波、戦前の中国人の捕虜を舞台に使った事件と戦後のその結果がドラマの中心になった。なぜこの事件を作者が取上げたかといえば、それは市民の戦争協力、戦争犯罪を問うためであった。小幡欣治は決して声高に主義主張を述べる人でもテーマ主義者でもなかったから、この作品の中でも一見緑波晩年のエピソード風に見えるかもしれないが、戦争犯罪こそがこの作品のテーマである。もっともそれは東京裁判で裁かれるようなA級戦犯の問題ではない。緑波のように無辜の市民が時代の流れに押し流され、つい軍部に迎合してしまったために犯した戦争犯罪である。しかしそういう無数の消極的協力が、結局は日本をあの戦争の悲劇に追いやることになった。作者の中には、なぜ、あの戦争を止められなかったのかという問題が深く宿っている。小幡欣治の強い戦争への反省である。それは木下順二がB級戦犯を扱った「夏・南方のローマンス」と好対照をなしている。木下戯曲は漫才師を通して戦犯を描き、小幡戯曲は喜劇俳優を通して同じ問題を描く。漫才師といい喜劇俳優といい、そこに笑いを配したのは偶然だろうか。

古川緑波は戦犯にこそならなかったが、あの事件のために戦後痛烈な批判に晒され、失意の老年を迎える。その陰には、自己の戦争責任を身をもって乗り越えた菊田一夫の戦後も色濃く投影されている。菊田一夫は晩節を世間的な栄光のうちに全うしたが、緑波はそうはいかなかった。とすれば自分はどう生きるべきか。そこに小幡欣治は人間の晩節の生き方の難しさを見ている。戦争に生きた人間にとって戦争協力は決して他人事ではなかった。国民全員が反省すべきことだったのである。

この戯曲は、古川緑波を演じた大滝秀治の卓抜した演技によって、その老残落魄の悲劇が余すところなく浮き彫りになった。私は大滝秀治演じる落魄の老喜劇俳優の姿を見て、時代に流され、時代に捨てられた人間の悲惨を思わずにはいられなかった。

「坐漁荘の人びと」

小幡欣治は昭和に生まれて、戦争に遭い、アメリカ軍の空襲を受け、勤労動員に行き、戦後の貧困を生きた。どうしてあの戦争が起こったかに関心を持ったのは当然であった。

坐漁荘は、静岡県焼津の、元老西園寺公望がその晩年を暮らした実在の別邸である。はじめは戦後首相を務めた吉田茂と戦時中その書生に住み込んだ特高のスパイの青年との交情を描く案もあった。

舞台は大磯の吉田別邸である。しかしいろいろ検討するうちに大磯を通り越して焼津に進むことになった。

この作品で、小幡欣治はそれまでの劇作家としての人生で身につけてきたテクニックを全て投入している。もっとも小幡欣治は技巧に腐心するタイプの作家ではなかったから、あまり目立たないかもしれないし、本人がどこまで意識的であったかもわからない。しかし長い間この劇作家の仕事を間近に見てきた私から見るとほとんど「善尽くし美尽くし」ているようであった。しかもそれがごく自然に無造作に出て来ている。そのありさまは一人の芸術家の円熟以外のなにものでもなかった。

そしてそのテクニックが奈良岡朋子演じる坐漁荘を取り仕切る女の横顔を鮮明に浮かび上がらせている。ことに第一幕第三場の、彼女が背中を見せて暗転になるところは印象的であった。丹野郁弓の演出も冴えていたし、奈良岡朋子の背中も名演技であった。そのすばらしさは私に永井荷風の「夢の女」を久保田万太郎が脚色演出した時の、花柳章太郎の背中の芝居を思い出させた。花柳も名女形。しかし奈良岡朋子もまたそれに匹敵する出来で、彼女の背中にはこの女の西園寺家での位置、その人生の思いを描いて深い含蓄を持っていた。これもそこまでのこの女の人生を描いてきた小幡欣治のテクニックがここに結実した結果であった。

もう一つ例をあげよう。

大詰、坐漁荘の玄関。軍部の圧力を止めるため天皇に諫言しようと西園寺公望が皇居へ参内しようと玄関を出る。玄関を出たところで西園寺公望がよろめく。すでに老人であり、ごく自然な芝居運びである。しかしここで西園寺公望がよろめくのは、彼が昭和天皇を唯一補佐する人間であることを思えば、日本国家の崩壊、これから戦争に突入して天皇制国家「日本」が壊滅することを意味している。

三島由紀夫の「わが友ヒットラー」にも鉄鋼業を代表するクルップがヒットラーの権力に屈服してよろめくシーンがある。私は大滝秀治の演じる西園寺公望のよろめく瞬間を見ていて、国家の崩れるような音を聞いた気がした。大滝秀治のうまさであるが、似ているようで全く違うのは、戯曲の違いでもある。クルップは私企業の代表に過ぎない。せいぜいドイツ経済の一翼を担うに過ぎない。その後の世界全体を巻き込むヒットラーを考えればクルップの存在を軽視できないとしても、彼が考えているのはまず自分の利益である。

それに反して西園寺公望は「元老」であり、天皇制国家のなかで天皇に直結している。彼の背後には国家の全体があり、その危機はその後の日本を破滅に追い込む戦争の危機がある。なぜ戦争が起こったのかは、この体制の危機であり、「元老」にしてなおその危機を救うことが出来ないとすれば、そういう体制の矛盾が露呈したからに他ならない。彼がよろめくのはそのために他ならない。そこまで書き込んだから、クルップの場合とは全く違う、小幡欣治の劇作家としての円熟があらわれた。

「神戸北ホテル」

小幡欣治は奈良岡朋子が好きだった。女優としての力量を信じていたからである。その奈良岡朋子に新しい境地を開いてもらいたいと思って書かれたのが「神戸北ホテル」のヒロインであった。しかし戯曲が出来上がってきてびっくりした。ご本人も驚かれただろう。それまでの奈良岡朋子が演じてきた役柄とは全く違う、いわゆるニンにないような、ひたすら恋人を追い求めていく喜劇的なタッチの看護婦だったからである。しかし私は何度か読み返すうちに、これは奈良岡朋子の別な側面を引き出そうとする小幡欣治が奈良岡朋子へ投げかけた「宿題」だなと思った。そして事実奈良岡朋子はこれまでとは全く違うタイプの女を演じきった。

大詰、看護婦として南の戦地へ出征して行く彼女を乗せた船が、彼女の故郷であり、恋人のいる九州五島列島の福江島を望む海峡に差し掛かる。彼女が立つ甲板に航海士の声が聞こえてくる。「右前方、福江島」。おそらく彼女は生きて故郷に帰ることも恋人に会うことも出来ないだろう。遠く島を望む彼女の表情にその運命を見たとき、私は胸が熱くなった。

この戯曲の題名ははじめ「右前方、福江島」であったが、その後「神戸北ホテル」に改められた。この作品で小幡欣治は鶴屋南北賞を受賞した。

「どろんどろん」

戯曲として最後の作品である。

この作品で小幡欣治は劇作家としての自分の人生を描いている。

小幡欣治が常に無名の人に関心を注いだ作家であることは、私がいうまでもない。この四作に限っても古川緑波、西園寺公望、西東三鬼、鶴屋南北といった有名人を扱いながら、実はもう一人の主人公はその周囲の無名の人たちである。古川緑波が使った中国人捕虜、西園寺家の女執事、三鬼を追う看護婦、南北のスタッフ長谷川勘兵衛。長谷川勘兵衛は歌舞伎の歴史の中では有名人だが、それでも鶴屋南北に比べたらば世間的な知名度は必ずしも高くない。

その長谷川勘兵衛こそ小幡欣治の自画像だったと思う。江戸ッ子で悪態はついても気は優しい、謙虚で、ひたすら熱心な職人。小幡欣治は自分のことをそう思っていたのではないだろうか。長谷川勘兵衛は大道具師であって観客から見れば陰の人である。三代目菊五郎というスターにいろいろ注文をつけられ、苦心をした結果観客が拍手するのは菊五郎である。南北でさえない。手柄は全てスターのもの。そういう思いで劇界を歩いてきた小幡欣治は、長谷川勘兵衛にその思いを託し、自分の歩いてきた道をそれとなく振り返った。そこには自分の最後の作品になるかもしれない作品への深い愛着があったのだろうと思う。

鈴木智が演じた長谷川勘兵衛は、そういう作者の自画像そのものであった。長谷川勘兵衛がそうであるように小幡欣治もまた江戸ッ子の、心優しい人であった。

以上四本。

この遺作集が一日も早く霊前に供えることが出来れば、私ははじめて泣くことが出来るかも知れない。

最後にこの四本に関係した全ての方々、大滝秀治、奈良岡朋子、鈴木智はじめ大勢のスタッフキャスト、中でもこの四本を演出して、この戯曲の底本になった上演台本を提供してくれた丹野郁弓、製作の菅野和子、大庭剛幸、金本和明の各氏。それにこの出版を快諾して下さった早川浩社長、編集の今村麻子さんにお礼を申し上げたい。黄泉路の小幡欣治もきっと喜んでくれると私は信じている。

著者略歴

1928年，東京生まれ。都立京橋化学工業卒。劇作家，演出家。1950年，悲劇喜劇戯曲研究会に入会。1956年「畸型児」で第２回新劇戯曲賞（現・岸田國士戯曲賞）受賞。60年代以降，商業演劇の作家として多数の脚本を執筆。代表作に「あかさたな」「横浜どんたく」「三婆」「遺書」などがある。74年，第25回芸術選奨文部大臣賞新人賞，78年「喜劇隣人戦争」で第33回芸術祭大賞を受賞。菊田一夫演劇賞受賞歴として「安来節の女」「にぎにぎ」で演劇賞，「恍惚の人」「夢の宴」で演劇大賞，「熊楠の家」で特別賞を受賞。2007年，長年にわたる功績が讃えられ，第6回朝日舞台芸術賞・特別賞と第14回読売演劇大賞・芸術栄誉賞を受賞。2010年「神戸北ホテル」で第13回鶴屋南北戯曲賞受賞。2011年２月17日，肺癌のため死去。

神戸《こうべ》北《きた》ホテル
──小幡欣治戯曲集

二〇一一年六月二十日　初版印刷
二〇一一年六月二十五日　初版発行

著　者　小《お》幡《ばた》欣《きん》治《じ》
発行者　早川　浩
発行所　株式会社　早川書房
郵便番号　一〇一 - 〇〇四六
東京都千代田区神田多町二ノ二
電話　〇三 - 三二五二 - 三一一一（大代表）
振替　〇〇一六〇 - 三 - 四七七九九
http://www.hayakawa-online.co.jp
定価はカバーに表示してあります

Printed and bound in Japan

印刷 / 株式会社亨有堂印刷所・製本 / 大口製本印刷株式会社

ISBN978-4-15-209220-5 C0093

乱丁・落丁本は小社制作部宛お送り下さい。
送料小社負担にてお取りかえいたします。